KEITAI
SHOUSETSU
BUNKO
SINCE 2009

お前を好きになって何年だと思ってる？

Moonstone

JN167616

● STARTS
スターツ出版株式会社

カバー・本文イラスト/やもり四季。

小さい頃から家がお向かい。
　学校も同じ、幼なじみの彼。

「おい、バカ美愛」
「何よ、バカ冬夜！」

　いつも意地悪で、喧嘩だって絶えない。
　そんなときに、
　クラスメイトの武田くんに告白されてしまって……。

「お前、俺のことどう思ってんの？」

　時々見せる切なげな瞳に、なぜかドキドキしてしまう。
　私にとって彼は、ただの幼なじみ？
　それとも……。

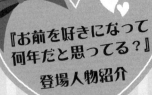

『お前を好きになって何年だと思ってる？』登場人物紹介

ただの幼なじみ？

碓氷グループ社長の一人娘。恋にあこがれてはいるものの、すぐそばにいる幼なじみの冬夜の気持ちにまったく気づかない天然な高校1年生。

碓氷美愛（うすいみあ）

親友

…ねらってる？

江藤恵美（えとうえみ）

美愛の親友。冬夜の気持ちに気づかない美愛の鈍感さにあきれつつ、2人を見守る。

武田洋（たけだよう）

いつも優しい美愛の同級生。冬夜の存在を知りつつも、美愛との距離を詰めてきて……。

contents

Chapter 1
幼なじみ	10
図書館で	27
ドキドキ……？	38
武田くん	61
名前呼び	70

Chapter 2
告白と彼氏	82
嘘って言ってくれ	106
初めて……	113
幼なじみにさようなら	123
初デート	129
決断	148
別れ	157

Chapter 3
こんなのって……アリ？	166
ふたりきりの夜	171
誰か……誰か……!!	189
美愛と冬夜	209

Chapter 4
付き合い始めて	214

恵美と恋話	224
席替えとライバル	236
ライバルになってから	252

Chapter 5

小さな嫉妬	260
体育祭！	274
頼る相手	288
大好き	309
仲直り	322

Chapter 6

受験生と進路	328
小さな友情の芽生え	336
大事な話	349
卒業、そして……	357
昔からずっと……これからも	371

特別書き下ろし番外編

初恋	380

あとがき	396

Chapter 1

幼なじみ

【美愛side】
「行ってくるな」
「憐斗(れんと)くんっ、行ってらっしゃい！」
　今日もラブラブな両親。
　そんなふたりを見ながら朝食を食べる。
　私の名前は碓氷(うすい)美愛(みあ)。
　今年16歳になる高１です。
「美愛、早くしなさいね？」
「はーい」
　ご機嫌なママに返事をしてトーストの最後のひと切れを口に放り込んだ。
「行ってきまーす！」
「行ってらっしゃい！」
　ママに笑顔で見送られて外に出ると。
「あ」
　同じタイミングで、幼なじみの明野(あきの)冬夜(とうや)が向かいの家から出てきた。
「おはよ、冬夜」
「……はよ」
　そう挨拶(あいさつ)してふたりで並んで登校する。

「今晩ね、パパたち、また集まるんだって。冬夜も来る？」

「んー……葵さんがうるさいし、行こっかな」
　そう言ってあくびをする冬夜。
「確かにね……」
　ママとパパの男友達、葵さん、宗さん、真さんの３人と冬夜の両親はすごく仲がよくて、よくうちに集まる。
　みんな同じ高校で同級生だったんだって。
「っていうか遅刻しちゃうよ！　行こう！」
　そう言うと冬夜の手を引いてダッシュして、滑り込みで学校の校門をくぐった。
「セーフ!!」
　……でも教室には間に合わず。
　先生に小言を言われて、「はあ……」とため息をついて席に着いた。
　ちなみに冬夜は隣の席。
「ダメだった……」
「……どうせ遅刻なら走る必要なかっただろ」
　冬夜がそう言って私を睨む。
「少しの遅刻のほうがまだマシだよ」
　そう言うと。
「ならもっと速く走れよ」
　むっ……。
「冬夜にかなうはずないでしょっ」
　だって冬夜はサッカー部。
　エースとして大活躍してる冬夜にかなうはずない！
「はいはい。のろまな美愛ちゃん」

「ちょっとっ……！」
「そこ！　静かに！」
　先生に怒られたというのに、冬夜はニヤニヤ。
　だ、誰のせいよ!?
　っていうか、冬夜も怒られてるんだからね！
　私はプイッとそっぽを向いて教科書を取り出した。

　チャイムが鳴ってやっとお昼休み。
　私の前の席に座っている親友の江藤恵美が、くるりと私のほうを向く。
「美愛、災難だったね〜」
「ほんとだよ！」
　恵美は私の言葉を聞いて苦笑い。
「まあまあ、ほら、お昼食べよ？」
「うんっ、食べて忘れる！」
　そう言いながら恵美の机を私の机にくっつけてお弁当の包みを開ける。
「今日も綺麗なお弁当だね〜」
　恵美が感心したように言って、私のお弁当を覗き込む。
「ママ、料理得意だから」
　そう言って卵焼きを頬張る。
　うーん、美味しい！
　すると。
「あ」
　横から手がヒョイッと伸びてきたかと思えば、卵焼きが

ひとつ奪われた！
「とーうーやー!!」
　そう言ってガタッと席を立つ。
　信じられない！
　楽しみにしてたママの卵焼き取るなんてー！
「うまっ、さすが玲さん」
　冬夜はそんな私のことは気にも留めず、満足そうにそう言う。
「ちょっと、なにするの!?」
「いーじゃねぇか。どんだけ食い意地張ってんだよ」
「仲いいわね〜」
「よくないっ」
　ほんとやなヤツ！
「冬夜、なにしてんだよ」
　冬夜の親友、藤沢圭斗くんが呆れたように冬夜のほうを見る。
「卵焼きもらってた」
「あげてない!!」
　それからもぎゃーぎゃーやり合っている間。
「まだ気づかない？」
「みたいね、鈍感」
　恵美と藤沢くんがそんな会話をしていたなんて、私は全然知らなかった。

　放課後。

家に帰ると、何やらママが忙しそうに料理中。
　葵さんたちが家に来るとき、いつも大張り切りで豪勢な料理を作るもんね。
「お手伝いするねっ」
「助かるわ、ありがとう」
　ママに頷(うなず)いて料理を手伝い始めた。

　少し暗くなってきた頃に玄関のチャイムが鳴る。そのたびにママが出て、だんだんリビングが賑(にぎ)やかになってきた。
「美愛、ありがとう。あとは私がやるわ」
「うんっ」
　ママにそう言ってリビングに行くと、葵さんと宗さん、真さんが来ていた。
「こんばんは！」
「美愛ちゃん、こんばんは！」
　葵さんがにこっと笑って言う。
　カウンセラーっていう仕事をしてるからかもしれないけれど、葵さんは優しくて、いつも私のことをかわいがってくれて、小さいときから大好き。
　多分、お兄ちゃんがいたらこんな感じなんだろうなあ、なんていつも思う。
「美愛は、相変わらずちっせえな」
　そう言った宗さんに口を尖(とが)らせる。
「そ、そんなことないですから。ちゃんと成長してますよ」
「ほんとかよ」

もう！　いっつも意地悪なんだからー……。
「……宗も成長してない。主に中身が」
「真さん……！」
　目をキラキラさせて真さんを見ると、宗さんはニヤッとする。
「真も身長伸びなかったもんな」
「……うるさい」
　そう言って真さんが放った睨みに固まる宗さん。
　へへーんだ。
「宗さんが真さんにかなうわけありませんよーだ」
「美愛、お前っ……てか、真のヤツは、さっき『宗も』って言ったぞ。美愛も含まれてんだろ」
「よ、余計なこと言わなくていいんですよ」
「真はいいのかよ。なんだ、この差は？」
　宗さんがそう言って嘆いてるけど、真さんは涼しい顔でグラスを傾ける。
　相変わらずクールだなあ。
　ママが葵さんにグラスを渡しながら言う。
「はい、どうぞ。美愛、着替えてきなさい？　もうすぐ冬夜くんたちも来るわよ？」
　あっ、そっか、冬夜も来るんだった……。
「はーい……」
　返事をして部屋に入り、シュルッと制服のリボンを取って着替えた。
　リビングに戻ると、ちょうどパパが帰ってきた。

「パパ！　今日は早かったんだね、おかえり！」
「ああ、ただいま」
　パパは国内外にたくさんの関連企業がある碓氷グループの社長として毎日すっごく忙しくしていて、家に帰れない日も少なくない。
　でもママを溺愛してるから、秘書さん曰く"愛の力"で毎日家に帰るため、必死で業務を終わらせようと頑張っているらしい。
「憐斗くんっ、おかえりなさい」
「ん、ただいま」
　そう言うふたりの間には、ふわ〜っとした幸せオーラが出ていて、そこにいたみんなが肩をすくめる。
「相変わらずだな〜」
「何年見せつける気だよ」
　葵さんと宗さんが苦笑する。
「多分一生」
　パパの言葉にママが顔を赤くする。
　ほんと……高校生みたい。
　多分、高校時代を思い出すんだろうな、葵さんたちといると。
　そういうのいいな〜。
「奏はまだか？」
「うん。さっき美樹に連絡したら、もうちょっとで来るって」
　葵さんと美樹さんは、冬夜の両親。
　美男美女なんだよね〜。

まあ、冬夜も……顔だけはいいんだけどね、顔だけは！
　チャイムが鳴ってママが出迎える。
「おー冬夜、久しぶりだな」
　宗さんが、冬夜の頭をわしゃわしゃ撫でる。
　冬夜は、これをいっつも嫌がってるけど……。
　私が普段、いじめられてる分までやっちゃってください！　宗さん！
「それにしてもお前、おっきくなったな」
「そりゃ高１だし」
　冬夜はそう言って髪を直す。
「高１か〜、懐かしいな！」
　宗さんが目を細める。
「まあ一番懐かしいのは高２じゃない？」
「だな！　みんなで玲を取り合ったよな〜」
「え!?」
　葵さんと宗さんの言葉に私が驚いた声を出すと、ママは真っ赤になって俯いた。
「まあ、憐斗の圧勝だったけど」
「も、もうやめてよ。っていうか、みんなっていっても憐斗くんと真くんだけだったじゃない」
　真さんが!?
　思わず、さっきからポーカーフェイスでワインを飲んでいる真さんを見る。
「え、やっぱり気づいてなかったの？　僕も宗も好きだったんだけど」

「えぇ!?」
　葵さんの言葉に、ママが驚愕の声をあげる。
　ママ、葵さんの好意にも宗さんの好意にも気づかないなんて、かなり鈍感だったんだ……。
　っていうかモテモテだな。
　それどころか、まさか、あんなにポーカーフェイスでいつも冷静な真さんまでが、ママのこと好きだったなんて。
　ママはまだ動揺がおさまらないみたいで、パパのほうを見る。
「も、もしかして、憐斗くんも知ってたのっ？」
「当たり前。いっつもヒヤヒヤしてた」
　な、なんか想像できるかも……。
　パパもだけど、ママに想いを寄せた人はみんな苦労したんだろうなあ……。
　私はママの鈍感さに思いっきり呆れながら肩をすくめていた。

　ママたちがごはんの準備を始めたから、私もお手伝い。
　にしても、改めて部屋を見回すとイケメンの集まりだなあ……。
　パパはすごくかっこよくて若く見えるし、奏さんは爽やかだし、葵さんはかわいい系ってやつかな？
　宗さんは昔チャラかったんだろうな〜って感じで、真さんはクール。
　ほんとによりどりみどりだね……。

ママはこの中からパパを選んだんだ……。
　あ、奏さんは別か。ずっと美樹さん一筋だもんね。
　冬夜は……どんなタイプだろ？
　うーん……。
　パパたちとはまた違うタイプ。
　なんだろうな……パッと出てこない。
「できたわよ〜」
　ママの声にハッとしてキッチンに入る。
「はい、これ冬夜くんと奏くんに渡してきて？」
「えっ、冬夜の分まで？」
「もう、意地悪言わないの」
　私のほうが冬夜に意地悪言われてたのに〜……。
　そう目で訴えても気づいてもらえず、ママにお皿を渡されて渋々運ぶ。
「奏さん、どうぞ」
「ああ、美愛ちゃん、ありがとう」
　そう言って微笑まれて、私も微笑み返す。
「……冬夜、はい」
　学校での怒りがまだ消えてないから、冬夜にはぶっきらぼうに渡す。
「不機嫌美愛。どうしたー」
　メガホンみたいに口に手を当てて言う冬夜。
　むっ……、誰のせいだと〜!?
「べつに！」
　プイッと顔を背けて、真さんの隣に座る。

ふーんだ。
　　頬を膨らませていると、私の頭をポンポン撫でて冬夜を見る真さん。
「……冬夜、いじめちゃダメだろ」
「ははっ、怒られてやんの。ってか、小学生かよ」
　　宗さんは、冬夜にそう言ってニヤニヤしてるけど、さっき自分も真さんに思いっきり睨まれてたこと、忘れてるのかな？
　　まあ、冬夜には真さんと宗さんの言葉がきいてるみたいだし、私的にはぜんっぜんいいけど。
　　ふーんだ。冬夜なんか宗さんにいじめられちゃえ。
　　そう思っていると、美樹さんがこっちに来た。
「はいはい、冬夜もムッツリしない。食べましょう？」
　　そうしてママが大人にはワイン、私と冬夜にはジュースを渡して、みんなで乾杯した。
　　少しして私はずっと疑問だったことを聞いてみた。
「そういえば、パパたちってどうやって仲良くなったの？前にママからクラスはバラバラだったって聞いたけど」
　　ピタッとみんなの動きが止まった。
「あ、そういえば聞いたことなかったよな」
　　冬夜もそう言ってみんなを見る。
　　やっぱり疑問だよね？
　　ただの同級生ってだけじゃないっぽいし……。
「うーん、まあ言っちゃうか。暴走族だったんだよ」
　　葵さんの言葉に次は私と冬夜が止まった。

「え……えぇ!?」
　ぼ、暴走族!?
　驚いていると、葵さんが「うん」と頷く。
「憐斗が総長でさ、僕が副総長で、他は幹部。玲ちゃんと憐斗、美樹ちゃんと奏はその頃から恋人同士だったんだ。懐かしいなぁ……」
　うわ〜……衝撃の事実。
「すげぇ……」
　冬夜は放心状態。
「だからみんな喧嘩は強いぜ？」
　宗さんがそう言って、親指を立てる。
　みんなが暴走族だったとは……。
　か、かっこいい……。
　そんな衝撃の事実が明かされたのちも、また昔話に花を咲かせる大人たち。
　私と冬夜は顔を見合わせる。
「……知らなかったよね？」
「……ああ」
「だ、だよね……。どう反応するべき？」
「んー……」
　そうしてその日はみんなでわいわい騒いで、12時を回った頃にやっとお開きに。私は、今にも閉じそうな目でみんなを見送って、楽しい１日を終えた。

　翌日は土曜日。

「おはよ〜」
　伸びをしながらリビングに行くと、ママが美樹さんと話をしていた。
「あ、美愛ちゃん。おはよう、お邪魔してます」
「お、おはようございます」
　そう言って美樹さんにペコッと頭を下げる。
　美樹さん、昨日あれだけ喋ってたのに、喋り足らなかったのね……。
「そうだ、美愛ちゃん。冬夜起こしてきてくれない？　相変わらず寝起き悪くて、なかなか起きないのよね」
　え、えぇ〜……。
「絶対怒られますよ……」
「大丈夫、大丈夫！　ね、お願いできない？」
　うっ……。美人さんの頼みごとって、なんか断りづらい！
「わ、わかりました」
「ありがとう！　鍵は開いてるわ」
　ぶ、不用心だなあ。
　そう思いながら靴を引っ掛けて、すぐ向かいにある家のドアを開けた。
　私の家から冬夜の家までの距離、約7メートル。
　改めて考えると、すごく近い……。
　冬夜の部屋の前に行って、ため息をついてからドアを開けると同時に声をかけた。
「と……冬夜、起きて？」
　部屋を覗き込んで……思いっきり呆れる。

部屋、汚すぎでしょ。
　床には服や教科書なんかが散乱してて、ほんとに足の踏み場もない。小学校のとき、よくこの部屋に遊びに来てたけど、汚さはまったく変わってない。
「冬夜？」
　ベッドで眠ったままの冬夜の肩をトントンと叩く。
「ねえ、起きてよ」
　そう言うと、「ん〜」と唸って少しだけ目を開けた……と思ったら、バッと起き上がった。
「なななな、なんでお前がっ……」
「そんな驚かなくてもいいでしょ。美樹さんに頼まれたの」
　そう言うと、「あいつ……」なんて言って自分の髪を引っ張る。
「お前な……いくら幼なじみっつったって、もう高１なんだぞ」
「うん。だから？」
　そう言うと冬夜は深〜いため息。
「……バカ美愛」
「はい!?」
　ひどい！　バカって！
「バカ美愛、お前、ほんとにバカだ」
　むっかー！
「そんなにバカバカ言わないでよっ」
　そう言って。プイッと顔を背けた。
「はいはい、バカ美愛。母さんに俺はもう起きたって言っ

てこい」
「自分で言いなさいよね。それに部屋もこんなに散らかしちゃって」
「このほうが落ち着くんだよ」
「はい!?　バカ冬夜っ」
　そう言うと、冬夜の部屋を出て家に帰った。
　ほんっとにバカ冬夜！
　なんで私がパシリみたいになってるの!?
　そのうえ『バカ美愛』呼ばわりって。もう、一生起こしてやらないんだから！
　ムカムカしながら、バーン！と勢いよくリビングに入る。
「美樹さんっ、冬夜っ、起きましたっ！」
　そう言うと、なぜかクスクス笑う美樹さん。
「ごめんね〜？　まあ、冬夜も喜んだんじゃない？」
「いいえ！　バカバカ言われました！」
　そう言うと、美樹さんはまたクスッと笑う。
「ママの鈍感まで受け継いだのね」
　私が鈍感？　いやいや、そんなことないはず。
「まあまあ、美愛。そんなにカッカしないの」
　リビングに入ってきたママが、私にティーカップを渡してくれる。
「これ、なあに？」
「カモミールティー。あったまるわよ」
　私は膨れっ面のまま飲んだけど、次第に落ち着いてきた。
「ふう……」

「ごめんね。まあ冬夜もね〜……不器用なのよ。ほんと小学生レベルね」
「誰に似たんですかね？」
「そうね〜、オリジナルね」
「ですよね……」
　奏さんとは全然似てないし……。
　まあ、親子だから性格も似るってわけじゃないんだけど、顔は結構似てるんだよね。
　奏さんの意地悪バージョン？
「まあこれからもよろしく頼むわ。美愛ちゃんなら安心よ」
「どうですかね……」
　私はそう言って中身が冷たくなっていないか確認するためにティーカップを触った。
　すると。
「お邪魔します。母さん、今日これから部活だから」
　冬夜が来たので黙ってカモミールティーをすする。
「あらそうだったの？　頑張ってね」
「ああ。じゃあ」
　冬夜はママにお辞儀したけれど、美樹さんがママのほうを向いた隙に私にベーッと舌を出して、家を出ていった。
　むっかぁ……なによ、バカ冬夜っ！
「さて、美愛も図書館に行ってきたら？」
　ママに言われて膨れっ面で頷いた。
「行ってくる」
　そう言って鞄を持って靴を履く。

むしゃくしゃしたら、落ち着かなきゃね。図書館に行ったら気も静まるはず。
　バカ冬夜のことなんか忘れるんだからっ。
「行ってきまーすっ」
「行ってらっしゃい。気をつけてね」
「うんっ」
　私は、ママと一緒に玄関まで来てくれた美樹さんにお辞儀をすると家を出た。

図書館で

　ぽかぽかとした日差しを浴びながら歩くうちに、だんだん機嫌も直ってきて、図書館に着いた頃にはすっかり気分がよくなっていた。
　やっぱり図書館っていいなあ。
　本の香りに静かな空間。
　冬夜のせいでむしゃくしゃした今の私にとって最高の癒しの場所。
　って、もう冬夜のことは忘れようっと。
　せっかく気分がよくなってきたんだから、冬夜なんかのことでイライラしちゃもったいないもんね。
　そう思いながら小説コーナーを見ていると。
「あれ、碓氷？」
　声をかけられて振り返ると、そこにいたのはクラスメイトの武田　洋くん。
「武田くん、おはよ〜」
「おはよう。偶然だね」
　そう言って微笑む武田くんの手には、私が普段読むのより少し分厚めの本。
「武田くんも本好きなの？」
「あ、うん。結構読むよ」
　わあ、冬夜と大違い。
　冬夜なんか、国語のテスト問題の文章読むのも面倒くさ

がるほど読書が嫌い。
　それに比べて武田くんって読書家だなあ。
　そう思っていると。
「ね、ねえ、碓氷」
「ん？」
「このあと、空いてる？」
「うん、すごい暇(ひま)だよ」
　私がそう答えると、武田くんは少し緊張した様子で口を開いた。
「あのさ、よければサッカー部の試合、観(み)に行かない？」
　サッカー部……あ、冬夜もいるよね。
　今朝のことがあるから冬夜の顔はなるべく見たくないけど、せっかく誘ってくれたんだもんね。
「いいよ、マネージャーに好きな子でもいるの？」
　そういえば武田くんってイケメンで優しいから、結構モテるんだよね。
　でも、スポーツとかはちょっと疎(うと)そう……というより興味がなさそう。なのにサッカー部の観戦ってことは、マネージャー目当てなのかな？って考えたんだけど、どうなんだろう？
「いや……」
　武田くんはそう言うと、話をそらすように私の持っている本を指す。
「その本、借りるの？」
「あ、うん。ちょっと待っててね」

武田くんにそう言ってから、急いで本を借りる手続きをして鞄にしまう。
「ごめんね、お待たせ」
「ううん、じゃあ行こうか」
　武田くんの言葉に頷き、並んで学校に向かった。
　サッカー部はいつも、図書館そばのサッカーフィールドで活動している。そこを囲むように観客席が並び、見学や応援も自由にできるから女の子がたくさん来る。
　まあ、サッカー部ってかっこいい人多いしね。
「今日もファンの数がすごいね」
　武田くんの言葉に頷く。
「みんな、試合のときは毎回観に来てるらしいよ」
　ほんと、よくやるよね……。
「あ、冬夜だ」
　そう言って、ボールを蹴っている冬夜を目で追う。
　さすが、エースだけあってかなりうまい。一瞬でゴールを決めて、チームメイトに肩を叩かれてる。
「わ、さすが……」
　私がそう呟くと、武田くんは女の子たちのほうを見て私に声をかける。
「みんな明野狙いっぽいね」
　その言葉に、武田くんが見ているほうに目をやると。
「明野くーん！」
　確かに、みんなが叫んでいる。
　すご……。

「冬夜ってモテるんだ」
　まあ、あのルックスだからわからなくもないんだけど、性格が……ねぇ？
　きっと、みんな知らないんだろうな。
　気の毒……。あんなのにだまされちゃダメだよ!!ってすごく言いたい。
「明野ね……モテるでしょ、あいつは」
　うーん……まあそうだろうけど。
「でも、武田くんもモテるでしょ？」
「え？　全然だよ」
　うっそだ〜、絶対モテる。
「碓氷こそでしょ」
「いやいや……全然」
　ほんと、泣きたくなるほど。
　16年間、告白された回数ゼロ。そして今もその記録を更新してるし。
　まあ自分から告白したことも、恋をしたこともないからべつにいいんだけど。
「あ、またゴール決めた」
　冬夜はチームのみんなとハイタッチして、笑い合ってる。
　その姿にちょっとだけドキッとなる。
　って、ないない！　冬夜にドキドキとか！
「きゃー！　明野くんー!!」
「かっこいいー!!」
　女の子たちがそんな黄色い声援を送ってるけど、なんか

冬夜は面倒くさそうに見てるな……。
　そう観察していると、不意に私と目が合った。
　驚いたように目を見開いた冬夜に、一応、手だけでも振っておこうかと思ったとき、武田くんにポンポンと肩を叩かれる。
「武田くん？」
「碓氷、靴ひも解けてるよ」
　え、あ！　ほんとだ！
「ありがとう」
「いえいえ」
　靴ひもを結び直して、もう一度、冬夜の方を見ると。
　あれ？　なんか不機嫌そう……？
　どうしたんだろう？
　試合が再開されてもまだ不機嫌なまま。
　さっきとは打って変わって、ドカッ！と強くボールを蹴って相手チームを怖がらせてる……。
「冬夜、どうしたんだろう？」
「うーん、まあこれが狙いだったんだけどね」
「え？」
　隣を見ると、武田くんの視線は冬夜に向けられていた。
　どういう意味だろう？
　そんな疑問を抱いたまま、私は視線を不機嫌そうな冬夜に戻した。

　試合終了後。

「今日は誘ってくれてありがとう」
「いいえ。じゃあまた学校で」
「うん！　バイバイ」
　武田くんとは家の方向が同じだけど、このあと用事があるらしいから、校門で別れて家に帰った。

　家の前まで来たら、玄関を出たばかりの美樹さんとばったり会った。
「美樹さん。もう帰るんですか？」
　名残惜しそうに頷く美樹さん。
「じつは明日お茶会でね、私も準備を手伝わないといけないの」
　あ、そっか。茶道家元の奏さん、日曜日にはよくお弟子さんたちを招いて、お茶会開いてるもんね。
「よければ、私も手伝います」
「あら、ほんとっ!?　助かるわ〜！」
　そう言って喜んでくれる美樹さんに微笑む。
　冬夜と一緒(いっしょ)に何回か手伝ったことあるけど、お茶会の準備ってほんとに大変だもん。
　どうせ暇してたところだったしね。
「じゃあ、行きましょうか」
「はい！」
　そうして、美樹さんと一緒に、さっき冬夜を起こしに入った家の隣に建つ建物に入った。
　冬夜の一家は、いつもは普通の家に住んでるけど、奏さ

んが茶道を教えたりお茶会をするとき用に、もうひとつこの和風の造りの家を持っている。つまりはお稽古(けいこ)用の家って感じかな。
「私は入り口のほうを担当してるから、美愛ちゃんはお茶室に行ってくれる？ 奏がいると思うわ」
「わかりました！」
　美樹さんの指示どおり、長い廊下を進んでいってお茶室に入ると、和服姿の奏さんが掛け軸を広げている。
「奏さん、こんにちは」
「あれ、美愛ちゃん。手伝いに来てくれたの？」
　驚いたようにそう言った奏さんに頷くと、優しく微笑んでくれる。
「助かるよ、ありがとうね」
「いえいえ！」
　そうして奏さんの指示に従って、お茶碗(ちゃわん)を綺麗にしたり、お道具をそろえたり。
　ようやく準備が整ってきた頃、スッと襖(ふすま)が開いた。
「父さん、遅くなった」
　そう言って現れたのは。
「と、冬夜」
　奏さんと同じく、和服を着てスッと背筋を伸ばした冬夜。
　あ、相変わらずサマになってる……。
　冬夜のファンたちがこの姿を見たら、きっと卒倒しちゃうんだろうな。
「……なんだよ、バカ美愛まで来てたのか。茶碗割ってな

いだろうな?」
「わ、割ってません!」
　口を開けばこうだけど!!
「冬夜、和敬清寂(わけいせいじゃく)。茶室で和を乱すのはやめなさい」
　奏さんにたしなめられて、私を睨んでから準備を手伝う冬夜。
　って、なんで私が睨まれるの!?　冬夜が意地悪言ったから怒られたんでしょ!
　そう言いたいのをぐっとこらえながら、作業を進めて無事終えた。
「ふたりとも手伝ってくれてありがとう。お礼に一服どうかな?」
「あ、ぜひいただきたいです!」
　私がそう言うと、奏さんは微笑んでから冬夜を見る。
「じゃあ冬夜、お前に任せるね」
「は?」
「まだやることは山積みなんだよ。終わったらお茶碗と茶筅(ちゃせん)は洗っておくように。じゃあ美愛ちゃん、ごゆっくり」
　奏さんはそう言うと静かに襖を閉めて出ていき、私と冬夜だけが残される。
「……まあ、座れば?」
「う、うん」
　冬夜に言われて畳(たたみ)に正座すると、冬夜がお道具を載せたお盆を前に置き、きちんとした手順を踏んで薄茶を点(た)ててくれる。

……さすがだなあ。ひとつひとつの動作が洗練されてて、一切の迷いがない。
　綺麗な手さばきに、じーっと目を離せずにいると。
「言っとくけど、どれだけ見られてもここで茶菓子は出ないからな」
「そ、それで見てたんじゃありません！」
　お茶菓子目当てで見てると思ってたわけ!?
　ついつい見惚(みと)れちゃってたさっきまでの自分が嫌になってくるよ、もう！
「ん」
「あ、ありがとう。お点前(てまえちょうだい)頂戴いたします」
　そう言って飲むと、うん、さすがの味……。
「美味しい……」
「……あっそ」
　フイッとそっぽを向く冬夜のことなんか気にせず、ぜんぶ飲み干す。
「ごちそうさまでした。本当に美味しかったよ」
「そりゃよかったな。感謝しろよ」
　なっ……、いちいちカンに障(さわ)る言い方するんだから！
　今度は私がそっぽを向いていると、冬夜はお道具を洗いながらちらりと私を見た。
「……お前さ」
「な、なに？」
　まっすぐ目を見られて、ちょっとどきりとする。
「今日、なんで試合来てたんだよ。……ってか、一緒に来

てたの誰?」
　な、なんかさっきよりトーンが低いような……。
「た、武田くんだよ。図書館で偶然会って、サッカー部の試合、観に行こうって誘われたの」
　そう言うと、冬夜の眉間のしわが深くなった。
「武田?」
「そう。一緒のクラスの武田　洋くん」
　私がそう言うと、冬夜は「はあ……」とため息をついた。
「お前……、それでなんも思わず武田についていったわけ?」
「うん。だって誘われたんだし、断る理由もないでしょ?」
　そう言うと、また深いため息。
「ほんっとバカ、鈍感、天然」
　な、ひどいっ‼
「そんなに言わなくてもいいでしょっ」
「そのとおりだろうが」
「そんなことない!」
　言い争っていると不意に襖が開く。
　そこには奏さんがどこか威圧感を含んだ笑みをたたえて立っていた。
「ふたりとも……お茶室での振る舞い方、一から教え直そうか」
　ひっ……。
　すぐに黙った私と冬夜に、奏さんはやれやれとため息をつくと、冬夜のほうを向いた。

私は、深く反省しながら、さっきの冬夜の質問について考える。
　なんで突然あんなこと聞いてきたんだろう？　誰と行ったかなんて、そんなのどうだっていいはずなのに、よくわかんないな。
　そう思ってから、ふと気づいた。
　……あれ？　そういえば武田くんのことは見えなかったみたいなのに、私のことはちゃんとわかってたみたいだったよね？　でも、同じクラスなんだから武田くんのことだってわかってるはずじゃないのかな？
　ちらりと冬夜を見ると、奏さんのお説教を受けながら黙々とお道具をしまっていく。
　……本当、時々よくわかんないな、冬夜って。
　私は肩をすくめて、冬夜の片付けを手伝った。

ドキドキ……？

　次の週のある日。
「美愛、今夜俺たちが帰るまで奏の家で過ごしてくれないか？」
　朝食をとっていると、突然パパにそう言われた。
「え？　どこか行くの？」
「知り合いの結婚式があって、俺と玲で遠くに行かないといけない。奏たちも一緒にな。美愛ひとりだと心配だが、冬夜となら大丈夫だろ」
　えぇー……。
「ぜ、絶対喧嘩する……」
「って言われてもな。最近物騒だし、娘を家にひとりで置いておけないだろ」
　うう……。
「美愛、お願い。なるべく早く帰ってくるようにするから、ね？」
　手を合わせるママ。
　ママがそこまで言うなら……。
「玲、そろそろ時間じゃないか？」
「うん。じゃあ美愛、いい子でね？」
「はい……」
「じゃあ、行ってくるからな」
　パタンとドアが閉まって、ひとり取り残される。

改めて考えてみると、ひどいよね、なんで、よりによってこのタイミングで冬夜の家……。
　っていうか、ひとりで大丈夫なのに。
　パパは"まだ"高校生って言うけど、"もう"高校生なんだから！
　そう心の中でパパに抗議をしながら、重い足取りで家を出た。
　今日はあいにくの雨。しかも、１日中降り止みそうにないくらい激しい雨で、靴はすぐに水を吸収してしまった。昨日、あんなに晴れていたのが嘘みたい。
　ますます気分が落ち込んでいくなかで傘を片手に歩いていると、パシャリと水の跳ねる音がして振り返る。
「バカ美愛か」
　バ、バカ美愛……！？
　こんなに気分の悪い朝、久しぶりだよ！
「おはよ、バカ冬夜」
　そう言い返して、冬夜を睨む。
「バカ美愛のくせに、俺をバカ冬夜って呼ぶ資格あんのか？」
「冬夜こそ、私をバカ美愛って呼ぶ資格あるの？」
「あるだろ。成績だってお前より上だけど？」
「なっ……！」
「事実を突かれて悔しいか？」
　ニヤニヤしながらそう言う冬夜。
　も、もう知らないっ！

頬を膨らませてプイッとそっぽを向く。
「そういや今日のこと、憐斗さんに聞いたか？」
「……聞いたよ」
　返事をして水たまりを蹴っ飛ばす。
　もう、嫌になっちゃう。
「ま、いーじゃねぇか、１日くらい」
「私には１日"も"なの！」
　そう言ったところで学校に着いて、靴箱で靴を履き替えると。
　ああ～、やっぱり靴下まで濡れてる……。
　うぅ……と心の中で唸っていると。
「明野くーん！」
「おっはよ～！」
　前にサッカーの応援にも来ていた女の子たちが、冬夜の元に駆け寄ってくる。
　冬夜は一気に顔をしかめて、私に耳打ち。
「……お前、追っ払えよ」
「なんでよ」
「面倒くせぇんだよ、声も高えし」
「わー、ひっどい。そんなこと言う人を助けるほどお人好しじゃありませんよーだ」
　私はそう言うと、ベーッと冬夜に舌を出してから教室に入っていった。

　昼休み。

恵美とお弁当を食べ終えて他愛のない話をしていると。
「おい、notお人好し」
　むっ……！
「何がnotお人好しよっ」
　そう言って、隣に立つ冬夜をキッと睨みつける。
「ノート見せろ。授業中寝てた」
「はぁ!?」
　寝てたのは知ってたけど！
　何しろ隣の席だから、それはもうバッチリ。
　女の子たちは冬夜が寝てるの見て、ちょっとざわざわしてたし。
「他の子に見せてもらえばいいでしょ？　みんなこっち見てるよ」
　そう、さっきから女の子たちが目をキラキラさせてノートを手にしてこっちを見てる。
「これだから嫌なんだろ。いいから見せろ」
「命令口調……」
　とは言いながらも、渋々ノートを手渡す私。
　渡さなかったらまたいろいろ言われるだろうしね。ほんっと、面倒くさいんだから……。
「サンキュー」
　そう言うと、冬夜はそのまま友達に呼ばれて行ってしまった。
「なんなの、もう」
　怒っていると、恵美は頬杖をついて私を見る。

「ねえ……。ほんとになんにも感じない？」
「何が？」
　私の言葉に恵美ははーっとため息。
「明野くん」
「冬夜？」
　感じるって、どういうことだろう？
　首をかしげていると、恵美は諦めたように肩をすくめた。
「まあ、いつかわかるよ。美愛は恋したことないもんね？」
「う、うん……」
「うーん。なら気づくはずないか」
　？？？
　まあ、いいのかな？
　疑問を残しながら窓の外を見ると、朝よりも激しくなった雨がガラス窓を叩いていて、ちょっと不安になる。
「雷、鳴ったらやだな……」
　小さいときから、雷だけはダメなんだよね……。
「いざとなったら、あのかっこいいパパに助けてもらいなさいよ」
　恵美は入学式のときに一目見てから、うちのパパを絶賛してる。
　恵美曰く、"40代の希望の星"……らしい。
「そういえば最近お会いしてないけど、ご両親元気？」
「元気だよ。でも今日はパパもママもいないの。知り合いの結婚式らしくて、帰ってくるまで冬夜の家で過ごしなさいって言われた」

突然、恵美が目をキラキラさせる。
「そうなの!?　なんか進展あるかな?」
「え?　なんの進展?」
　私が聞いても恵美はひとりはしゃいでる……。
　まあ、楽しそうだからいいけど。
「恵美、珍しくはしゃいでるね」
「あ、夏樹!」
　興奮をおさめるように、ポンポンと恵美の肩を叩いて、綺麗に染めてある長い茶髪をかきあげたのはクラスメイトの夏樹。
「夏樹、聞いて!　今日ね、美愛が明野くんの家で過ごすんだって!」
「ああー、なるほど。興奮する理由がわかったよ」
　な、なるほどって、理解してないの私だけ?
「美愛、ガンバ」
「それより明野くんだよ!　ガンバー!」
　夏樹に続いて恵美がそう言ったところでチャイムが鳴り、疑問だらけの昼休みが終わった。

　そうして放課後。
「わー、ひどい雨……朝より更に降ってる……」
　昇降口を出てすぐに私がそう言うと、恵美も嫌そうに顔をしかめる。
「もう梅雨の季節だからね……」
　そう言って傘を開く恵美。

「あ、美愛。雷が鳴ったら『きゃっ』とか言って明野くんに抱きついたら?」
「絶対嫌だよ。『離れろ!』とか言われそうだもん」
「どうだかね〜」
　なんて言いながら、恵美は肩にかかった水滴を払う。
「じゃあ、また明日ね」
「うんっ、バイバイ!」
　恵美とは逆方向だから校門で別れて、水をパシャパシャ鳴らしながら歩く。
　あとで冬夜の家に行くとして、シャワーも浴びたいし、一回家に戻ろう。
　パパって過保護なんだから。ほんとに大丈夫なのにな。
　そう考えていると、不意に後ろからバシャバシャと足音が聞こえて振り返る。
「武田くん!」
　足音の主はびしょ濡れになった武田くん。
「どうしたのっ? あ、傘は!?」
　そう言うと武田くんは困ったように微笑む。
「うーん、誰かにとられた」
　と、とられたって……。
　最悪なパターンだね……。
　そう話してる間にも、雨が容赦（ようしゃ）なく武田くんを濡らしていく。
　こ、このままじゃ風邪ひきそう!
「武田くん、よかったら入って?」

「え!?」
　武田くんは驚いてるけど、びしょ濡れだし……。
「武田くんもこっち方面だよね？　私の傘大きいし、途中までだけど入れてあげるよ」
　ほんと、無駄に大きいからね、私の傘……。
　パパが『雨に濡れたら風邪をひく！』と言ったせいで、男物並みの大きさだよ。
「え、でも……」
「ほら、風邪ひくよ！」
　そう言って傘を武田くんのほうに傾けると、ちょっと距離が近くなった。
　武田くんが頬を赤くしてそっぽを向く。
「武田くん？　あ、ごめん、強引すぎたかな」
　心配したからとはいえ、嫌な思いさせたなら悪いことしちゃった。
　そう思って少し俯いていると。
「い、いや、違くてっ」
「え？」
「あ、えと……ごめん、助かるよ。ありがと」
　そう言った武田くんに、笑顔を向ける。
「よかった。っていうか大丈夫？　顔真っ赤だけど、風邪ひいた？」
「えっ!?　違うよ、大丈夫」
　そうして並んで歩きだすと、武田くんがさりげなく傘を持ってくれた。

「ありがとう」
「これくらいは当然だよ」
　少しだけ顔を赤くした武田くんが心配だったけど、他愛のない話をしていたら私の家に到着。
「あ、私のうち、ここなの」
「え、ここ碓氷の家だったんだ」
　武田くんはすごく驚いてる。
「うん、そうだよ」
「いつも思ってたけど、豪邸だね」
「いやいや。あ、この傘使って？　ここから家まで距離あるでしょ？」
　そう言って武田くんに傘を押し付けた。
　傘のデザインは男女兼用だから、そんなに気にならないはず。
　……ママがパパに、『美愛の気持ちも尊重してあげて！』って言わなかったら、真っ黒な男物の傘になってただろうけど。
「いつ返してくれてもいいからね」
「う、うん。ありがとう」
「いいえ。じゃあ、また明日」
　そう言って微笑んで家に入った。
　さてと、冬夜の家に行く準備しなくちゃ。パパの言うこと破ったらうるさいしね。
　そう思いながらシャワーを浴びて家を出ると、ちょうどパパから電話がかかってきた。

「もしもし?」
『美愛か?』
　もう。どうせちゃんと冬夜の家に行ってるかの確認でしょ?
「今、冬夜の家に向かうところだよ」
『そうか。ところで電話の用件なんだが、じつは電車が止まった』
「え!?」
　止まったって……!!
『今日は帰れなくなるかもしれない。そうなったら悪いが冬夜の家に泊まってくれ。奏も了承している』
　う、嘘でしょ。
　っていうか。
「……パパもほんとは反対でしょ」
　声がいつもより低い気がするし。
　私たちが夜更かししたりすると思ってるのかな?
『……俺は、親友の息子を信用したい』
「?　う、うん」
『けど――』
『憐斗くん、ちょっと替わって?　もしもし、美愛?』
「ママ!」
　こんなに恋しいって思ったことない!
　いや、多分あるけど、けど今もかなり恋しいっ。
『ごめんね美愛。でも雷とかの心配もあるし、ひとりじゃ不安でしょ?』

うっ、た、確かに。ひとりでいるときにピカッ！とかゴロゴロ！とかなったら……。
　……な、泣く自信ある。
『明日には帰るから、ね？　冬夜くんとも仲良くね。パパは大丈夫だから』
　パパの心配はしてないけど、冬夜と仲良くするのは無理あるよ……。
「わ、わかった」
『いい子ね、じゃあ切るわね』
「うん、バイバイ」
　電話を切ってから、ついため息。
　……他でもないママがあんなに頼み込んでるんだし、やっぱり雷は怖いし。
　よし、行こう！
　そう気合を入れて7秒後。冬夜の家の前に立った。
　鍵は開いてるんだろうけど、一応チャイムを鳴らして冬夜が出てくるのを待つ。
　数秒後にガチャ、とドアが開いて、冬夜が顔を出した。
「……お前、泊まりになったんだってな」
　な、なんでか冬夜、ちょっとイラつき気味？
「そ、そうなの。お邪魔します」
　パタンとドアが閉まって、靴をそろえて家にあがる。
　えと、小さい頃からここに泊まるときは客間を使ってたんだけど……。
「今日も客間、使わせてもらってもいい？」

「ん。いいけど」
　壁にトンッと寄りかかりながらそう言った冬夜に、お礼を言ってから客間に荷物を置く。
「じゃあ夕食の準備するね」
「ああ、母さんから指示もらってるから手伝う」
　そうして美樹さんの作ったハンバーグを焼いたり、サラダを盛りつけたりするわけだけど。
　……終始無言。
　ハンバーグは冬夜の好物のはずなのに、「いただきます」以外まったく喋らないし、私は私でギクシャクするし。
　冬夜とまたもや無言で片付けをしてから、冬夜はお風呂に行き、私はひとりソファに倒れ込む。
　な、なんで私こんなに気を遣ってるんだろう……。
　こんなことを思っていると、私の携帯に電話がかかってきた。
「もしもし？」
『あ、美愛？』
「恵美。どうしたの？」
　恵美から電話って珍しいな。
『いや、明野くんとどうだろうと思って』
「うーん、冬夜、ちょっと今日様子がおかしくて」
『そうなの？　理由は？』
「さあ……」
　それがわかればいいんだけどね。
　正直、普段あんな感じだから、機嫌悪いときどうすれば

いいのかわからないし。
『そういえば、雷大丈夫?』
「まだ鳴ってないよ。雨は強くなってるけど」
　そう言いながらリビングのカーテンをめくって窓の外を見る。
『そろそろそっちにも来るかもね。じゃあね、美愛』
「う、うん」
　そう言って電話が切れたけど、なんのための電話だったんだろう?
　考えていると、ちょうど冬夜がお風呂から出てきた。
「なに首かしげてんの?」
「ちょっと恵美から謎の電話がかかってきて」
「なんだそれ」
　冬夜はフッと少しだけ笑うとソファに腰掛ける。
　えっ、ちょっと機嫌直ったのかな?
　もしかしてハンバーグの効果?　なーんて……。
「……今日」
「ん?　なに?」
　私が冬夜を見ると、真剣な表情で私を見ていた。
「……武田と帰った?」
「え?　あ、うん。びしょ濡れだったから、傘に入れてあげたよ。どうして?」
「お前らを見たってヤツが言ってたから」
「ふーん……。それで?」
　冬夜は、はあーっとため息。

「お前な……どういう意味かわかってんのか？」
「何が？　……あ！　相合い傘？」
「……普段鈍感なくせに、わかってんじゃねぇか」
　そう言われて少しむっとする。
「べつに鈍感じゃないよ。相合い傘がどうかしたの？」
「お前……」
　冬夜が呆れたように私を見る。
　な、なによ〜。
「好きとかじゃないし、いいでしょ？」
「相手がどう思ってるかとか考えないわけ？」
　え、そんなの……。
「友達、でしょ？」
　武田くんに至っては、友達っていうのも危ういんじゃないかな。
　私は友達だと思ってるけど、武田くんからしたらただのクラスメイトかも。
　うーん……と考えていると、冬夜は再びため息をついた。
「お前はそう思ってるかもしんねぇけどな……」
　冬夜は不意に私に近づき、不思議に思っていると。
「え!?　ちょちょちょっ、冬夜!!」
　お風呂上がりでまだ濡れたままの冬夜の前髪が揺れて、雫(しずく)がいくつか私の頬に落ちる。
　ま、待って。今、私……冬夜に押し倒されてる!?
「わっ……ちょっ……えっ？」
　頭がぐるぐるして混乱して。

心なしかいつもより鼓動が速いような……。
「ど、どど、どいてよ」
　ぐぐーっと胸を押してみたけど、冬夜はぴくりともしなくて。
　ひとりテンパっていると、冬夜が口を開いた。
「わかったか？　男ってのは普段からこういうこと考えながらお前と接してるんだよ」
　そう言うと私の上から退いた。
「え……冬夜も？」
「さあ」
　さあって……。
「まあ、お前なんかには欲情しないけど」
「ひどいっ！」
　それって女として見てないってことでしょ？
　べ、べつに冬夜になんか女として見てもらわなくても結構ですよーだ!!
　頬を膨らませていると、冬夜はフッと笑って窓から外の様子を見る。
「あー、絶対来るな」
「え？」
　私がそう言ったのと同時にピカッと光って。
　――ゴロゴロゴロゴロ……ピカッ!!
　思わずさっと耳を塞ぐ。
　うぅ……。
「まだ雷、克服できてなかったのかよ」

冬夜が呆れたようにそう言って、ソファの肘掛けに頬杖をつく。
「うぅ……だって……」
　雷って怖いじゃない。だって家燃やしたりできるし、人が死ぬことだってあるし……。
　ああー、ダメ！
　考えるともっと怖くなってきたっ！
　雷の音が少し収まってきたのを見計らって、さっと立ち上がる。
「わ、私もう寝るねっ、おやすみ！」
「大丈夫なのかよ？」
「だ、大丈夫大丈夫！　おやすみ！」
　私はそう言うと、そそくさといつも使わせてもらっている客間に入った。
　あー、もうヤダ……。
　パジャマに着替えて、寝心地のいいお客様ベッドに潜り込む。
　雷はだいぶ収まったみたい。
　布団をぎゅっと握って口元まで被せる。
　怖いけど、冬夜にこんな姿見られたくないし……。
　しばらくすると隣の部屋の扉が閉まる音がして、冬夜が自分の部屋に戻ったのがわかった。
　それと同時に雨の音がザーと激しくなる。
　もうっ、なんでよー！
　──ゴロゴロゴロゴロ……。

うぅ……。
　ピカッと光って、窓の外にある樹のシルエットがカーテンに浮かび上がる。
　ど、どうしよ。
　怖すぎる……！
　──ゴロゴロゴロゴロ……。
　もう一度雷がピカッと光って、思わずガバッと起き上がった。
　もう半泣き状態！　無理っ！
　心の中で号泣していると、コンコンとノックが。
「美愛、大丈夫か？」
　あ、冬夜……。
　こうなったら見栄とかプライドなんて捨てちゃおう。
「だ、大丈夫じゃない」
「だろうな。入るぞ？」
　ガチャ、と扉が開いて冬夜が入ってきた。
「ううっ、冬夜ぁ……」
　そう言って耳を塞ぐと冬夜がベッドのそばまで来て、立ったまま私の頭をそっと撫でる。
「な、なんか冬夜優しい……優しすぎて、……なんか変な感じ」
「あのなぁ……」
　冬夜はそう言って私の頭をわしゃわしゃと撫でる。
「ここでいじめたら、お前泣くだろ」
　ま、まあそうかも。

「ほら、寝ろよ。寝たら出てくから」
「えっ!? お、お願い、今日だけ一緒にいてっ？」
　そう言うとまた呆れたように私を見る。
「お前さ……さっき言ったこともう忘れたか？　だいたい幼なじみっていっても、俺は男なんだぞ？」
　そ、それは、そうだけど。
「でも、冬夜は私なんかには欲情しないんでしょ？」
　冬夜は『もう知らねぇ』といった風に、もう一度私の髪をくしゃくしゃにした。
「わかったから早く寝ろよ。俺ら、明日も学校あるんだからな」
「うん、わかってる。だから早く寝たいのに……」
　私がそう言うと、冬夜は暗闇の中でスマホを取り出して時間を確認。
「とはいっても、まだ10時半だけど。お前いつも何時に寝てる？」
「うーん、11時くらいかな」
「はや……。お子ちゃま」
「う、うるさいよ」
「ふーん。そんなこと言ってい——」
「ダメでしたっ！　ごめんなさい！」
　私が必死で謝ると、冬夜は勝ち誇ったようにフッと笑う。
「けど憐斗さんに怒られそうだな」
「え？　どうして？」
「最愛の娘が男と同じ部屋で寝るとか、信じらんねぇだろ」

うーむ……。
「冬夜なら大丈夫だよ」
「……」
　な、なんか今の反応微妙だったな。
　そこで雷が鳴り響く。
　さすがに少女漫画じゃないから『きゃー』とかかわいく悲鳴をあげたりはしないけど、思わず冬夜の手をぎゅっと握る。
「ちょ、美愛っ……」
　珍しく焦った声を出す冬夜にハッとする。
　幼なじみとはいえ、さすがにまずかったかも。
「ご、ごめん」
「……無神経め」
　なんて言いながらも、振り払ったりせずに握り返してくれる冬夜はやっぱり優しい。
　それにしても……。
　さっきのリビングでのことといい、握ってくれる手の力強さといい。
　冬夜ってやっぱり男の人なんだな……。
「冬夜って、私のこと、女って思ってる？」
「はぁ？　どうした急に」
「うーん。冬夜も男の人なんだなって思ったから」
　そう言うと冬夜は少し手を握る力を緩める。
「……どうせ意識とかはしてねぇんだろ」
「え？」

「……なんでもない。で、女として見てるか？　そうだな、生物的には」
　せ、生物的にはって……。
「な、なんか微妙な回答だね」
「……事実言っただけだろ。ってか、そろそろ11時になるけど眠くないのかよ？」
「う、う〜ん……」
　そろそろ眠くなってきてもおかしくない頃だとは思うけど……。
「なんか今日、全然眠くないな」
「スマホいじってたのか？」
「ううん」
　とにかく眠くないんだよね。なんでだろ？
「冬夜は何時頃に寝るの？」
「んー、眠くなったらだな」
　いつ眠くなるのよ……。
「最近は徹夜が多い」
「体に悪いよ？　っていうか、なにして過ごすの？」
「勉強か考えごと」
　べ、勉強……。
　さすが、学年トップを争うだけあるな。
　それにしても、考えごとって……。
「悩み？」
「まあ、そうだな」
　へえ、冬夜にも悩みとかあるんだ。

「なんの悩み？」
「……お前にだけは言えない悩み」
　なにそれ？
　そんな言い方されたらますます気になるよ。
　絶対、冬夜もそのことわかって言ったよね。
「お前は知らなくていい」
　うーん……あ、待って。そんなに必死になって隠そうとするって。
「も、もしかして犯罪とか？」
「んなわけねぇだろ……」
「す、すみませんでしたっ」
　な、なんか、今一瞬殺意を感じた……。
「ほんと、バカじゃねぇの」
　またそういうこと言う！
「い、言っておくけど、女の子に暴言ばっかり吐く人ってモテないんだからねっ」
　へへーんだ。言ってやった。
　得意げになってたけど……ちょっと待って。
　冬夜って、割とモテるよね？　ファンの子多いし、告白されることも多いって聞いたことあるし。
「ふーん、俺ってモテねぇの？」
　私が自分の発言に後悔し始めたのを見計らって、冬夜がそう言う。
　うっ……。
「ま、まあ、一概にそうとは言えないけど！」

「だよな？」
　と、冬夜めー!!
「このナルシスト！」
「いや、モテるかは知らねぇけど。まあ少なくともお前よりはモテてんな」
　くー!!　すっごく癪(しゃく)に障るっ。
　頬を膨らませてそっぽを向いていると。
「……なあ」
　不意に冬夜が口を開いて、ベッドに腰掛けた。
　突然近くなった距離に思わずドキッとなる。
「……お前、俺が他の女に喋りかけられたりするの見て嫌な気しねぇ？」
　いつになく真剣な表情で、まっすぐ私の目を見ながら言う冬夜。
「え、と……。し、しない……かな？」
　冬夜のさっきまでとは違う雰囲気に戸惑って、しどろもどろで答える。
　嫌な気は……しないな。強いて言えばモテるなぁって思うくらいで。
　でもなんで突然そんなこと……？
「……そ」
　冬夜はどこか切なげな表情を浮かべて、私の髪をそっと優しく撫でた。
　そんな冬夜の顔に、なぜか心臓の鼓動が速くなる。
　え……な、なに？

目を何度も瞬かせて、窓の外を眺めている冬夜の横顔を見る。

目、鼻、唇……。

整った輪郭がはっきりと目に映るけど、その横顔はどこかもの寂しそうで。

こんな冬夜、見たことない。

ねえ、今……なに考えてるの？

思わずそっと手を伸ばしかけたとき。

「雷、収まったし、部屋戻るな。……おやすみ」

冬夜はそれだけ言うと、そっと私から手を離して部屋を出ていった。

パタンと扉が閉まって、続いて冬夜が隣の部屋に入った音が響いた。

な、なんだったんだろう。

自分の胸に手を当てる。

ド、ドキドキなんかしてないもんね！

冬夜にドキドキなんて、そんなのありえない！

布団に潜って、さっき冬夜に撫でられた髪をそっと触る。

ドキドキ……なんて……。

高鳴る心臓を認めたくなくて、けれどどこかでそれを心地よく感じていて。

さっき優しく包み込んでくれた手も、髪も、どこか熱を持っている気がする。

私はそんな自分に戸惑って、そんな思いを閉じ込めるように、きゅっと髪を握って目を瞑った。

武田くん

　翌日。
　いつもよりちょっと遅れて7時に起床し、シャッとカーテンを開ける。
　すると真っ先に目に飛び込んできたのはどんよりした空と大粒の雫。
　ああ〜、今日も雨か……。
　私はうーんと伸びをして洗面所に向かった。
　着替えも終えて、キッチンに移動。
　冬夜はまだ起きてこないけど、昨日迷惑かけちゃったし、朝食は私が作ろうっと。
　そうして食卓にトーストやサラダが並び、コーヒーを淹れ終わった頃に冬夜が起きてきた。
「あ、おはよう」
「……はよ」
　あくびしながら出てきたけど、ひとりで起きてきただけでもかなりびっくり。
　冬夜は食卓に並ぶ朝食を見て、私のほうに目を向けた。
「作ってくれたのか」
「うん。あの……昨日のお礼も兼ねて」
「礼？　あー……」
　冬夜は髪をかきあげながら席に着く。
　わ、わー……。

なんというか、色気？がすごい。
「こっちこそサンキューな。寝坊したから助かった」
「あ、うんっ」
　それでも席に着いた途端に、冬夜が口を開く。
「これ美味そうだけど、毒は入れてないよな？」
　……言うと思った。
　私が料理したら、いっつも『毒入ってる？』って聞くんだから。
　ほんと嫌なヤツ。
「入れてないけど、入れてほしい？」
「いや、遠慮しとく」
　まったく、失礼しちゃうんだから。
　そんなこんなで朝食を終えると、冬夜が窓の外を見て顔をしかめる。
「今日もひでぇ雨だな」
「うん……」
　私も外を見る。
　ザーザー降り……。
　梅雨だなぁ。
「そういや傘あるのかよ？」
「うん、持ってきたよ」
　昨日だって、私の家から冬夜の家に行く間だけでも傘が手放せないくらいの豪雨だったもんね……。
「お前の傘いいよな。絶対濡れねぇだろ」
「あ、そっちの傘は武田くんに貸しちゃったから、今日は

家にあったやつなの」
　冬夜はピタッと動きを止める。
　……？
「冬夜？」
「……べつに。そろそろ行くぞ」
「あ、うんっ」
　そう返事をして、冬夜と一緒に家を出る。
「行ってきまーす」
「誰に言ってんだか」
「いいでしょ。自分よ、自分」
　そうして土砂降りの雨の中を並んで歩いていると、遠くのほうで雷が鳴った。
　思わず隣を歩く冬夜の手をパッと掴む。
「あ……ごめん」
　すぐに手を離したけど、心なしか冬夜の顔が赤い。
　な、なんか私まで赤くなってきた。
「お前、自分から手ぇ繋いどいて、赤くなってんじゃねーよ」
　冬夜はそう言うけど。
「し、仕方ないでしょ！　条件反射なんだからっ」
　喧嘩腰で話しながら学校に到着すると、偶然、昇降口で武田くんに出会う。
「あ、武田くん、おはよう」
　そう声をかけると、冬夜の眉がピクッと動く。
「碓氷……明野も。おはよう、昨日は傘ありがとう」
　武田くんがそう言って微笑む。

「ううん。全然構わないよ」
「ほんとに助かったよ」
　そう話す私たちの横を、冬夜がスッと通り過ぎる。
　そこでまた、冬夜ファンのみんなが一斉に押し寄せた。
「明野くぅん、おはよ～！」
「……るせぇ」
　冬夜の低い声にみんなはびくりと肩を揺らし、逃げるように教室に向かっていった。
　こ、こわー……。
　冬夜の大ファンの女の子たちまで逃げるなんて、冬夜、いったいどんな表情してたんだろ？
「碓氷、教室行こ？」
「うん」
　先に教室に向かっていた冬夜の後ろ姿をちらちら見ながら、武田くんと話をする。
　すると背後から快活な足音が聞こえてきて、振り返ると恵美。
「恵美、おはよう」
「美愛っ、おは――」
　恵美は武田くんがいるのに気づくと驚いた顔をして、前を歩いている冬夜を見た。
「江藤、おはよ」
　そんな恵美に、武田くんが挨拶をする。
「う、うん。おはよ」
　挨拶を返して、恵美は私に小声で囁く。

「美愛、なんで武田くんと？」
「偶然、靴箱で一緒になったからだよ」
　恵美が「ふうん……」と頷いて教室に入っていったから、続いて私も教室に足を踏み入れる。
　すると。
「来た来た！」
　誰かがそう言ったかと思えば、どどっと女の子たちが私のほうに押し寄せてくる。
　え、なに、この冬夜現象!?
　若干パニックになりかけていると。
「美愛って武田くんと付き合ってるの!?」
　……はい？
　ポカーンと口を開けそうになっていると、他の子も言い出す。
「相合い傘してたでしょ？　見てたの！」
「まさか、ここのふたりが付き合うとは思わなかったな〜」
　いやいや、ちょっと待って？
「私、付き合ってな──」
「どっちから告ったの？」
「いつから？」
「ちょちょ、ちょっと待っ……」
　必死に誤解を解こうとしていると、なんだかクラスの男子もざわつき出す。
「と、冬夜っ、落ち着けよっ」
「明野!?」

え、冬夜?
　思わず冬夜のほうを見ると、他の男子の必死な声掛けにも耳を貸さず、ガタッと席を立ってそのまま教室を出ていった。
　——シーン……。
「わっかりやす。まあみんな知ってるからいいけど」
　私のほうに来た恵美がそう呟いたけど……、なんのことだろう?
　とりあえず私は女子のみんなに向き直る。
「あ、あの、武田くんとは付き合ってないよ?」
「え、そうなの?」
「うん。武田くん、昨日傘とられたみたいで、たまたま方面が一緒だったから一緒に帰っただけ」
　そう言うと女子たちは「なーんだ」と言いながら席に戻っていく。
「明野くん、狙えると思ったのに……」
　ん?　なんでここに冬夜が出てくるの?
　私は首をかしげながら自分の席に座って、隣の空いている席を見た。
　冬夜、どこ行っちゃったんだろ?

【冬夜side】
　イライラする。
　ずっと我慢してたけどもう限界だ。

俺は屋上に来て屋根のあるところに行き、フェンスにもたれかかった。
　美愛……。
　考えるのは美愛のことばかり。
　なのにあいつは……。
　くしゃっと髪をかきあげる。
　あいつは、俺のことを意識するどころか、どれだけ気づかせようとしても俺の気持ちに気づかない。
　……ったく、鈍感にもほどがある。
　それに今回は武田と噂(うわさ)になってるとか、マジでありえねぇ。
　ふと空を見上げると、太陽の見えない空に、真っ黒な雲が一面に広がっている。
　初夏特有の蒸し暑くて生ぬるい風が吹いて、思わず顔をしかめると、屋上の扉が開いて親友の圭斗が入ってきた。
「冬夜」
　ゆっくりこっちに歩いて、俺の隣に並ぶ。
「……碓氷、べつに付き合ってないって」
　……知ってる。
　あいつが付き合うとかそんなことするわけない。
　恋愛初心者なのに加えて、あのとおり鈍感だし。
　もう鈍感ってレベルじゃないだろ、あれ。アホなんじゃないか？　あいつ。
「冬夜もいい加減、告ったら？　碓氷のこと狙ってるヤツなんか、いっぱいいるし」

そう、そうなんだよな。
　昔から、あいつはすげぇモテてた。
　そもそもあの容姿だしな。
　親が親なだけある。
　憐斗さんと玲さんのいいとこ取りじゃねぇか。
　なのに無自覚。
　だから俺は、昔からあいつの容姿に惹かれて近づくような男は片っ端から睨んで、あいつと親しいってとこ見せつけて、絶対近づけないようにした。
　それを本人はモテないんだと思ってるけど……。
　お前は俺だけで十分なんだよ。
「冬夜……武田、なんか本気っぽいぞ？」
「……わかってる」
　だからこんなにもイライラしてるんだろ？　武田って女子からも人気あるっぽいしな。
　美愛がああいうのにキャーキャー言うわけないけど、やっぱり少し気になる。
「まあ、俺は応援するからさ。頑張れよ」
「……ん」
　圭斗は階段に続く扉の取っ手に手をかけると、俺のほうを振り返った。
「ほら、行こう？」
「……ああ」
　俺はフェンスから離れ、屋根の外を覗き込むように、もう一度空を見上げる。

……黒い空にどんよりと重い空気。さっきと、何も変わらないままだ。
　俺は一度髪をかきあげると、圭斗のあとを追うように屋上を出た。

名前呼び

【美愛side】
　冬夜が教室に戻ってきたのは、授業開始1分前。
　ギ、ギリギリセーフ……。
　ちらっと冬夜を見るとその強い瞳が目に飛び込んできて、思わず視線をそらして前を見た。
　な、なんだかすごいドキドキした……って、冬夜にドキドキなんてないってば！
　首をぶんぶん振って雑念を追い払い、姿勢を正す。
　……けど冬夜、さっきはどうしちゃったんだろう？
　体調が悪い、とかではなさそうだし。
　ちらっと冬夜を見ると、何事もなかったように授業を受けている。
　……なんだったんだろう。
　私は心の中でそう呟いて、冬夜にならって真面目に授業を受けた。

　放課後。
　靴箱で上靴をしまっていると、ちょうど武田くんがやってきた。
「碓氷。これ、傘。今朝渡せたらよかったんだけど、明野の前じゃ返しにくくて」
　あ、そっか。そういえば傘、まだ返してもらってなかっ

たんだ。
「ううん！ お役に立ててよかった」
　そう言って微笑むと、武田くんは少しだけ頬を赤らめる。
「武田くん、大丈夫？」
「だ、大丈夫！ それより碓氷、今日も一緒に帰らないか？」
「え？」
　私が問い返すと、武田くんは慌てたように言う。
「いや、その、今日も雨で暗いし、 送ってくよ。あ、でもまた噂とかなったら迷惑か……」
　武田くん、ちょっとがっかりしてる？
　確かに、ここで断ったら明らかに拒否してるみたいになっちゃうよね。
「きょ、今日は相合い傘じゃないし、送ってくれるっていう名目もあるし、一緒に帰ろうか」
「え、ほんとに!?」
「うん」
「やった、今日ついてる」
　武田くん、よっぽど嬉しいみたい。
　もしかしていつもひとりぼっちで帰ってるのかな？
　私とか武田くんの家がある方面に住んでる生徒少ないし、私も冬夜ぐらいしか一緒に登下校する相手なんかいないし。
　いつもひとりだったら、誰かと一緒に帰れるだけで嬉しいよね。
「ごめん、ずっと立ち話しちゃってたな。帰ろうか」

「うんっ」
　そう返事をして昇降口をあとにする。
「碓氷、噂とかいろいろごめん」
「た、武田くんが謝ることじゃないよ！」
　そうそう、元はといえば私が傘に入れたんだし！
「それに私と武田くんは友達なんだし、噂なんてすぐに消えるよ」
　そう言って私が微笑むと、武田くんは顔を曇らせた。
「……だよな。友達だしな」
　武田くん？　さっきより、なんだかちょっと声が沈んでるような……。
　あ、もしかして、友達って言ったことを気にしてる!?
　しまった、やっぱり武田くんの中で私はクラスメイトだったんだ！
「ご、ごめんね武田くん！　友達とか大それたこと言っちゃって！」
「え!?　い、いやそうじゃなくて──」
「私、男子の友達って冬夜くらいしかいないし、ちょっと嬉しくて……」
　もはや冬夜は友達というより、いじめっ子だけど。
　ため息をつくと、武田くんが口を開く。
「じゃ、じゃあさ、友達の証に……」
「ん？」
　私が武田くんを見ると、顔を真っ赤にして言った。
「俺のこと、名前で呼んでくれる？」

友達の証……。と、友達！
「もちろんだよ！　私のことも名前で呼んでくれていいからね！」
「わ、意外とあっさり……う、うん、ぜひ！」
　それからも他愛のない話をして家に到着。
「じゃあ、また明日ね！」
「うん、じゃあ」
　私は微笑んだ武田くん……じゃなくて、洋くんに手を振って家に入った。
「ただいま〜」
「美愛！　おかえり〜、美樹からパジャマ受け取っておいたわよ」
　あ、そっか、今朝冬夜の家に置いてっちゃってたんだ。
「ありがと」
「いいえ」
　ママは微笑んでパパの隣に座る。
「そういえばパパ、どうしたの？」
　こんなに早くに家にいるって珍しい……。
「こっちに帰ってくるのが昼過ぎになってな。秘書に言ったら今日はオフにしてくれた」
「その代わり、明日の仕事量は倍なんですって」
「帰ったら労ってくれるか？」
「もちろん」
　にこにこするママに、パパはフッと優しく微笑みかける。
　相変わらずのラブラブっぷりで……。

「あ、憐斗くん、お茶でも淹れようか？」
「ああ」
　ママが立ち上がってキッチンに行くと、パパにちらっと視線を送られる。
「な、なに？」
　私、何か悪いことしたっけ？
「……美愛、冬夜とは何もなかったよな？」
　冬夜？
「なんのこと？　とくに何も問題なかったけど」
「そ、そうか」
　なんかパパ、ほっとした表情してる。
「あいつはやっぱり信用できるな。……まあ、だからって許したわけじゃないが」
　信用？　許す？
　パパったら、なんの話してるんだろ？　もしかして仕事についての独り言かな。
「パパ、疲れてるんじゃない？　いつも忙しそうだもんね。たまにはゆっくり休んでね」
「……！　あ、ああ」
　パパがそう言ったと同時に、ママがティーカップを載せたトレイを運んでくる。
「憐斗くん、いいことでもあったの？　なんだか嬉しそうだけど」
「ああ、まあな」
　……？　パパって時々よくわからないな。

まあいいや。
　私は久しぶりにゆっくり話しているパパとママの邪魔をしないように、部屋に入って宿題を始めた。

　翌日はやっと晴れて、折り畳み傘を鞄に入れて学校に向かう。
　ううーん！　やっぱり人間って、太陽の光が必要なんだなぁ……。
　キラキラとまぶしい日差し。
　夏の始まりを告げる爽やかな風。
　昨日の雨の名残である水たまりも、今日は青空を映して晴れ晴れとした気分を演出している。
　ただ歩くだけでも気持ちいいな。
　やっぱり通学路はこうでなくっちゃ。
「碓氷、おはよ」
　声をかけられて振り向くと、藤沢くんがいた。
「おはようっ、やっと晴れたね」
「連日雨だったしね」
　そう言ってやわらかく微笑む藤沢くんを見ていると、なんだか心の中を風が通り抜けたような気がする。
　ほんと爽やかだなぁ……。
「碓氷、今日は冬夜と一緒じゃないの？」
　藤沢くんが爽やかな笑みのまま、そう言う。
「いつも一緒ってわけじゃないよ。たまたま同じタイミングで家を出たときだけ」

「たまたま、ねぇ」
　……？　何を言っているのかわからなくて藤沢くんを見たけど、笑顔でごまかされてしまった。
「今日はどうしたんだろうね」
「寝坊だと思うよ。悩みごとのせいで最近は徹夜が多いんだって」
「ふぅん……」
　藤沢くんはそう言って、空を見上げる。
「藤沢くんは、何か相談受けてない？」
「うーん、相談っていうかね……まあ碓氷には教えられないな」
「冬夜もそう言ってたよ……」
　私が頬を膨らますと、藤沢くんはクスッと笑う。
「いずれわかるよ」
　な、なんか意味深。
　そう思ったところで学校に到着。ふたりで教室に入ると、恵美が声をかけてくる。
「美愛っ、藤沢くんもおはよう！」
「おはよう恵美！」
「おはよう」
　藤沢くんはそう挨拶すると、男子に囲まれて恵美の隣の席に着く。
　藤沢くんて、相変わらず男子にも女子にも人気があるんだなあ。
　しばらく恵美と喋っていると、冬夜が教室に入ってきた。

「明野くん、おはよ」
「ああ、はよ」
　そう言うと席に着いて、藤沢くんと話し始める。
「ねえ、なんか最近の冬夜ってクールじゃない？」
　思わず恵美に小声でそう言う。
「なんか前まで意地悪言ったりして元気なスポーツ少年って感じだったのに……」
　話しながら恵美のニヤニヤした笑みに気づく。
「な、なに？」
「美愛、さみしいの？」
「え、まさか!!　そういうのじゃなくてっ」
　私が慌てて言うと、恵美はクスッと笑う。
「明野くんはもともとクールだよ。美愛の前だけじゃないかな、あんな無邪気な……っていうか、感情をあらわにするのって」
　え、そうなの？
「なんで？」
「それは自分で考えなさいっ」
　恵美に言われて「ケチー」と膨れていると、洋くんが登校してきた。
「美愛、おはよ」
　洋くんのよく通る声に、一瞬、クラスがシーンと静かになる。
「おはよ、洋くん」
　冬夜以外の男の子に"美愛"って呼ばれるの初めてだか

ら、なんかちょっと照れくさいな。
「ちょ、美愛、どうしたの？　急に名前呼びなんて」
「昨日そうしてって言われたの」
　そう言ってふと隣を見ると、冬夜が鋭い目つきで私を見ていた。
「冬夜……？」
　声をかけた途端、フイッと顔を背けた冬夜。
　まわりの男子はピリピリした冬夜にオロオロして、私に『なんとかしろよ』的な視線を送ってくるけど、私に頼られても……。
　私はもう一度、そっぽを向いた冬夜をちらりと見てから、小さくため息をついて授業の準備に入った。

【冬夜side】
　名前呼び。
　武田のことを "洋くん" って……。
　高い綺麗な声がその名を呼んだとき、心臓がひゅっと鳴ったような気がした。
　机の下で拳を握りしめる。
　今まで俺以外に名前呼びなんかしなかったのに。
　……させなかったのに。
　男の中では仲がいい圭斗のことさえ苗字で呼んでるあいつが、なんで武田を名前呼びしてんだよ。
　イライラする。

武田のヤツも"美愛"だ？
ふざけるな、そう呼べるのは……俺の特権だったんだよ。
ちらりと隣の席の美愛を見る。
数学教師の説明に耳を傾けながら懸命にノートを取る美愛は俺の視線にはまったく気づかない。
ついでに……。
スッと美愛の斜め後ろに視線をやる。
……武田から美愛への視線。
ふと武田が俺のほうを向いたので視線がぶつかる。
冷めた目を投げかけると、フイッと向こうから目をそらした。
……今までは、なんとか美愛を他の男から遠ざけてきた。だからこそ心の余裕があったし、美愛に一番近い存在であるってだけで優越感さえあった。
でも、もう油断できねぇな。
このままじゃ武田に奪われる。
確実に。
美愛は鈍感だし恋愛とかしたことなかったけど、そろそろそういう時期だろ？
彼氏が欲しいとかなんだとか。
そんなの、耐えられねぇよ。
俺はもう一度、美愛をちらりと見て、黒板のほうに顔を向けた。

Chapter 2

告白と彼氏

【美愛side】
　その日のロングホームルームは文化祭の係や出店の内容決めになった。
　文化祭かぁ……。もうそんな季節だったんだ。
　どんなのがいいかな？
　それからいろんな候補が出たけど、多数決でカフェに決まった。
「じゃあ、係とか出店のために用意するもの、買い出しが必要なものを決めます」
　実行委員の言葉に、みんなだるそうな声をあげる。
「何が一番楽だろ？」
「余りものでいいかな」
　そんなみんなのやる気のなさを予想していた実行委員。
「みんながそう言うと思ったのでクジで決めます！」
「「わー、絶対楽なの引きたい!!」」
　そうして私にもクジが回ってきた。
　や、やだなあ、クジって……。何か面倒なの引き当てちゃいそう。
　そう思いながら紙を取り出し、ゆっくりと開く。
「あ……」
　開いた紙の真ん中には『買い出し』の文字。
　う……こ、こうなるってわかってた……。

「じゃあ聞くよー、接客は？」
　その声に冬夜が面倒くさそうに手をあげる。
「明野くん接客なの!?　やったー！　私も接客！」
「っていうか、明野がいるってだけで、客めっちゃ来そうじゃん！」
　そんなみんなの声に、本人はちらりと私を見て、なぜか不満そう。
　けど、冬夜が接客とかほんとにピッタリだな。ギャルソンエプロンとか似合いそうだもん。
「じゃあ買い出しの人ー？」
　わ、私だけど、手はあげたくないなあ。
　買い出しはふたりって書いてあったけど、もうひとりは誰なんだろう？
　そう思いながら恐る恐る手をあげると、もうひとり、手をあげたのは洋くんだった。
　それと同時に、なぜか隣の席から殺気を感じたけど。
　よ、よかったあ〜……。これで喋ったこともないような男子と一緒になったらどうしようかと……。
「じゃあ、係ごとに分かれて。話し合いを始めてください！」
　実行委員の言葉に、洋くんの机に駆け寄る。
「ほ、ほんとにホッとした……」
「俺も。碓氷と同じ係とか、クジありがとうって言いたい」
　ふふっ、大袈裟だなあ。
「じゃあ、買い出しの日にちとどこ行くか決めようか。あと買い出しリストも作らなきゃね」

「う、うん。やることいっぱいだね」
「うん、頑張ろうね」
　そうして他の係の人と協力してリストを作り、日曜日に買い出しに行くことが決定したところでロングホームルームの終わりを告げるチャイムが鳴り響いた。
「じゃあ美愛、日曜日にね」
「うんっ」
　そう言って去っていった洋くんと、手を振る私を冬夜が見つめていたことに気づかなかった。

　　日曜日。
「じゃあ行ってくるね」
　リビングに置いてある鏡で、肩にリボンがついた白いトップスと、ベージュのキュロットというコーデに目を通してからパパとママに声をかける。
「あら、かわいい格好して。もしかしてデート？」
　ママの声に、パパが新聞からバッと顔を上げた。
「……冬夜か？」
「ち、違うよ、文化祭の買い出し！」
　っていうかなんで冬夜が出てくるの？
　全然関係ないのに！
「買い出しなんて大変じゃない。誰かと一緒なの？」
「うん、クラスメイトと。最近仲良しになった男の子なの」
　ママにそう答えるとパパが腕組みをする。
「……心配だな」

「憐斗くん……。そんな調子じゃ美愛、彼氏もできないじゃない」
「……そんなヤツいらないだろ、冬夜だけで、もう十分だっ」
　珍しくパパが感情的……。っていうか、本当、なんでいつも冬夜が出てくるのかな？
「まあ、楽しんでらっしゃい、気をつけてね〜」
「うん！」
「……本当に、気をつけろよ？」
「は、はーい……」
　パパったら、ほんと過保護なんだから……。
　そう思いながら、駅に向かった。

　駅に着くとそこにはすでに洋くんがいて、私服姿に少しドキッとする。
　黒いジーンズに、白いシャツに青いカーディガン。
　シンプルなのに、着こなし方が上手なのか、なんだかモデルみたいに見える。
　さすが、学校で騒がれるだけあるなあ。
「洋くん、おはよう」
　私の声に、洋くんが顔を上げて微笑みかけてくれる。
　私服で会うのは初めてだから、なんだかちょっと変な感じがする。
「おはよ、行こっか」
「うん！」
　早速、事前に決めていたお店に入り、私はリストを読み

上げていく。
「まず宣伝用に厚紙がいるみたい」
「了解。厚紙ね」
　方向音痴の私とは違って、洋くんはすぐに厚紙のところまでたどり着いて、どんどんカゴに入れていく。
　す、すごい。私だったら絶対迷ってる。
　しっかりしてるんだなあ。
「あとは、これで終わり！」
　カゴに品物を入れて買い出し完了。
　洋くんのおかげで、一度も迷ったり無駄足を踏むこともなかったな。
　レジで支払いを終えて、洋くんがすべての荷物を持って歩いていく。
「洋くん、私も持つよ」
「ううん、大丈夫だから。こういうのがあるからふたりなんでしょ」
　洋くんはそう言って微笑むと、大量の荷物を軽々と運んでいく。
「あ、ありがと」
「いいって。じゃ、帰ろっか」
「うん」
　いろんな話をしながら家のほうに向かっていると、途中でアイスクリームショップを発見。
　私の目線の先にあるものに気づいたのか、洋くんが私に微笑みかける。

「せっかくだし、行く？　買い物だけじゃ味気ないしさ」
「えっ、いいの？」
「そんなキラキラした目、向けられたらね」
　やったー！　甘いもの食べたいと思ってたんだよね！
　ふたりでアイスクリームショップに入っていった。
「うーん、どれにしよう……」
　カラフルなアイスが並ぶショーケースの前で、かれこれ２分。
　洋くんを待たせて散々悩んだ末、選んだのはマンゴーとソーダのダブル。
　私が頼むと、洋くんが私の分まで支払ってアイスを差し出してくれる。
「えっ、ちょ、いいよ！」
「いいって。遠慮しないで」
　そう言って、店内の席に着きながら笑う洋くん。
　私も洋くんの正面に腰をおろしたけど……。
「でも……」
「ほら、早くしないと溶けるよ？」
　洋くんの言葉におずおず受け取った。
「あ、ありがとう」
「いいえ」
　洋くんはにこっと微笑んで、私も微笑み返してアイスをひと口。
　ん〜！
「美味しい！」

私がそう言うのを見てクスッと笑う洋くん。
「よかったね」
「うん！　あ、洋くんは何味食べてるの？」
「俺のはカフェオレ味だよ」
「大人だね〜」
「そうかな？　あ、ひと口食べてみる？」
「いいの!?」
　じゃあ、お言葉に甘えて……。
　洋くんのアイスをスプーンですくって食べる。
「うーん！　美味しい！」
　そう言うと洋くんは微笑んだ。
　ふと顔を上げると、いつのまにか店内に人が増えていて、女の子たちが時折、ちらりと洋くんを見ている。
　洋くんってかっこいいし、やっぱり気になるよね。
　そんなことを考えてアイスをすくっていると。
「美愛、俺もちょっともらってもいい？」
「あ、いい――」
　洋くんはそう言うとコーンを持っている私の手を引いて、ペロリとアイスを舐める。
「……!!」
「ん、美味し」
　ちょ、ちょっと待って!?
「割に合わないよ！　もっと食べていいよ!?」
　さっき私、スプーン1杯分もらっちゃったし！
「え、そっち？……いや、いいよ」

洋くんはそう言って複雑な顔。
「ほんとにいいの？　あ、でもこれ美味しいでしょ」
「美味しいけど……複雑」
「え？」
　洋くんは肩をすくめて、「ほら」と促す。
「早く食べないと溶けちゃうよ」
「あ、ほんとだね」
　洋くんはそんな私にクスッと微笑みかけて、私もつい笑みをこぼした。

「美味しかった〜。ごちそうさまでした。今日はありがとう」
「いいえ。じゃあ荷物は明日、実行委員に渡しとくね」
「うん、重い荷物持たせちゃってごめんね」
「いいってば。じゃあね」
　洋くんはそう言うと、『寄るところがあるから』と言って去っていった。
　ほんと、いい人だなあ。
　よし、買い出しもすませたし、アイスも食べたし、帰ろうっと。
　そうして歩き出すとふとスマホが鳴る。
　着信……あ、ママからだ。
「もしもし？」
『あ、もしもし美愛？　あの、家の鍵持ってる？』
「ううん、今日は持ってない。今から帰るけど……」
　な、なんか嫌な予感。

『あら、持ってないの？ じゃあ美樹の家行ってくれる？ 今、ちょっと用事ができちゃって、パパもママも家にいないの』

ほら、やっぱり！ 時々こういうことがあるし、今度もそうじゃないかと思った。

『ごめんね？ 帰ったら連絡するわ』

「うん、わかった」

まあ、文句言っても仕方ないもんね。

通話を終了してため息をつく。

ママは用事なんて言ってたけど、本当はパパとデートなんだろうなあ。

まあ夫婦仲良しなのはいいことだし、おとなしく冬夜の家に行っておこうっと。

そうして明野家に到着し、チャイムを鳴らすと美樹さんが出迎えてくれた。

「玲から聞いてるわ、あがって？」

「お邪魔します」

家にあがって、ふかふかのソファに座る。

「冬夜は部活なの」

「あ、そうなんですね」

うちの学校のクラブは月、水、金の週3日だけど、体育会系は土日に練習試合があることが多い。

休みの日まで部活なんてすごいな。

しかも冬夜、お茶の稽古にも時々顔出さないといけないみたいだし。

ほんと、忙しそう。
「はい、どうぞ」
　そう言って、アイスティーを出してくれた美樹さん。
「ありがとうございます」
　そう言って飲むと、う〜ん、冷え冷えで美味しい！
　ひょっとしたらさっきのアイス並みかも。
「あの、これってアールグレイですか？」
「さすが玲の娘ね！　玲も紅茶当てるの、昔から得意なのよ？」
「そうだったんですね」
　私はそう言ってもうひと口飲む。
「そういえば美愛ちゃん、今日はどこに出かけてたの？」
「あ、文化祭の買い出しに」
「そういえばもうすぐなのね。買い出しって、ひょっとして男の子と？」
　な、なんか美樹さん、目がキラキラしてる。面白がられてるんじゃ……？
「ま、まあ、そうです」
「そうだったのね〜。冬夜、ファイトね」
　……？？？　なんでここで冬夜が出てくるんだろ？
「あ、そろそろ帰ってくるかもね」
　美樹さんがそう言ったと同時にガチャ、と玄関が開いた音がした。
　す、すごい。親子の間でテレパシーで会話してるのかな？
　そんなことを考えているうちに、美樹さんが玄関までお

出迎えに行く。
「ただいま」
「おかえり冬夜。美愛ちゃん来てるわよ」
「は？　なんでだよ？」
「玲が憐斗くんとデートに出ちゃって、鍵持ってなかったから閉め出されたのよ。ちなみに文化祭の買い出しだったみたいよ？　……男の子と」

　そんな会話を聞きながら、アールグレイをもうひと口。
　後半はよく聞こえなかったけど、なんだか美樹さんの口調、冬夜を挑発してたような……？
「美愛ちゃん、冬夜帰ってきちゃった」
「なんだよその言い方」
　美樹さんに続いて、冬夜がスポーツバッグを肩にかけながらリビングに入ってくる。
「じゃあ、私は買い出し行ってくるから」
「……は？」
「ふたりで仲良くね」
　美樹さんはそう言うと笑顔で出ていった。
　——シーン……。
　そういえば最近、冬夜と話してなかったかも。ふたりきりなのも随分久しぶりに感じるな。
「え、えーと、部活お疲れ様」
「……ああ」
「座ったら？　疲れてるんでしょ？」
「……だな」

冬夜は、私の座っているのと向かい合わせになっているソファに座って、スポーツバッグを置いた。
　今日の冬夜、前にも増してクールな気が……。
　というか、口数が少ない？
「……今日、買い出しだったんだって？」
「うん、そうだよ」
　冬夜が不機嫌そうに顔を背ける。
「……武田と？」
「そう。無事ぜんぶ買えたの」
「……ふうん」
　冬夜はそう言ってソファの肘掛けに肘をついて髪をかきあげる。
　悔しいけど……様になっててかっこよすぎる……。
　っていうかまたシーンってなっちゃった。
　冬夜とふたりでいて沈黙ってあんまりないから、なんだかちょっと気まずい。
　何か話題あったかな。
「そ、そういえばアイスも食べてきたんだよ。それで交換し合ったんだけどね」
　私の言葉に、手から髪を離す冬夜。
「は？」
「……って言っても、洋くんに奢ってもらっちゃったんだけど。洋くんはペロッてほんの少し食べただけだったの。私はスプーンですくって食べたんだよ？　やっぱり割に合わないよね」

って、ちょっと待って。
　なんか冬夜、機嫌悪くなってない？
「と、冬夜？」
「……バカすぎる」
　はい!?
「な、なんでよっ？」
　そう言うと冬夜は、ますます怒った……というよりイラついた表情で私を見る。
「なあ」
　冬夜はふとそう言うと、私の飲んでいたアールグレイに口をつけて、ぜんぶ飲み干した。
「……こういうの、なんていう？」
　冬夜にまっすぐ見つめられて、なんだかドキドキする。
　……ってないない！
　私ったらなに考えてるの!?
　そ、そんなことより、"こういうの"って……。
　あ……。
「かん、せつ、キス……」
　かあっと顔が赤くなる。
「それ目当てでやったっつーこと。わかったか、バカ美愛」
　う……。
　……洋くんは、そんなつもりでやってないと思うんだけどなぁ……。
　っていうか今、と、冬夜と間接……キス……。
　そ、それを言ったら洋くんとも……！

「わー！　私ったらなんてことをっ……」
　思わずバッと手で顔を覆う。
　恥ずかしすぎて、っていうか、自分の無頓着さにさすがに呆れるよ！
　もうしばらくは冬夜の顔も、洋くんの顔も、まともに見れない！
「今頃……バカじゃねーの」
　冬夜もそう言って自分の髪をくしゃっとしたけど、心なしか頬が少し赤く染まって見える。
　私は指の隙間からそんな冬夜を見つめながら、なんだか冬夜のひとつひとつの仕草に……。
　──ドキドキ、してしまった。

【冬夜side】
　気っまず……。
　勢いに任せてなんつーことしちまったんだ俺。
　にしても、こいつほんとにわかってなかったのかよ。そういうとこはほんとにイラつくな。
　っていうか武田のヤツ、こいつの鈍感さ舐めてたな。
　ざまあみろだ。
　ちらりと美愛の様子を窺うと、顔を覆うのはやめたけど真っ赤な顔で俯いてる。
　そんな様子にどこか胸が鳴ったけど、美愛が顔をあげそうになって、フイッと目をそらした。

「……てかさっきから思ってたけど、お前今日、なんでそんな気合入った服着てんの？」
「はい!?　そ、そりゃ私だって女子なんだから、出かけるときくらいおしゃれするよ」
「……ふーん」
　思わず言いそうになった言葉を慌てて呑み込む。
『武田と買い出しに行ったから、そんな格好したの？』
　……バカバカしい。
　なにモヤモヤしてんだ俺。
　美愛があんなヤツのこと、好きになるわけねぇだろ。
　好きになるわけ……。
　ガチャ、とドアが開いて母さんが帰ってきた。
「あれ、ふたりとも顔赤いわよ？　どうしたの？」
　チッ……ニヤニヤしながら言うな。
「なんでもねぇよ。このあと稽古だから着替えてくる」
「シャワーも浴びなさいよ」
「ん」
　俺は真っ赤になってる美愛の横を通って、部屋に入った。

【美愛side】
「で、美愛ちゃん、どうしたの？　何かあったのっ？」
　美樹さんがすごい勢いで聞いてくる。
　……正直なところ、心配してるというか、楽しんでますよね？

これは、さっきのことは絶対言えない。
「いえ、なんにも」
「ほんとに～？」
「ほんとです！」
　美樹さんは「ふうん」と言ってソファに座る。
「冬夜もダメだなあ。そろそろヤバいのにね」
　美樹さん、何を呟いてるんだろう。
「ねえ、美愛ちゃんは好きな人いないの？」
　美樹さんにまっすぐ見つめられてそう言われ、さっきの冬夜を思い出す。
　好きな人か……。
　なぜかパッと閃いた人は冬夜。
　って、ないない！　絶対ない！
　冬夜のことが好きだなんて！
「い、いませんっ」
　っていうか、いても言いません！
「そっか。やっぱり道は険しそうね」
　美樹さんがそう言って微かに目を伏せる。
　道は険しい？
　『どういう意味ですか？』と尋ねようとしたとき、私のスマホが鳴った。
「あ、ママだ。家に着いたみたいです」
「やーっと、帰ってきたのね。いつまでもラブラブなおふたりなんだから」
「美樹さんもでしょ？」

美樹さんがどこか照れくさそうに肩をすくめると、ちょうど冬夜が着物姿でリビングに入ってきた。
「あ、冬夜、玲が帰ってきたから美愛ちゃんもう帰るんですって」
「ふーん、そ」
　そう言った冬夜にちょっとだけドキッとしてしまう。
　着物姿なんて見慣れてるはずなのに、なんでだろう？
　ドギマギしながら玄関に行くと、冬夜がじゃあ、と手をあげる。
「ひとりで帰れるか？　お前だったらこの距離でも迷子になりかねないからな」
「なっ……！」
　なんの嫌味よっ。向かいの家に帰るだけですけど！
「冬夜こそ、ちゃんとお茶室まで行けるの？　ついていってあげてもいいよ」
「よく言うよな、昔迷子になったのはお前だろ」
　うっ……。
「も、もうそのことはいいの！　じゃあもう帰るから。お稽古頑張ってね」
「……ん、サンキュ」
　そう言った冬夜に一瞬ドキッとしてから、自分の家に足を向ける、けど……。
　さっきの美樹さんの問いかけが頭の中をぐるぐる回って離れない。
『好きな人いないの？』

好きな……人。
いないよ、好きな人なんて。
そのはずなのに、どうして胸が高鳴ってるんだろう。
どうして…………。
「美愛っ、そんなところでなにしてるの？」
ママの声にハッとして振り返ると、玄関の扉を開けて待っていてくれている。
「おかえりなさい。ごめんね、いなくて」
「う、ううんっ！」
私はママにそう返して家に入り、さっきのことは忘れようと、そっと息を吐き出した。

数日後。
文化祭の準備は着々と進み、男子は教室で小道具作り、女子はお客様に出すクッキーを焼く練習に参加中。
……なんだけど、今は家庭科室でみんなの悲鳴を聞いている。
「ちょっと待って、なにこれ!?」
「どうしよー!?」
「み、みんな、落ち着いて……」
私は泣き叫んでいる子たちのクッキーを見て、自分が作ったのを見る。
まあまあの出来……かな。
全体を見てると、できる子は上手にできてるけど、できない子は……はっきり言って結構ひどい。

夏樹は本人もびっくりな真っ黒焦げクッキーになっちゃってたし。
「み、みんな、練習あるのみだよ！　ね！」
　そう言って、わからない子たちに教えていく。
「多分、生地のこね方だと思うの。こうやって……」
　そうしてクッキーを焼いてみると。
「で、できた!!」
「やったね！」
　上手に出来上がったクッキーの山を前に、私も一緒に飛び上がった。
「美愛のおかげ！　ありがと！」
「私じゃないよ！　みんなが頑張ったから！」
「もー！　美愛かわいすぎ〜！」
　みんなにもみくちゃにされて笑顔になる。
「じゃあこれ、男子に渡しに行こっか」
「そうだね！　入り口の看板作りとか、頑張ってくれてるもんね」
　そうして誰に渡すのかで、どこか家庭科室がピンク色の雰囲気に……。
　みんな、恋とかしてるんだなあ。
「美愛は？　明野くんにあげるの？」
　ひとりの女子にそう聞かれたけど。
「自分で食べたいなぁ……」
「「ダメ!!」」
　女子のみんなが、私を見て猛反対。

な、なに!?
「美愛ちゃん、明野くんにあげなよ！」
「そうだよ！　絶対喜ぶから！」
「私たち、明野くんにあげるの我慢するから！」
　みんな、すごい説得してくるな……。
「えー、でも……」
「いいから！　頑張って！」
「う、うん……」
　まあ、これで私が渡さないってなると、冬夜だけクッキーもらえないことになっちゃうもんね。
　仕方ないか。
　教室に戻ると、懸命に小道具作りに専念している男の子たちに、それぞれが頬をほんのり赤らめながらクッキーを渡している。
　すごいなぁ……。
　私も冬夜に渡そうかな。
　けど、そもそもどこにいるんだろう？
　キョロキョロと辺りを見回すと、冬夜は藤沢くんと看板を作っていた。
「と、冬夜」
　冬夜に呼びかけると、クラスのみんながこっちを見ているのがわかる。
　うう……。
「なに？」
「こ、これあげる」

そう言ってクッキーを渡すと、驚いたような顔をして受け取ってくれる。
「珍し……毒でも入ってんのか？」
　言うと思った……。
「お望みなら入れてあげてもいいよ？」
「いや、遠慮しとく」
　いつものやり取りをして、冬夜はポケットにクッキーを入れた。
　よかった、受け取ってくれて。
　突っ返されるわけないとは思ってたけど、やっぱり緊張してたのかな。
　……どこかで、ホッとしている自分がいる。
「美愛ー、こっち手伝って！」
「はーい！　じゃあ冬夜、頑張ってね」
「……ああ」
　そう言った冬夜に微笑んで、恵美のほうに行く。
「よかったな、冬夜」
「うっせーな。早く作れ」
　冬夜と藤沢くんがこんなやり取りをしているのは聞こえたけれど、冬夜が顔を赤くしていることは知らなかった。

　その日の放課後。
「美愛、ちょっといい？」
　私が帰ろうとしていると、突然洋くんに声をかけられた。
「うん、どうしたの？」

「ここじゃちょっと……移動しない？」
「うん、いいよ」
　どうしたんだろう？
　いつもと様子が違うような……。
　様子が変とは思いながらもおとなしくついていくと、中庭に到着。
「えと……どうしたの？」
　私が顔をあげると、洋くんはまっすぐな目で私を見つめていた。
「美愛ってさ……明野のことが好きなの？」
　……え？
　思わずハッと目を見開いてしまう。
　冬夜が好きかって、そ、そんなの……。
「あ、ありえないよっ」
　そうだよ、ありえない！　冬夜はただの幼なじみで、好きとか、そんなんじゃ……。
「そうなんだ。今日クッキー渡してたから、ひょっとしたらそうなのかと思ってさ」
「あ、あれは他の子たちに言われちゃって……」
　そうだよ、他意はなかったもん。
「そっ、か……」
　洋くんはそう言って俯いてから、何か決心したように顔をあげる。
「美愛……」
「な、なに？」

「俺、美愛が好きだ」
「え……」
　好き？　好きだ？
　洋くんが、私を……？
「好きだ……。ずっと、好きだった。俺と付き合ってほしい」
　洋くんはそう言って私を見つめる。
　付き合ってって……そんな……。
「私、洋くんのことはっ……」
「わかってる！　美愛が俺に興味ないのはわかってるんだ！　それでもいいから付き合ってほしい。それから知っていってほしいんだ。美愛、……俺、美愛のこと本気で好きなんだ」
　洋くんにそう言われて何も返すことができない。
　だってそうでしょ？
　友達としか見れないのに、『付き合って』って言われても……そんなの……。
「洋くんに悪いよ……」
　そんな中途半端な気持ちで付き合ったりしたくない。だって、恋人同士ってお互いに好きだから付き合うんじゃないの？
「美愛、悪いなんて思わないでほしい。美愛にその気がなくても付き合ってくれるだけで十分なんだ。もう美愛のこと以外、何も考えられないんだ」
　押し黙る私に、洋くんは切なげに瞳を揺らす。
「頼むよ……」

じっと、私の意思を吸い込むような洋くんの瞳に。
「……わかった」
　そう、ゆっくりと頷いてしまった。
　これだけ想ってくれてるんだし、べつに好きな人とかいないし……。
　やっぱり高校生になったら彼氏とか欲しかったし。
　必死に自分を説得するような言葉の中で、なぜか頭にふっと冬夜が浮かぶ。
　冬夜……。
　私、なんで今冬夜のことを考えたんだろう？
　関係ないはずなのに。
　今は、洋くんと付き合うことを考えているのに。
「美愛？」
　洋くんに声をかけられてハッとする。
　そう、だよ。
　胸の中で渦巻くモヤモヤも。
　何かを訴えるように続く胸の鼓動も。
　洋くんと付き合う上では、まったく関係ないことなんだ。
　……今、私がするべきことは……。
　私は洋くんに歩み寄り、そっと微笑みかけた。
「一緒に帰ろっか」
　洋くんは私の声にゆっくりと頷いて、そっと寄り添って歩きだした。

嘘って言ってくれ

　帰り道、何度も頭の中で確認する。
　彼氏。洋くんは私の彼、恋人……。
　未だに信じられないけど。
　まあ、いいんじゃないかな。高校生なんだし、彼氏がいるなんて普通のことだよね。
　ちょっと急な展開だけど、いい……だよね？
「美愛、連絡先教えてくれる？」
「あ……うん」
　スマホを出して連絡先を交換。
「……ありがとう」
　洋くんがそう言ってスマホをしまったと同時に、家の前に着く。
「じゃあ、また明日ね」
　私が家に入ろうとすると、洋くんが引き止める。
「美愛っ」
「うん？」
　そう言って振り返ると、真剣な瞳が目に映る。
「……これから好きにさせるから。絶対」
「……うん」
　私はそう返事をして家に入った。
「ただいま……」
「あ、美愛。今日葵くんたち来るから、またお手伝いお願

いしてもいい?」
「えっ、今日?」
「あら、伝え忘れてた?」
　ママに頷くと、「ごめんごめん」と謝られる。
　まあ、いいんだけど……。
　どんなに忙しくても月に1回は集まるって決めてるみたいだし、私もみんなに会えるのは嬉しいしね。
　でも、それってつまり冬夜も来るんでしょ?
　なんか、あんまり会いたくないかも……。
　どうしてかな?　洋くんの彼女になったから?
　でも、そんなこと冬夜にはまったく関係ないのに、どうして?
　モヤモヤしたまま、部屋に入って着替える。
　洋くんのこと、ほんとに好きになれるのかな?
　ほんとにこれでいいのかな?
　はあっとため息。
　……いいよね。
　私はもう一度ため息をついてリビングに向かった。

　少しして、空が暗くなってきた頃。だんだんみんなが集まってきて、美樹さんと奏さんも家に来る。
「冬夜は部活だから、あとで来るって」
　美樹さんがママにそう話してるのを聞いて、「そうだ」と思い出す。
　冬夜は部活だから、多分来るの遅いよね。

少しホッとして真さんの隣に座る。
「美愛。……疲れてるのか？」
　顔色を見てすぐそう言った真さんに、「いえ」と首を横に振る。
「大丈夫ですよ」
「……そうか」
　それ以降、何も言わないけれど、そっと見守っていてくれるのがわかる。クールで冷静なイメージが強いけど、いつも寄り添ってくれるのは真さんだなって思う。
　ほんと、安心する。
「玲ちゃん、憐斗は？」
「あ、憐斗くんならもうすぐ帰ってくると思うよ。今日は早めに帰るって」
「そっか～」
　「うんっ」と嬉しそうに頷くママを見ながら思う。
　ママは、今でもパパに恋してるなって。
　「憐斗くん」って呼ぶたびにキラキラしてて、恋する乙女、高校生みたいになってる。
　私は……恋もしてないのに、洋くんと付き合ってる。
　ほんとにいいのかなって、今日何度目かの問いを自分に投げかけるけど。
　きちんとした答えは出ないまま。
　ため息をついて、楽しそうなみんなを眺めていた。
　しばらくして、パパが帰ってきたのをママが真っ先に気がついて出迎える。

いいな……。私も恋をしたい。できれば洋くんに。
　洋くんのことを好きになりたい。
　そう思っていると、冬夜がやってきた。
「お邪魔します」
「あ、冬夜くん。部活お疲れ様」
　ママがそう言って微笑みかけると、パパがピクリと眉を動かす。
　あーこれは絶対……。
「れ、憐斗くん？」
　ほーら、パパの嫉妬が始まった。ママが自分以外の男の人に微笑んだからって、冬夜にまで……。
「憐斗、俺らの息子に嫉妬ってどんだけ……」
　奏さんも呆れてる。
「憐斗くん、冬夜くんのことは好きだけど、憐斗くんのことが一番好きだよ？」
　わー!!　ママってば、よく照れもしないでそんなこと言えるよ!!
　パパも真っ赤になってるし！
「あ、ああ……」
　そう言って顔を片手で覆うパパ。
　ラブラブなのはいいけど、みんなの前でされるのは恥ずかしい……。
「冬夜、悪いな。座れ」
　パパは固まってる冬夜に声をかける。
　そりゃ固まるよね……。

「は、はい……」
　冬夜はそう言ってソファに座った。
「冬夜ー、お前もあんな風になりたくないか？」
　宗さんに言われて顔を赤くする冬夜。
「ま、まさかっ」
　なんか、新鮮な反応だなあ。
「美愛ちゃんはどう思う？　こんな両親」
「お前、なんだよその言い方」
　葵さんの言葉にパパが眉を寄せる。
「うーん……」
「美愛ちゃんも彼氏できたら、あんな風にしてあげたら？」
　その言葉に、思わずピタッと動作が止まる。
「美愛に彼氏、ねぇ……。あんな風に言うの想像できねぇけど」
　宗さんがそう言って、あぐらをかいた右足に肘をおいて頬杖をつく。
「まあでも、そもそも美愛に彼氏はないよな」
　宗さんの言葉にバッと顔をあげる。
「し、失礼ですねぇ！」
「だってそうだろ。初恋もまだのお嬢ちゃん」
　そう言ってケタケタ笑う宗さん。
　ムッカァ……。
　言ってやるんだから！
「いますから！」
　その言葉にみんながピタッと動きを止めた。

「「え？」」
　ママと美樹さんがハモり、パパはポカンとしてる。
「いや、だから……いますから、彼氏」
　みんな絶句したあと、なぜか冬夜を見る。
　冬夜は目を伏せてるけど、いつものクールな表情。
「……俺、今日は帰る」
　冬夜はそう言うと立ち上がって、スタスタと足早に去ってしまった。どこかまだ呆気にとられたような部屋の空気に、私も耐えられなくなって席を立つ。
「わ、私も部屋に戻る」
　そう言って、どこかざわめく胸を静めながら自分の部屋のドアをバタンと閉めた。

【冬夜side】
『いますから！』
　美愛のさっきの言葉が頭の中でリピートされる。
　彼氏……。
　美愛に、彼氏。
　聞いたとき、不思議と何も思わなかった。
　ただ、ああそうかよって感じ。
　もう、どうでもよくなった。
　でも今、自分の部屋に入ると、さっきは抑えられていたいろんな感情が溢れ出てくる。
　彼氏だって？

そんなの、俺の気持ちに気づいてからにしろよ。

美愛、俺がなんのために……。

なんのために、勉強やスポーツを頑張ってきたんだと思ってる？

ぜんぶ、ぜんぶあいつに見てもらうためなのに。

ほんの少しでもいい印象持たれようと思って、努力してきた。

なんのために、小学校の頃から他のヤツを追い払ってたんだ。

あいつを取られないために。

それだけだったってのにっ……。

やり場のない思いにむしゃくしゃして、もうすべて投げ出してしまいたいくらいだ。

なんで、俺を見てくれないんだ。

どうやったら、俺を見てくれるんだ。

なんで、俺以外の男を選ぶんだ……っ。

これからお前は、他の男にその笑顔を……俺だけに見せてた顔を向けるんだろ？

美愛。

俺はお前のためなら、なんでもしてやる。

こんなに苦しんでる俺の想いを知らないお前を憎んだりしない。

だから……。

　　――頼むから、嘘って言ってくれ……。

初めて……

【美愛side】
　普段どおりに起きて、学校に行く用意をすます。
　ママとはなんだか気まずくて、パパはもう家を出てた。
　私も家を出て、幸い冬夜には会わず学校に着く。
　昨日、なんで突然帰ったかはわからないけど、絶対いい意味じゃないはずだし。
　私自身、なぜか冬夜に会いたくない。
　大きくため息をついて教室に入ると、一気にドドドッ！と女子が寄ってくる。
「美愛美愛美愛!!」
「ちょっと、どうしちゃったの!?」
「なにしたの!?」
　え、な、なんのこと？
「明野くん、もうなんかヤバいよ!!」
　ヤバいって……また怒ってるとか？
「もう怒ってるとかそういうんじゃなくて、もう何も感じられない！」
「黙って本読んでるけど、もうオーラが……」
「碓氷、なにしたんだよ？」
「今日、圭斗休みだし、誰も話しかけられねぇんだよ」
　だ、男子まで……。
　っていうか、冬夜が読書って？　あんなに本読むの嫌い

なのに？
　まあどちらにしろ。
「べつに何もしてないよ」
「「「うっそだー！　絶対、何かした！」」」
　み、みんなそろって……。
　っていうか、とりあえず席に着きたい。
　そう思って自分の席に向かうときに、ちらりと冬夜を盗み見る。
　……確かに、その表情から、感情が何も読み取れない。
　私が隣に腰をおろしても、眉ひとつ動かさない。
　どうしたんだろう？
　昨日のあの態度からすると、もしかして私のせい……なのかな？
　そう思ったら迂闊に声もかけられない。
「おはよー……って、みんなどうしたの？」
　振り返ると、洋くんが登校してきた。
「武田、じつはな……」
　男子がごにょごにょと理由を言うと、洋くんはフッと怪しげに笑った。
「それ、多分俺のせい。俺、昨日から美愛と付き合うことになったから」
　シーン……と教室が静まり返る。
「嘘、だよな？　冗談だろ？」
　ひとりの男子が洋くんを見る。
「ほんと。……な、美愛」

嘘じゃ、ない。
　私たちは付き合ってるんだよね。
「……うん」
　私がそう答えた途端、教室はまた静寂に包まれた。
「美愛……」
　恵美が驚いたように、また、どこか探るように私のほうを見た。
「武田くんが……好きなの？」
　何も言えないままでいると、教室にチャイムが鳴り響く。
　冬夜はその音にだけ反応して、パタンと本を閉じた。

【冬夜side】
　武田だったか……やっぱり。
　でも、美愛が江藤の問いかけに答えなかったのはなんでだ？
　まあ、どうでもいいけど。俺には関係ない話だ。
　１時間目は久しぶりに寝ずに授業を受けて、次の時間は体育。
　だるくてだるくてしょうがない。
　頭痛もひどくて、もう散々だ。
　もう関係ない……はずなのに、ついついあいつを目で追ってしまう。
　そして目をやるたびに心臓を鷲掴みされるような感覚になる。

もう、あいつのそばには武田が……。
　目眩(めまい)がした。
　ズキズキと頭が痛い。呼吸をするのがしんどい。
　熱だな……。
　また体勢を崩しそうになって思わず壁にもたれかかると、みんなが心配して駆け寄ってくる。
　真っ先に来たのは……。
「冬夜っ！　大丈夫!?」
　愛しい俺の幼なじみ。
「体調悪いんじゃないの？　保健室行こう」
　そう言って触れようとする手をパシッと払った。
　美愛は驚いたような顔をして俺を見る。
「……触んな」
　これ以上……これ以上俺に関わるな。
　そんな風に接してきたら、俺は、どうすればいいんだよ。
　俺は体育教師に断って、ひとりで保健室に向かった。
　目を見開いているあいつの横を通って……。

【美愛side】
　――パシッ……。
「……触んな」
　冬夜の冷たいひと言に、目を見開いた。
　初めて、冬夜に拒絶された……。
　その場に立ちすくんでいると、肩にぽん、と手がのせら

れる。
「恵美……」
「美愛、悪いこと言わないから、明野くんをそっとしといてあげて。明野くんは、今、美愛が受けた何倍ものショックを受けてるから」

　ショック？
　冬夜がって……どうして？
　そう尋ねようとして恵美を見ると、恵美もどこか元気がないことに気づく。
　どこかぼうっとしてるというか、俯きがちで、いつもの明るさがない。
「恵美……どうかした？」
　思わずそう声をかけると、恵美はハッとしたように私を見て、けれどやっぱり目をそらした。
「……ううん。なんでもないよ」
「……そっか。何かあったら言ってね」
「……うん」
　恵美が心配になったけど、冬夜のさっきの姿が頭をちらつく。
　すごくつらそうだったし、高熱なのかな。
　大丈夫、なのかな……。
　そう考えていると、さっき手を払われた場面がパッと浮かび上がり、思わず俯いてしまう。
　冬夜……どうしてショックを受けてるの？
　私が付き合い始めたから？

幼なじみとしてさみしいってこと？
　こんなにずっと一緒にいるのに、冬夜の気持ちが全然わからない。
　ギクシャクなんてしたくないのに……。
　私は冬夜のことで頭をいっぱいにしながら体育の授業に戻った。

　放課後、洋くんと一緒に並んで帰る。
「あのさ、いいこと思いついたんだけど」
「え？　なに……？」
　不思議に思って首をかしげる私に、洋くんはにこっと微笑んだ。
「美愛にもし好きな人ができたら、俺はきっぱり諦める。つまり期限付きの付き合いをするのはどう？」
　い、いきなり何を言い出すかと思ったら……。
「わ、わかった」
「うん。まあ俺のことを好きにさせるけど」
　洋くんの言葉につい俯いてしまう。
「いいよ、今は俺を好きって言わなくて。でも……一応、美愛と俺が付き合ってるわけだから、明野に必要以上に接してほしくは、ない……」
　その言葉に、思わず拳をぎゅっと握りしめた。
　洋くんに言われても、言われなかったとしても、もう冬夜は私に会いたくないみたいだもんね。
　もう、冬夜は……。

「わかってるよ。冬夜が私のせいで何かショック受けてるみたいだから……。それもあるし、もうあまり喋らない」
「……そっか」
　洋くんがそう言ったところで家に到着。
「じゃあ、また明日」
「うん……じゃあね」
　私はそう言って家に入った。

　次の日の放課後。
「碓氷〜！」
　日直の仕事を終えて、靴箱で待っている洋くんの元へ急いで行こうとしたら、先生に呼ばれて振り返る。
「はい、なんですか？」
　日誌に書き忘れでもあったかな？
「すまんすまん！　これ、明野に渡してくれないか？　今日休んでただろう」
　そう言って差し出されたプリント。
　先生曰く、冬夜はかなりの高熱らしくて、今日は学校を休んでた。
　けど……。
「せ、先生、私——」
「向かいに住んでるんだろう？　頼んだ！　藤沢には誰に頼むかな……。まったく、親友同士、仲良く風邪なんかひきおって……」
　そう言うと、先生は慌ただしく行ってしまった。

これを冬夜に渡しに行くって……。
　プリントをじっと見つめてしまう。
　私が行っていいの？
　恵美から、冬夜はショックを受けてるからそっとしてあげてって聞いてるのに？
　そう考え込みながら、洋くんが待っている靴箱に行く。
　洋くんは私の顔を見ると心配そうな表情をした。
「美愛、どうかした？」
「あ……ごめん」
　慌ててプリントを鞄にしまう。
「ごめんね。待たせちゃって」
「いえいえ、帰ろうか」
　そうして他愛のない話をして家に帰っていると、突然誰かに腕を掴まれた。
　ハッと振り返るとそこには数人の女の子たち。
「ちょっといいかなぁ？」
　そう言って、貼り付いた笑顔を見せるリーダーらしき女の子。
「えと……なに？」
　洋くんをちらっと見ると、怪訝そうな顔をしてる。
「ねえ武田くん！　そういえばさ〜……」
「……ちょっと来てよ」
　洋くんに何人かの女子が話しかけ、その隙に無理やり私を引っ張っていく。
「ちょ、美愛!?　お前ら、何するんだよっ」

そう言って洋くんが私に駆け寄ろうとするけど。
「ちょっと、女子に暴力振るう気？　このこと言い触らそうか？」
「っ……」
　洋くん、すごく心配そうな目でこっち見てる。
「だ、大丈夫だからちょっと待ってて！」
　私は洋くんにそれだけ言うと素直についていった。
　この子たち、見たことがある。冬夜のファンの子たちだ。
　サッカー部の観戦に来たり、靴箱で冬夜を待ってるのをよく見かける。
　なんだか、嫌な予感……。
　そうして洋くんからは見えないところまで来ると、リーダーの女子が貼り付けていた笑みをスッと消した。
「ねえ、ほんとに武田くんと付き合ってんの？」
「……うん」
　そう答えると「ふうん」と言ってから。
「なら明野くんから離れてよ」
　なんでここで冬夜が出てくるの？
「明野くんさぁ、あんたがいるせいで私たちに見向きもしないんだよね。でも武田くんと付き合ったなら、明野くんはいいでしょ？　それとも両方取る気？」
　両方取る気って……。
「そんなつもりはないよ。冬夜は幼なじみだし──」
「その幼なじみって立場、利用しないでくれる!?　なら今日にでも明野くんに伝えてよね、もう関わらないでって！

言うこと聞かなかったら、ただじゃおかないから！」
　その子たちはそう言うと、壁をガッと蹴って向こうに去っていった。
　……そんなこと、冬夜に言えない。
　でも、冬夜が私に近づきたくない今では、それが最善かもしれない。
　洋くんの元に戻ると心配そうな顔をしている。
「何かされた？」
「ううん、なんにも」
　無理に言ったけど、洋くんの表情は変わらない。
「つらかったら、言ってよ？」
「……うん」
　そうして洋くんに家まで送ってもらった。

幼なじみにさようなら

　「ただいま」とだけ言って部屋に入る。
　プリントを届けて、それで、言わなきゃ。
　もう関わらないでって……。
　胸がズキズキと痛む。
　冬夜……。
　私はぎゅっと一度目を閉じてから、意を決してプリントを掴んだ。
　冬夜の家の前に立ち、ピンポーンとチャイムを鳴らす。
　美樹さんは買い物にでも行っているのか、誰もドアを開けてくれない。
　いつも鍵が開いてることが多いから、試しにドアを引いてみると。
　ギッ……。
　あ、開いちゃうし……。
「お邪魔します」
　相変わらず不用心だなあ、と思いながら家にあがり、冬夜の部屋に直行。
　部屋の前に立って一度、息をつく。
　……これから冬夜と話したら、この部屋に来ることもなくなるのかな。
　そう思うと、なんだか込み上げてくるものがあって。
　そんな思いを振りきるように、コンコンとノックをした。

「……母さん？」
　冬夜の低い声に涙が出そうになる。
　だけど、ぐっとこらえてドアを開けた。
　ベッドに腰掛けていた冬夜と視線がピタリと合った。
「美、愛……」
「大丈夫？　今日はプリント届けに来たの」
　そう言いながら部屋に足を踏み入れると、冬夜は無言のまま、ぐっと顎を引いて目線を床のほうに落とす。
「これ、机の上に置いとくね」
　なるべく平静を装ってるけど、声が震えている気がする。
　そんな自分に言い聞かせる。
　……今日会った女の子たちに何かされるのも、冬夜や洋くんに迷惑をかけるのも嫌だ。
　これは洋くんと付き合い始めて、ちょうど冬夜から離れるチャンスなのかもしれない。
　それに……。
　昨日、冬夜に振り払われた手をぎゅっと握りしめる。
　……冬夜だって、私と一緒にいたくないかもしれない。
　そう考えると胸がズキズキと痛んだけど、気づかないふりをして冬夜のほうを見た。
「あっ、あのね、冬夜っ」
　さっきよりも声が震える。
　けど、もう終わりにしたほうがいいんだよ。
　すぅっと軽く息を吸って、冬夜を見た。
「私に、もう……あんまり関わらないでほしい……」

そんなこと思ってないのに。
　冬夜に意地悪言われたときだって、もう一緒にいたくないだなんてことは思ったことも、望んだこともないのに。
「そもそも私たち、幼なじみってだけで一緒にいすぎたんだよ。そろそろ、お互いに離れたほうがいいと思うんだ」
　それでも一度口をついて出た言葉は、もう引っ込みがつかなくて。
　スラスラと出てくる私の意思とは反した言葉に、自分でも驚いてしまう。
「もう……幼なじみ卒業しよ？」
　笑顔で、さりげなく言ったつもりだったけど、いつのまにか目には涙がたまってきていて。
　そんな涙をこらえるように一度俯いてから、ゆっくりと顔をあげると……。
　……冬夜は冷たい瞳で私を見ていた。
「……そうかよ」
　ビクッとするほど低くて、感情のこもっていない声に、思わず俯いてしまう。
「彼氏ができたら、俺は用済みかよ」
　違う。
　そう思ってバッと顔をあげたけど、凍りつきそうな瞳に捉えられて、何も言えなくなってしまう。
「お前にとって、俺はその程度か？　……こっちの気も知らずに……。まあつまりは彼氏が大好きなんだな」
　その言葉にはなぜか反論したくなった。

「ち、違うっ！　私、洋くんのことは……」
　好きじゃない。そう続けようとすると。
「俺の前で、あいつの名前出すなっ！」
　聞いたことのない冬夜の怒声にビクッとする。
　と同時に、冬夜が立ち上がった。
「なあ」
　1歩、近寄ってくる冬夜に思わず1歩下がる。
「お前、俺のことどう思ってんの？」
　低い声に頭の中がぐるぐるしてくる。
『どう思ってる』って……。
「ただの幼なじみか。それとも友達か？」
　冬夜の言葉に、もうわからなくなってくる。
　私にとって冬夜はどういう存在？
　幼なじみ、なんて、そんな単純なものじゃない。
　……もっと大切で、特別な……。
　ついに壁まで追いつめられて、身動きが取れなくなってしまった。
「俺はさ……」
　冬夜はそう言うと、壁にトンッと手を当てる。
「幼なじみとか友達だなんて、思ったこともねぇよ」
　冷たい目で射抜くようにそう言うと、冬夜は壁から手を離して私から離れた。
「……帰れよ。二度と目も合わせねぇから。……彼氏とお幸せにな」
　その言葉を聞いて、私は部屋を飛び出した。

玄関に向かいながら、自然と涙が溢れ出す。

『幼なじみとか友達だなんて、思ったこともねぇよ』

　冬夜の冷たい目と言葉が、余韻となって胸に突き刺さる。
　ずっと小さい頃から……それこそ赤ちゃんの頃からずっと隣にいたのに。
　こんなにあっけなく崩れ去るものだったんだ。
　自分で言い出したことなのに、やっぱり離れたくない。
　勝手な、我儘な感情。
　これは幼なじみとしてだけじゃない。
　なんだか……よくわからない気持ち。
　冬夜と離れたくないっていうのとは別の感情の、モヤモヤした塊。
　いつか、このモヤモヤの理由がわかる日がくるのかな。
　わかったとき、私は冬夜とまた、前みたいに笑えてるのかな……？
　私は涙を流しながら冬夜の家を去った。

【冬夜side】
　白い天井を見上げる。
　別れを告げた美愛。
　なのになぜか涙でいっぱいにした目。
　思い浮かぶのはぜんぶあいつのこと。

でももう本当に"他人"だ。
　幼なじみっていう事実は変わらないけど、あいつとの関わりはもうない。
　あいつがそれを望んだんだから……。
　もう、俺の想いを言うこともない。
　捨てちまえって思うのに、幼い頃からずっと想っているこの気持ちは、そう簡単には消えていかない。
　ため息をついて寝返りをうつ。
　あいつの笑顔、あいつの瞳、あいつの心……。
　それらはもうぜんぶ武田のもの。
　もともと俺のものじゃない。
　俺はただ守っていただけ。
　好きだと、そう伝える前に奪われてしまった。
　あいつが武田を好きなのかって言ったらよくわかんねぇけど、これから好きになっていくんじゃないか？
　ぎゅっと心臓を鷲掴みにされたように感じる。
　ただ彼氏が欲しいなら、なんで俺を選んでくれないんだ。
　それどころか幼なじみをやめるとか、ふざけるな。
　俺はお前ほど残酷なヤツを知らねぇ。
　けど、お前ほど好きなヤツはいねぇよ。
　これ以上、俺を傷つけたくなかったら、もう目も合わせるな。
　俺は込み上げてくるものを抑えようと、強く目を瞑った。

初デート

【美愛side】
　翌日。
　泣き腫(は)らした目は、一晩経つと少し直った。
　鏡で目を確認しながら、ふと考えてしまう。
　……冬夜は、ちゃんと風邪治ったのかな。
　今日は学校に来れる？
　って、ダメダメ、もう関係ないんだから！
　冬夜とは話すこともなくなって、もう、目も合わせてくれない……。
　唇をぐっと噛(か)みしめて、身支度を終えて家を出た瞬間、心臓が止まりそうになった。
　な、なんで今日に限って……。
　固まってしまった私の目に映るのは、ちょうど向かいの家から出てきた冬夜。
　けれど冬夜は一瞬こっちを見てから、何事もなかったように歩き出した。
　……そう、だよね、何も構える必要なんてないよ。
　そう思うものの、寂しい気持ちが押し寄せてくる。
　あの女の子たちに冬夜と話したこと報告しなきゃいけないし、私も早く行こう……。
　そう思って足を進めると、靴箱でまた冬夜と一緒になってしまった。

でも、冬夜は目も合わさない。
　当然、だよね……っ。
　胸が痛むのを感じながら靴を履き替えていると、例の子たちが私のほうに来た。
「おはよ、碓氷さん」
　昨日とは打って変わって明るい笑顔を浮かべるリーダー格の女子。
　これ、絶対冬夜がいるからでしょ……。
　昨日、壁を蹴ってた子と同一人物と思えないくらい、優しい声。
「お、おはよう」
「昨日のこと、ちゃんとしたんだ？」
　ちらりと冬夜のほうを見ながら話しかけてくるその子に、ぐっと唇を噛む。
「……うん」
「そっかそっか。……まあでもちょっと来なよ」
　冬夜が教室に向かったと同時に、突然低い声でそう言われて思わずびくりとする。
「う、うん」
「じゃあこっち。早くしてよ」
　急に裏モードを爆発させた彼女に私は引っ張られ、やってきたのは校舎裏。
　う、うわ、脅す気満々じゃ……。
　そう思っているとガンッ！と後ろの壁を蹴られて、思わず首をすくめる。

「ほんとでしょうね?」
「ほ、ほんとだよ。冬夜に聞いたら?」
「なにその態度。生意気じゃない?」
　うっ……。
「そんなに疑うなら、今日1日見てて。もう目も合わせないって言われたから」
　そう言うとフッと意地悪く笑ったその子たち。
「ふうん、よかったじゃん?」
「っ……」
　何も言い返さない私を鼻で笑うと、満足して向こうに去っていった。
　私はホッとしたのかなんなのか、全身の力が抜けてその場に座り込んでしまい、しばらく動けずにいた。

　昼休み。
　恵美が隣のクラスの男の子から呼び出された。『告白かな』なんて思いながら教室でひとり待っていたら、誰かがトントン、と肩を叩く。
　パッと振り返ると。
「ふ、藤沢くん?」
　風邪から復帰した藤沢くんが、穏やかな笑みをたたえて私を見ていた。
「ちょっといい?」
「う、うん」
　藤沢くんに言われるままに階段を上がって、屋上に出た。

私の気持ちとは裏腹に晴れ渡った空で、藤沢くんはまぶしさに目を細めた私に口を開いた。
「碓氷、武田と付き合い始めたってホント？」
　あ……そっか。
　藤沢くんは休んでたから知らなかったんだっけ。
「……うん、ほんとだよ」
　そう答えると、藤沢くんが「そっか」と相槌を打って私の表情を見る。
「それにしては浮かない顔だね」
「っ……」
　もしかして藤沢くん、何か見透かしてるのかな？
　ちらりと藤沢くんを見ると、どこか気遣うような、優しげな瞳が目に映る。
　藤沢くんには本当のこと話してもいいかな……。
「……付き合ってるんだけどね、洋くんのことが好きってわけじゃないんだ。付き合ってほしいって言われて、私に好きな人ができたら別れる、って……」
　藤沢くんは「そっか」と呟いた。
「冬夜のことは？」
「え……？」
「あいつに何か言ったでしょ」
　さ、さすが親友。
　確かに今日の冬夜、病み上がりっていうのもあるんだろうけど、どことなく様子がおかしかったもんね。
　もしかしたら、冬夜のことを心配して、私に声をかけた

のかな？
「じつは──」
　そう口を開いたけど、ちょっと待って。
　これって言ってもいいことなのかな？
　そうしたら、あの女の子たちのことも言わなきゃいけないし……。
「何か悩みでもあるなら聞くよ」
　優しくかけられたその言葉に、私の中でフツッと何かが切れた。
　ツーッと一粒の涙が流れ始めると、もう止まらなくなる。
　藤沢くんは少し驚いた顔をしたけど、私が泣き止むまで静かに待っていてくれた。
　冬夜のこと。洋くんのこと。女の子たちのこと。
　洋くんに告白されてから、いろんなことが一気に起こりすぎてパニックになってるのかもしれない。
　これまでは、こんなすぐに泣いたりしなかったのに。
　藤沢くんはようやく泣き止んだ私にそっとハンカチを渡して、優しく問いかけた。
「何があったの？」
　藤沢くんの優しさに、ぜんぶ話してしまった。

「そんなことが……。冬夜のファンっていったら、もしかしてあの子かな。学校に寄付金いっぱい積んでるとか、そのおかげでうちの学校に通ってるとか噂されてる子がいるんだよ」

そ、そうだったんだ……。
　藤沢くんはため息をついて髪をくしゃりとする。
「冬夜もな……あいつ多分復活に３ヶ月はかかると思うよ」
「それはないと思うよ。ただ怒ってただけで──」
「それは違うと思う」
　藤沢くんに遮(さえぎ)られて顔をあげる。
「冬夜はさ、ショックだったんだよ、その……いや、いい。まあショックだったんだ。そのショックがつい怒りになっちゃったんじゃない？」
「そ、そうなのかな？」
　もしそうだとしても、冬夜はなんでショックを受けてたんだろう？　そう聞こうとすると。
「まあ今は冬夜は置いとこう。問題は女子だけど、今度呼び出されたときは、呼んでくれる？　男子が来たらさすがに怯(ひる)むんじゃないかと思うんだよね」
「そうだね……わかった。ありがとう、話聞いてくれた上に解決策まで」
　ほんと、優しくて頼りがいがあって。
　冬夜の親友ってだけあって、すごくいい人だな。
「いいよ、解決策っていうほどじゃないし。まあとりあえずそういうことで」
「うん！」
　私は藤沢くんに微笑みかけてその場をあとにした。

　放課後。

今朝のことがあったから、絶対に女の子たちに呼び出されると思ったけど、なぜか呼び出しはなく。
　ちょっと不思議に思ったけど藤沢くんに「大丈夫だった」と言って、洋くんと帰ることにした。
　いつもどおり、他愛のない話をして私の家の前に来る。家に入ろうとすると洋くんに呼び止められた。
「あ、あのさ、美愛」
「ん？　なに？」
　私が返事をすると、洋くんは少し顔を赤くしながら口を開いた。
「こ、今度の日曜日、デートしない？」
　デート……。
　そっか、恋人同士だもん。付き合ってたら、当然デートくらいするよね。
「うん、いいよ」
「やった。じゃあ、また連絡する」
「わかった。じゃあ、また」
　そう言って手を振って家の中に入った。
　ふう、とため息をつく。
　デート、か……。
　乗り気じゃないのは、やっぱりまだ洋くんのことが好きじゃないから？
　……あーあ。
「美愛、おかえり」
「……ただいま」

ママの声に顔をあげると、そこには美樹さんもいた。
「美樹とね、さっきまで一緒にケーキ作ってたの」
「お邪魔してます」
　そ、そうだったんだ。
「こんにちは……」
　しまった、ちょっと顔ひきつってたかな……。
「美愛ちゃん、どうしたの？　カチコチになっちゃってるわ。あ、そういえば彼氏とうまくいってる？」
　今一番聞かれたくない問いかけに、思わず体がピタリと止まる。
「は、はい」
「そっか」
　美樹さんはそう言って微笑んだけど、なんだかすべて見透かされてるみたいに感じる。
「それにしても美味しくできたわ。美愛も食べる？」
「あ、うん、欲しい」
　そう言って席に着こうとすると、鞄の中のスマホから着信音が。
　誰だろう？
　慌てて取り出すと、画面には《洋くん》の文字。
　あ、そっか、デートのことで連絡するって、さっき言ってたもんね。
「彼氏くんから？」
「み、美樹さん……」
　なんでこんなに鋭いんだろう……。

「ママ、ちょっと待ってて」
「はいはーい」
　ママの声を聞いて、慌てて自分の部屋に入ってから画面をスライドして耳に当てる。
「もしもし？」
『もしもし？　今大丈夫？』
「うん、大丈夫だよ」
『よかった。それでデートのことだけど、水族館とかどうかな？』
　水族館か……。
　そういえば近くに、最近オープンしたばかりのがあるんだよね。
　私も行きたいなって思ってたし……。
「うん、行きたい。待ち合わせはどうする？」
『じゃあ、10時に駅前で』
「わかった。楽しみにしてるね」
　画面をトンと触って話を終えるとため息が漏れる。
　水族館には行きたいはずなのに、デートっていう名目だと……。
「なんか、乗り気にならないなぁ……」
　私はひとりそう呟いて、スマホの電源を切った。

【冬夜side】
　部活を終えて家に帰ると、鍵が閉まっていた。

嘘だろ、母さんが今日はどこにも行かないっつってたから鍵持ってねぇのに。
　とりあえずスマホを取り出して連絡してみる。
『冬夜？　どうしたの？』
「鍵持ってねぇから家入れねぇんだけど」
『ああ、それなら今ね、玲の家にいるからこっち来てくれる？』
　……いや、なんでだよ。
「出てこれねぇの？」
『マダムのティータイムを邪魔する気？』
　邪魔っつっても10秒20秒の話だろうが……。
『それに、美愛ちゃんに会えるかもしれないわよ？　……このまま諦めるつもりじゃないでしょ？』
　その言葉にスマホを握る手を強くする。
「……余計な世話いらねぇから」
『あら、そ？　どっちにしろ鍵取りに来なさいよ』
　それだけ言って切られた電話。
　美愛に絶交さればっかっていうのに、ったく、こっちの気持ちも考えろよ。
　そう思いながら美愛の家のチャイムを鳴らすと、玲さんが微笑みながら出てくる。
「ごめんね。美樹とケーキ作ってたの」
「いえ」
　そう言いながら食卓に行くと、母さんは優雅に紅茶を飲んでる。

「……鍵」
「はいはい」
　そう言って鍵を取り出した母さんに、ため息さえ出そうになる。
「冬夜くんもケーキ、どう？」
「いえ、遠慮しときます」
　部活帰りだから、早くシャワーも浴びたいし。
　そう思って帰ろうとすると。
「ママ、私日曜日は出かけ……」
　ピタリとお互いの動きが止まる。
　……こうなるから、来たくなかったんだよ。
　気まずそうな美愛に、俺も鍵を握りしめる。
「あら、そうなの。誰と出かけるの？」
　玲さんののんびりした口調に、美愛は俺をちらっと見てから微かに目を伏せる。
　……なんだ、デートかよ。
「美愛？」
「えっと──」
「じゃあ、俺帰ります。お邪魔しました」
　美愛の声を遮ると、何も言わずにスッと横を通り抜けて家を出る。
　デート、か。
　そりゃ行くよな、付き合ってんだから。
　他のことを考えたいのに、美愛が武田に微笑みかける光景が頭に浮かんで胸が締め付けられる。

……俺には関係ねぇだろ。
　　デートに行こうがなんだろうが、知ったことじゃねぇよ。
　　俺は唇を噛みしめてぐっと拳を握りしめると、自分の家のドアを勢いよく閉めた。

【美愛side】
　日曜日。
　あまり気が乗らないまま服に手を通す。
　快晴で絶好のデート日和なのに、私の心は曇り。
　まあでも、せっかくだし楽しもう。
　実際、水族館に行くのはすごく楽しみだし。
　そう思って鏡に笑顔を映すと、私はパンプスを履いて家を出た。
　待ち合わせ場所に行くと、洋くんはまだ着いていない。
　ちょっと早すぎたかな。
　そう思ってスマホで時間を確認していると。
「ねえねえキミかわいいねぇ〜、これからどっか行かなーい？」
　げ。ナンパ？
　なんかピアスしてて服装も派手で、すっごくチャラそう。
「待ち合わせしてるので」
「えー、いいじゃん。俺とのほうが楽しいと思うよ」
　いや、それは絶対ない。
「ねえねえ、いいじゃーん？」

「ちょ、やめてくださいっ」
　そう言って嫌がる私に触れようとしたその人の手を、誰かがパシッと払う。
「俺の彼女に何か用？」
「よ、洋くん……」
　そう言って洋くんが睨みつけると、その人はつまらなさそうに去っていった。
「大丈夫だった？　遅くなってごめん」
「ううん！　まだ5分前だし、私が早く来すぎただけだよ」
　そう言って微笑むと。
「それって、楽しみで？」
「え？　い、いやっ……」
　って、否定しちゃダメだよね！
　そう思って焦っていると、洋くんはフッと微笑む。
「冗談だって。行こ？」
　洋くんはそう言うと、スッと私の手を取った。
「よ、洋くんっ？」
「カレカノだし、当然でしょ？」
　あ……やっぱりそういうものなのかな？
「もしかして、嫌？」
　じっと目を見つめながら、そう聞かれてうっとつまる。
「い、嫌じゃないよ？」
「そっか、ならよかった」
　洋くんはにこっと笑って歩き始めた。
　水族館に行くための移動手段は電車だけど、やっぱり休

日の電車は混んでいて、たくさんの人にぶつかったり押しつぶされたり。
「美愛、こっち来て」
　洋くんにぐっと引っ張られて、胸にすっぽりとおさまってしまう。
「わっ……よ、洋くんっ」
「混んでるから」
　涼しい声が上から聞こえてくるけど、洋くんの鼓動が聞こえそうなほどの距離に、なんだかドギマギしてしまう。
　思えば……こんな風に触れられたりするの、冬夜以外では初めてかも。
　……って、私ったらまた冬夜のこと考えちゃってる。
　今日は洋くんとのデートなんだし、冬夜のことなんか忘れよう。
　そう考えているうちに水族館の最寄り駅に着き、チケットを買って館内に足を踏み入れた。
「わあっ……！」
　新しいだけあって、館内が綺麗なのはもちろん、大きな水槽の中にいろいろな種類の魚が泳いでて、まるで本当に海の中にいるみたい。
「綺麗……っ」
　そう言いながら魚に見惚れていると、洋くんがクスッと笑った。
「無邪気だね。そういうとこほんと好き」
　途端にかあっと頬が熱くなる。

す、好きって……っ。
　そんなにさらっと言われると、どう反応したらいいのかわからない。
「も、もうっ……」
　私はそう言うと水槽に目を移した。
　そのあともサメを見たり、深海魚を見に行ったり、途中でランチを食べたり。
「綺麗だね〜」
「うん、あ、あっちにも魚いるよ」
「え、どこどこ？」
　そう言いながら館内を回る間も、洋くんとは手を繋いだまま。
　なんだかすごく楽しい。
　やっぱりドキドキとかはしないけど、楽しい。洋くんといると。
「じゃあ、そろそろ次に行こうか」
「うんっ」
　そう返事をしたとき。
「ううっ……ひっく、ママぁ……」
　その声に振り返ると、小さな3歳くらいの男の子が、ざわざわした館内の中でひとり泣き続けている。
　もしかして迷子なのかな？
　そう思って声をかけようとすると、洋くんがスッと男の子の前にしゃがんだ。
「ぼく、迷子？」

洋くんが優しく笑みを浮かべて言うと、その子は洋くんを見た。
「ぐすっ……うん……」
「名前はなんていうの？」
「かける……」
「かけるくん、ね。じゃあ一緒にママを捜(さが)そうか」
「グスッ……うんっ」
　そう言って涙を拭いた男の子の姿に、私は驚いて洋くんを見る。
「洋くん、すごいね」
「ううん、妹がいるから慣れてるだけだよ」
　洋くんは少しはにかみながらそう言うと、男の子を抱き上げた。
「じゃ、お兄ちゃんと一緒に捜そうか」
「うん」
　男の子はそう返事をすると私のほうを見る。私が微笑みかけると安心したような表情をした。
　とりあえず、今いる熱帯魚のコーナーをぐるっと回ってみる。
「ママ〜、どこぉ……？」
　かけるくんがそう言ってキョロキョロと見回すけど、今のところお母さんらしき人は見つからない。
「かける〜！　どこにいるのー！？」
　あ、今のってお母さんの声？
「洋くん、あっちのほうで『かけるくん』って呼んでる声

したよ」
「わかった、行ってみよう」
　そうして声のしたほうに向かうと、若くてきれいな女の人が見つかった。
「かける！」
「ママ！」
　かけるくんはそう言うと、洋くんにおろしてもらってテケテケとお母さんの元へ走る。
「すみません、ご迷惑おかけしました」
　お母さんがペコッと頭を下げる。
「いえ。かけるくん、もうお母さんから離れたらダメだよ」
「うん！　お兄ちゃんもお姉ちゃんもありがとう！」
　かけるくんはそう言って私たちに手を振る。その笑顔に私たちも微笑んでその場をあとにした。
「よかったね」
「うん」
　そう言って微笑み合うとそっと手を取られ、そのまま館内を回る。
　……さっきの洋くん、なんかかっこよかったな。
　ちょっとドキッとしちゃった。
　私は洋くんに繋がれた手をそっと握り返した。

　帰りの電車はそこまで混んでなくて、私と洋くんは並んで座席に腰掛ける。
「今日、楽しかった？」

「うん！ すっごく、すっごく楽しかったよ」
　ほんとに楽しかった。
　洋くんの優しさも知れたし、いい1日だったな。
「そっか。よかった」
　洋くんはそう言って嬉しそうに笑った。
「また誘ってもいい？」
「うんっ」
　そう言うと洋くんは微笑んで、私も微笑み返した。
　そのあとも他愛のない話をして、家の前に着く。
「今日はほんとにありがとう」
「いいえ。……あのさ」
　ふと真剣さを帯びる洋くんの瞳。
「俺のこと、まだ好きじゃない？」
　あ……。
「……ごめんなさい」
　今日はほんとに楽しかったし、また行きたいとも思った。
　でもなぜか、"好き"って、そうは言いきれない。
「……そっか」
　洋くんは少し切なそうに笑うと、吹っきるように私に手を振った。
「じゃあ、また明日ね」
「うん」
　返事をして家に入ろうとしてから、ふと振り向いてみて息を呑む。
　少し先から歩いてくる人影は、間違いなく冬夜のもので。

和服を着てるから、きっとお稽古があったんだ。
　その姿を見てどこか胸がキューッと締め付けられて、逃げるようにして家に入る。
　どうして、こんな気持ちになるんだろう。
　洋くんのことを考えようとするたびに冬夜のことが頭をよぎるし、もうわけがわからない。
　……わからない。
　この気持ちがなんなのか……。
　私は胸の内でそっとそう呟いてから、靴を脱いで家にあがった。

決断

　明日はいよいよ文化祭。
　準備は着々と進み、あの日以来、冬夜ファンの女の子たちも何もしてこない。
　そして冬夜は……やっぱり目も合わせてくれない。
　なのに、ついつい目で追っちゃうのは……どうしてなのかな？
「美愛、これなんだけど……って、美愛？」
　夏樹に声をかけられて、ハッと我に返る。
「ご、ごめんごめん！　なに？」
「あ、これがね……」
　夏樹といろいろ相談しながらも、つい冬夜を見てしまう。
　冬夜……。
　なんで最近、冬夜のことばっかり考えてるんだろう？
　……急に離れたからだよね。
　それしかないって思うのに、なんだか違う。
　冬夜を見てると、時々泣きたくなるような、そんな気さえもして。
　……そばにいないことが、話をしないことが、こんなに寂しく感じてしまうなんて。
「じゃあこれでオッケー？」
　夏樹の声で、またボーッとしていたことに気づく。
「う、うんっ、オッケー！」

「ありがと、美愛」
　私が頷くと、夏樹がふと声を潜める。
「美愛。最近、恵美の元気がないんだけど、何か聞いてる？」
　あ……やっぱり夏樹もそう思ってたんだ。
「私も気になってて、何回か聞いてみたんだけど何も言ってくれないの」
　そう言って、ふたりで黙々と作業をしている恵美を見つめる。
　やっぱりその横顔には元気がない。
　ほんと、どうしたんだろう？
「そっか……。ごめんね、長話しちゃって。自分の作業、戻るね」
「ううん。お互い頑張ろうね」
　そう言って夏樹が去って、私は一度ため息をついて作業に戻った。

　放課後。
「美愛、ちょっといい？」
　そう言われて顔をあげると、そこには恵美がいた。
　さっきの元気がない姿じゃなくて、どこか緊張さえも感じられる、真剣な瞳。
「うん。洋くんに、先に帰ってって伝えてくるね」
　私はそう言うと洋くんに断って、恵美と一緒に屋上に行った。
「それで……話って？」

そう言うと、恵美がくるりとこっちを向いた。
「美愛ってさ、武田くんのこと、好きなの？」
　ドキンとなる。
「……好き、じゃない……」
　ここで嘘をつくのはずるい気がして、正直にそう答えると恵美は唇を噛んだ。
「好きじゃないのに付き合ってるの？」
「……うん。洋くんに告白されて、私に好きな人ができたら身を引くって言われたから……」
　そう言うと恵美はわなわな震え出した。
「っ……ふざけないでよ」
　聞いたことのない鋭い声に顔を上げると、恵美はきっと私を見た。
「ふざけないでよ！　そんなの、ほんとに美愛や武田くんを好きな人に失礼だと思わないの!?」
　今にも泣きそうに見える恵美の表情に、ハッと息を呑む。
　恵美は拳をぎゅっと握って微かに俯く。
「……好きだけど一緒になれない人だっているの。なのに、付き合ってる本人は好きじゃないなんて……いい加減にしてよっ。美愛が好きなのは誰なの!?」
　恵美はそう言うと、バンッと扉の音を響かせて屋上を出ていった。
　私は呆然とその場に立ち尽くして、恵美が音を立てて閉めた扉を見る。
　さっきの恵美の苦しそうな顔と、泣きそうな目で気づい

てしまった。
　恵美は、洋くんのことが好きなんだ。
　なのに、私……っ。
　ガシャンッとフェンスにもたれかかる。
　なんてことしちゃったんだろう？
　私、なにしてるんだろう？
　一粒の涙とともに、恵美に申し訳ない気持ちが押し寄せてくる。
　もう、洋くんとは別れよう。
　好きな人ができたわけじゃないけど、恵美を傷つけてまで続ける関係じゃない。
　それに……。
　フッと視線を伏せる。
　……冬夜とも、前と同じってわけにはいかないけど、目を合わせるくらいしてくれるかもしれない。
　それともこんなのただの甘えかな？
　とりあえず、洋くんとは別れよう。
　こんなことしてちゃダメ。
　洋くんや恵美が傷つくだけだよ。
　今の状態で誰が幸せなの？
　……誰も幸せじゃないよ。
　別れよう。
　明日にでも……。
　私はそう決意して、知らないうちに傷つけてしまった恵美に思いを馳(は)せ、屋上をあとにした。

翌日。
　メールを打ちながら、文化祭当日っていう緊張感だけじゃなく、手が震える。
《今日、文化祭が終わったら話があるから教室で待ってて》
　送信が完了して、息を吐く。
　……今日、洋くんとは別れる。
　昨日、洋くんにどう伝えるかもよく考えた。
　だから今からはこのことは忘れて、文化祭のことだけを考えよう。
　私はひとり頷いて、鞄を持って家を出た。

　教室では裏方の子たちがもう何人か登校していて、私も慌てて準備を手伝う。
「美愛、おはよ」
　夏樹の明るい声に、私も笑顔になる。
「おはよう！　ねえ夏樹、今日一緒に回らない？」
「私はいいけど、恵美はいいの？」
　不思議そうに言われて、なんとか笑顔を保つ。
「恵美は接客だから、それが終わる時間ちょっとずれちゃうと思って」
　あ、焦って下手な嘘になっちゃった……。
「……そう」
　夏樹はそれ以上何も言わなかったけど、多分、恵美と私の間に何かあったって勘づいてる。
　ありがとう、夏樹……。

心の中でそう感謝してから、再び準備を手伝った。

　すっかり準備も整い、文化祭が始まった。
「いらっしゃいませー！」
「３名様入ります！」
　順調にお客さんが入って、裏で注文されたものを用意する私も大忙し。
　それでも接客係の子の楽しそうな声が聞こえてくるし、いい感じの雰囲気になっているみたい。
　そんな空気に私まで楽しくなっていると。
「ねえねえ、そこの子ぉ、遊ばなぁい？」
　ふとそんな声が聞こえてくる。
　こ、これって、誰かナンパされてる!?
　そう思って裏から覗き込んでハッとする。
「恵美っ……」
　恵美がチャラそうな男に手を引っ張られて、顔をしかめてる。
「離してよっ……」
「うっわぁ、かーわい～」
　そりゃ確かに恵美はかわいいけど、あれだけ嫌がってるのにっ……。
　とにかく助けなきゃ！
　そう思って裏から出ようとすると。
「手ぇ出してんじゃねぇよ」
　ふと声がして、冬夜がナンパ男から恵美の手を外した。

「てっめぇ、客に向かってなんだよ！」
「うっせぇな……客ならなんでも許されんのかよ？　さっさと失せろ」
　冬夜の睨みに怖じ気づいたその人は、慌てて教室を出て行った。
「大丈夫か？」
「う、うん。ありがとう、明野くん」
　チクッと胸が痛む。
　え……？
　なに、今の痛み……。
「気をつけろよ」
　冬夜はそれだけ言って接客に戻るけど、その姿を見ているとますます胸が痛む。
　——ズキン……ズキン……。
　冬夜はただ恵美を助けただけ。当然のことをしただけなのに、なんで胸が痛むんだろう。
　モヤモヤとした思いでいっぱいになっていると。
「美愛、ヘルプ！」
「は、はーい！」
　夏樹の言葉に気を引きしめる。
　そうだよ、今はそんなの気にしない。
　こんなに忙しいなか、ぼーっと考えごとなんかしてられないよね！
　私はくるっと踵を返して、急いで夏樹の元に向かった。

交代の時間になって、恵美は同じ接客係の子と教室を出ていき、私も夏樹と並んで出店を回る。
　ふう、疲れた〜。
「夏樹、とりあえず昼食にしない？」
「いいよ、何にする？」
「えーと、あ、クレープとか美味しそうだよ」
「お菓子じゃん。まあいいか」
　夏樹と一緒に、私はクレープの屋台に向かった。
「うーん、美味しい！」
　そう言ってクレープを食べていると、夏樹がふっと優しく笑ってから口を開いた。
「ねえ美愛、恵美と何があったの？」
　夏樹の言葉に、クレープを口から離す。
「うん。じつはね……」
　そうして夏樹にすべてを話すと、夏樹は「そういうことだったの」と言って唸る。
「なんというか……恋ってすごいね」
　そう言って、うんうんと頷いてる。
「それで、今日洋くんと別れようと思う」
「決断はっや……」
「そうかな」
　と言って、クレープをひと口。
「なんかね、冬夜とギクシャクっていうのも嫌なの。洋くんと別れても、元みたいには戻らないかもしれないけど」
　そもそも、私が洋くんと付き合ったことがギクシャクし

た理由なのかすらわからないし。
　夏樹は悩む私に優しい眼差しを向けてくれた。
「大丈夫。きっと元に戻るよ」
　夏樹の言葉に励まされて、ベンチから勢いよく立った。
「今日、別れたら冬夜とも話してくる！」
「またまたすごい行動力だね」
　そう言う夏樹に微笑みかけた。
「じゃあ他のところ行こ？」
「うん」
　そう言って並んで歩き出す。
　洋くんと別れることで、恵美とのこと、冬夜とのことがどうなるかはわからない。
　けど、焦らず目先のことだけを考えていよう。
　今、何をするのが最善なのかを……。
　私はもう一度心の中で自分の意思を確認して、そのあとは文化祭を楽しんだ。

別れ

　文化祭が無事終了した。
「売上学年1位！　みんなお疲れ様！」
　実行委員の嬉しそうな声に、みんなが「わあっ！」と歓声をあげて笑い合う。
「やったね！」
「うんうんっ！」
　夏樹と私も手を取り合って飛び跳ねる。
　みんな頑張ってよかった！
　不意に恵美と洋くん、そして冬夜に目をやる。
　でも……私はこれから。
　これから頑張らなきゃ。
　拳をぎゅっと握りしめた。

　みんなが帰ったあと、全部の片付けを終えた洋くんが教室に来た。
「ごめん、遅くなった」
「ううん、全然」
　しばらく沈黙が続いたけど、意を決して口を開く。
「洋くん……」
　心臓がバクバク鳴る。
　けど、もう言うって決めたから。
「あのね、もう……別れよう？」

そう言いきって洋くんを見つめると、洋くんはスッと目を伏せた。
「好きなヤツ、できたの？」
「……ううん。そうじゃなくて――」
「ならなんで？」
　洋くんが顔をあげて私に一歩近づき、私は思わず一歩下がる。
「美愛に好きなヤツができたらって話だったよね。なんで急に？」
　そう言ってまた1歩近づいてきた。
　でも私は逃げないで、ぐっと踏みとどまる。
「私、やっぱり洋くんのことを恋愛対象としては見れない」
　黙ってしまった洋くんに、もう一度口を開く。
「それに、ほんとに洋くんを好きな人に失礼だと思ったの。洋くんのことは友達として好きだし、デートも楽しかったけど……だけど、ごめんなさい」
　私がそう言うと、洋くんは自分の髪をくしゃっと握った。
「そんな……俺、諦めきれないよ」
「洋くん……」
　気持ちは嬉しい。
　けど応えられない。
　告白はフラれるほうだけじゃなくて、フるほうも辛いっていうけど、実際に目の前で、私のせいで傷つく人を見るのはこんなに辛いものなんだ。
　私の視線に、洋くんも顔をあげた。

「どうやったら俺を好きになってくれる？」
　切ない声でそう言った洋くんに何も言えないでいると、洋くんは再び口を開いた。
「俺さ、フラれてるのに美愛を嫌いになれないんだ。……なあ美愛、どうしたらいい？」
　そう言うと私に1歩、また1歩と近づいてきて、今度は私も思わずあとずさる。
　なんだろう。
　さっきとまとう空気が少し違っていて、なんだか怖い。
「よ、洋くん……っ」
　ついに背中が壁に当たり、逃げ道がなくなってしまった。
「洋く――」
　その言葉を遮って、私の頬にそっと触れる。
　びくりとした私にはお構いなしに、私の目を覗き込んでくる洋くん。
「美愛、好きだよ」
　そう言うと、ゆっくりと顔を近づけてきた。
「や、やめて……洋くん、やめてっ……！」
　抵抗しようとしても動けなくて、涙が浮かんだそのとき、教室のドアがガラガラと開いた。
「やめっ……」
　洋くん越しに、ドアから現れた人が見えて、途端に力が抜ける。
「と、うや……」
　私が名前を呼ぶと、冬夜は険しい表情でこっちにやって

きた。
「お前……何してんだよ」
　洋くんにそう言うと私の腕をぐっと引っ張った。
「嫌がる女に手ぇ出すとか最低だな」
「っ……」
　何も言えなくなった洋くんを一瞥すると、冬夜は私の腕を引いて教室を出た。
　廊下をスタスタと早足で歩いていく冬夜に、私は少し小走りになる。
　中庭に到着してパッと手を離されると、それがなんだか名残惜しいような、そんな気がした。
「……関わって悪かったな」
「っ……ううん、あり、がと……」
　まださっきのことがショックで、ちゃんと冬夜のことを見れない。
　洋くんがあんな風に、無理やりキスしようとするなんて考えなかった。
　私が……考えなしだったのかな。
「……なんかあったのかよ」
「え……？」
　冬夜の声に顔をあげると、どこか心配そうな目で私を見ている。
　『関わらないで』なんて言った私に、それでも心配してくれる冬夜に、じんと心が温かくなった。
　ああ、やっぱり優しいな。

私、冬夜のこと、全然わかってなかったのかもしれない。
　スッと目を伏せたけど、顔をあげて口を開いた。
「……別れたの」
「は？」
　そう言った冬夜の目をまっすぐ見る。
「もともと、洋くんのことが好きだったわけじゃなかったの。それで、そんな状態で付き合うのは間違ってるって、昨日恵美に言われて……」
　黙ってしまった冬夜に、またつい俯いてしまう。
「言われるまで気づかないなんて、ほんと呆れちゃうよね。恵美とも……冬夜ともギクシャクしちゃって、私……」
　話しているうちに、さっき止まったはずの涙が再び流れ出てくる。
「っ……冬夜にもあんなこと言って、本当にごめん。傷つけたり、嫌な思いさせちゃって……本当にごめんなさいっ」
　ほんと、大切な幼なじみに向かってなんてこと言っちゃったんだろう。
　謝っても謝りきれなくて、顔があげられない。
　けどっ……。
「私、やっぱり冬夜がいないとダメなの。離れてる間すごく寂しかった。前みたいには戻れないかもしれないけど、幼なじみの関係に戻ってくれるっ……？」
　そう言ったあと、少しの間沈黙が流れる。
　そりゃそうだよね。
　あんな風に言った私に、もう冬夜と仲良くする資格なん

てない。
　そう思いながら涙を拭っていると。
「……幼なじみやめるとか戻るとか、忙しいヤツだな」
　え……？
　予想外の言葉に顔をあげる。
「帰ろうぜ。ったく、俺は忘れもん取りに来ただけだっつーのに……」
　そう言って髪をかきあげる冬夜。
「い、いいの？」
「何が」
「だ、だから幼なじみに戻るっていうの……」
　そう言うと、髪をくしゃっと撫でられた。
「お前みたいなヤツは誰かそばにいねぇとダメだろうが。行くぞ」
　そう言って先を歩く冬夜に、返事をしながら自然と笑顔が溢れる。
　さっき、冬夜を見てどれだけホッとしたか。
　助けてもらえてどれだけ嬉しかったか。
　冬夜が私にとって大切で、特別な存在なんだなってことが改めてわかる。
　並んで家に向かいながら、もう一度冬夜に言った。
「冬夜、ありがとう」
「……ん」
　そう返事をした冬夜と一緒に歩く道は、昨日とはまったく違う景色に見えた。

次の日は土曜日で、久々に葵さんたちが家に来た。
　ママのお手伝いをしてグラスをみんなに渡すと、冬夜が飲もうとしてふと顔をしかめた。
「……美愛」
「え、な、なに？」
「お前が今渡したの、酒だろ」
「え、嘘!?」
「ほんとだっつーの。俺のこと犯罪者にする気か」
「違うよ、グラスが一緒だったから！」
　そんなやり取りをしてグラスを交換していると。
　な、なんだろう。
　みんなが何か聞きたそうにこっち見てる。
「……美愛、仲直りしたのか？」
　真さんに言われて、「はい」と頷く。
「昨日、謝れました」
「ほー。よかったな、冬夜」
　そう言って冬夜の頭をわしゃわしゃっと撫でる宗さんに、冬夜は嫌そうな顔。
「つまり、美愛。その彼氏とやらとは別れたのか？」
　パパがそう言ったけど『彼氏とやら』って言うときになんだか額に青筋が浮かんでたような……。
「もともと好きじゃなかったし、別れたよ」
　その言葉にパパはどことなく満足そうに頷いた。
「もともと好きじゃなかったって……なあ、美愛みたいな子のこと、なんていうっけ？」

「……小悪魔?」
「あーそれそれ」
　背後で宗さんと真さんがそんな会話をしているとはつゆ知らず。
　葵さんが微笑んで私に口を開く。
「まあよかったよ。美愛ちゃん、今度は恋できるといいね」
　葵さんはちらりと冬夜を見ながら、どこか意味ありげにそう言う。
「……? は、はい」
　冬夜は私の言葉にため息をつき、そこでママと美樹さんが料理を運んできた。
「さあさあ、みんな食べて? お腹すいたでしょう」
　その言葉に、みんなで夕食を食べ始めた。

Chapter 3

こんなのって……アリ？

　夕食を食べ終えてみんなで喋っていると、ふと美樹さんが言った。
「ねえ玲、明日から１週間、冬夜を預かってくれない？」
「「え？」」
「は？」
　私とママ、冬夜までがそう言って美樹さんを見ると、奏さんが口を開いた。
「京都の知り合いのところへ行くことになってさ。夫婦で出席するお茶会があって、ついでに他の用事もすまさなきゃいけないんだよ」
「いや、俺はひとりで平気だけど」
　冬夜がそう言ったけど、美樹さんは冬夜を睨む。
「片付けもできない人が言う言葉じゃないわよ」
　た、確かに……。
「美愛ちゃんとも仲直りしたみたいだし、いいかな？」
「うん、大歓迎だよ。憐斗くんもいいよね？」
「ああ」
　１週間か……。
　ふたりが帰ってくるまで、なんだかいろいろありそう。
　「マジかよ……」なんて呟いてる冬夜をみて、私は肩をすくめた。

そうして翌日の日曜日
　うーん、と伸びをして身体を起こす。
　よく寝た……今何時だろ？
　そう思って時間を見ると。
「嘘!?」
　もう12時だったの!?
　よく寝たって、寝すぎだよ！
　そう思いながら着替えて、リビングに行くとママが料理している……と思ったら、えっ？
「冬夜？」
　もう来てたんだ。
「お寝坊美愛。おはよ」
「う……」
　……すっごくバカにされてる気がするけど、何も言い返せない。
「12時起きとか、逆によくそれだけ寝れるよな」
「う、うるさいっ」
「そんなこと言うなら朝食なしな。ああ、昼食か」
「ううぅ……」
　な、なんか、今日いつもより更に意地悪っ……。
　っていうか、ママたちどこ行ったんだろ？
　キョロキョロしていると、冬夜が口を開く。
「今日はお出かけって言って出てったぞ」
「えっ、なんで聞きたいことわかったの？」
「顔見たらわかるだろ。全部、表情に出てるけど？」

うっ……。
　ジャッジャッとフライパンを振るう冬夜を見ていると、「なに？」というふうに見られる。
「暇ならそろそろテーブルセットしてくれ」
「はーい」
　冬夜にそう返事をして、おとなしく用意をした。
「うーん、美味しいっ」
　冬夜の作ったオムライス、ほんとに美味しい！
　っていうか料理まで上手って、どこまでハイスペックなんだろう？
　なんだか末恐ろしいな……。
「そういえば、冬夜の料理久しぶりだね」
「そうか？」
「うんっ。すごく美味しい！」
　笑顔でそう言うと、フイッと顔を背ける冬夜。
「……当然だろ」
「うん、まあ冬夜だもんね」
　片付けができないこと以外は完璧だよ、ほんと。
　そうして食べ終わり、食器洗いなどは私がすることになった。
　やってもらってばっかりにはいかないしね。
　一応お客さんなわけだし。
　食器を下げてもらって、スポンジを手に取る。
「じゃ、頼むな。皿割るなよ？」
「わ、割らないよ！」

そう言うとフッと笑ってリビングに行く冬夜。
今日の冬夜、なんかすごい機嫌いいみたい。
この前までのことが嘘みたいで、ちょっと嬉しい。
そっと冬夜の後ろ姿を見やる。
やっぱり……冬夜がいないとダメだな。
そう思ってから、お皿洗いする手を動かした。

お皿洗いが終わって、手を拭きながら考える。
うーん、今日はなにしようかな。
あ……。
恵美に、洋くんとのこと報告して、仲直りしたい。
私はスマホを取って部屋に戻ると、恵美にかけた。
──プルルル……プルルル……。
緊張で心臓がドキドキする。
恵美、出てくれるかな？
『……もしもし？』
　いつもよりワントーン低い恵美の声。それでも久しぶりに聞いた声になんだか少しホッとする。
「……恵美、ちょっと話がしたいの。今日空いてない？」
　少しの間沈黙。
『ごめん、今日は家族で出かけてるの。明日なら』
　あ、そっか、明日代休で学校休みなんだっけ。
「ありがとう。じゃあ駅前のカフェに11時でいい？」
『わかった、じゃあね』
　通話を終了してコトリとスマホを置くと、それと同時に

ノックが聞こえた。
「どうぞ」
　返事をすると、冬夜が顔を覗かせた。
「ちょっと出かけてくる。1時間くらいで戻るから」
「あ、うん、了解！」
　私がそう言うと、じいーっと見つめられる。
　な、なんだろう？
「今の電話、江藤と？」
　……図星。
「うん」
「ふーん……仲直り、頑張れよ」
「うん……ありがと」
　なんか今の言葉に励まされた気がする。
　きっと仲直りできるって、そう言われたような。
「じゃあ、行ってくる」
「うん、気をつけてね」
　私の言葉に冬夜は部屋を出ていき、私は明日恵美と何を話すか、どの服を着るかを決めて、リビングでゆっくりと過ごした。

ふたりきりの夜

　次の日。
　ドキドキしながらカフェで待っていると、恵美は待ち合わせ時間ちょうどに来た。
「……お待たせ」
「ううん」
　カプチーノを置いて恵美を見ると、恵美も店員さんに同じカプチーノを頼んで席に着いた。
「……洋くんのこと、本当にごめん」
　恵美が座ってすぐにそう切り出す。
「恵美の気持ちも考えずに、私、最低だった。文化祭の日に別れて、恵美とちゃんと話したいと思ったの」
　私の言葉に、黙って耳を傾ける恵美。
　許してもらえないかもしれない、それでも……。
「本当にごめん。よければ、また仲良くしてほしい」
　そう言ってしばらく恵美の目を見つめる。
　もう……ダメかな？
　そう思っていると。
「私こそ、ごめん」
「え？」
　思いがけない言葉に顔をあげる。
「武田くんが好きってこと、美愛には言ってなかったんだし。勝手に嫉妬してたんだ。ほんとにごめん」

そう言って頭をさげる恵美に、ついあたふたしてしまう。
「中途半端に付き合ったりした私が悪かったんだよ、恵美は謝らないで」
「違うよ、本心だけ隠して嫉妬してた私が悪いの」
「違う違う！」
「そうなの！」
　思わず白熱した言い争いをしてから、ふたり同時にふふっと笑う。
「ごめんね、恵美」
「私こそだよ。仲直りしよっか」
「うん！」
　そう言って微笑み合って、再び口を開く。
「っていうか、ずっと気になってたんだけど、いつから好きなの？」
「入学式の日から」
　え、そんなに前から!?
「ぜ、全然気づかなかった……」
「ふふっ、全力で隠してたもん。それよりなーんかお腹空いちゃった」
「あ、私も。冬夜に起こされて慌てて出てきたから、朝ごはん、まだなんだよね」
「そうなの……って、え!?」
　もうすっかりいつもの私たちで、喧嘩してたなんて嘘みたい。
　やっぱり恵美は、大切な友達だな。

改めてそう思いながら、ふたりでメニューを覗き込んだ。

「ただいま……」
　ママ、もう帰ってきてるかな？と家に入って様子をうかがう。
　あのあと、冬夜との仲直りを恵美にぜんぶ話すと。
「明野くん、気の毒に……蛇の生殺しね」
　なんてわけのわからないことを言われた。
　蛇の生殺しって、なんでよ。
　リビングに入るとテレビの音が流れてくる。
　茶道についての番組みたい。
　そういえば、小さい頃から茶道の特集をした番組なんかを真剣に見てたっけ。……私は隣で寝てたけど。
　昔のことを思い出して、苦笑しながらソファに近づくと。
「あ……」
　そこには肘掛けに肘をついて手のひらを耳につけ、瞼をしっかりと閉じた冬夜。
　もう、こんな冷房ガンガンかけたところで寝たら、風邪ひくよ。
　揺り起こそうとしてドキッとする。
　寝顔、すごく綺麗……。
　さすがって言うべきなのかな。
　なんだか、冬夜を見つめていると心臓がうるさい。
　──ドキン……ドキン……。
　規則正しい、でもいつもより速い鼓動。

視線は冬夜に注がれていて、心臓がうるさいのはそのせいだとわかる。
　でも、どうして……？
　どうして鼓動が速くなるんだろう。
　心のどこかで、その答えはわかってる。なのに、認めたくない自分がいる。
　私は……私は……っ。
「……うっ……ん……？」
　冬夜の声でハッと我に返る。
「と、冬夜っ！　おはよう、こんなところで寝たら風邪ひくよっ？」
　慌ててそう言って、冬夜を叩き起こす。
「……ってぇ……なんだよ」
　冬夜は寝ぼけ眼で、ソファに体を横たえる。
　って、まだ寝る気なの？
「ここで寝たら風邪ひくよ」
「……ん………」
　うん、聞いてないね、これ。
「ねえ、冬夜」
「……うるせーな」
　冬夜はそう言うと私をグイッと引っ張った。
「ちょ、ちょちょ冬夜！？」
　冬夜に引っ張られて……私は、冬夜の腕の中に倒れ込んでしまった。
　たくましい腕に抱きしめられて、かあっと顔が熱くなる。

ね、寝ぼけてる、完全に寝ぼけてるっ……！
「冬夜ってばっ……」
　なぜか心臓が早鐘のように鳴って、頭の中がぐるぐるしてくる。
　だ、ダメ、このままじゃ心臓爆発する……！
「冬夜!!」
　バシッと肩を叩くと、冬夜が目を開いた。
「……は？」
　「は？」じゃないでしょうが！
「は、早く離して……っ」
　勢いよく怒鳴るつもりだったのに、か細い声しか出ない。
　顔が真っ赤なのが自分でもわかる。
　もう、ほんとなんでこんなことに……。
「っ……なんっ……」
　冬夜はそう言うとガバッと起き上がって、同じく顔を真っ赤にする。
「と、冬夜、寝ぼけてたんだよ」
「っ……悪い」
　珍しく素直な冬夜にちょっと驚く。
「い、いいけど、ちゃんと自分の部屋で寝たほうがいいよ。ここ冷房もガンガンだし」
「……ああ、だな」
　冬夜はそれだけ言ってテレビのリモコンを手に取ったけど、私は動けないまま。
　──ドキン、ドキン、ドキン、ドキン……。

……まだ心臓がうるさい。
　なんか、冬夜もやっぱり男なんだよね。
　胸は硬かったし、腕も……力が強くて、すぐにはほどけなかった。
　でもだからって、なんで冬夜なんかにドキドキしてるんだろ？
　き、きっと突然だから驚いただけだよね。
　絶対そうだよ！
　そう思ってひとりで納得していると、玄関が開いた音に続いてバタバタと慌てたような足音が響く。
「どうしたんだろ？　ちょっと様子見てくるね」
「ん」
　そうしてママの部屋に行くと、スーツケースを引っ張り出している。
「ママ、どうしたの？」
「じ、じつは憐斗く……パパがこれから４日間出張に行くことになったの」
　ああ、なるほど。
　突然出張になるのは珍しくないんだけど……。
「なんでママがスーツケース用意してるの？」
「パパはまだ会社なの。もうすぐ迎えに来てくれるはずだけど……」
「そ、そうじゃなくて、なんでママの服まで入れてるの？」
　今見たところ、パパの服だけじゃなくて、ママの服も入れてるんだけど……。

「2日目と3日目にパーティがあってね、それにママも出席するから、ついていかなきゃいけないの」
　え、それってつまり……。
「私、冬夜とふたりっきり!?」
「ほんっとうにごめんね！　4日で帰るから！」
　ママはそう言うけど、いやいや、え!?
　突然すぎない!?
　呆気にとられていると、ママがスーツケースを閉じてリビングに向かう。
「憐斗くん！　もう着いてたの？」
　ママがそう言って、冬夜と何やら話をしていたパパに声をかける。
「ああ、荷物頼んで悪いな。……で、わかったな、冬夜」
「わかってますって……」
　ん？　なんの話してたんだろう。
「冬夜くんも、ほんっとにごめんね！　美樹と奏くんにも謝らなきゃ……」
「いえ、大丈夫ですよ」
「……」
　パ、パパ？　なんで？　なんで冬夜をじーっと見てるんだろう……。
「憐斗くん、外で車が待ってるし、早く行こう？」
「ああ。じゃあ行ってくるな」
「う、うん、行ってらっしゃい……」
　そう言って見送ったけど……。

「突然だな……」
「本当にね……」
　そう言ってため息をついたけど、まあしょうがないよね。
　何気なく時計を見ると、今はまだ４時半。
「私、お米、といでおくね」
「ああ、ありがとな。夕飯作るときは手伝う」
「ありがとう」
　正直、私ひとりで作るのは不安しかないから、本当に助かる。
　そう思いながらキッチンに入って、ささっとお米をといでセットをした。

　そうしてしばらくキッチンの片付けや、掃除なんかをしていると。
　──ガタガタガタガタ……。
　え……もしかして地震！？
　結構な揺れで壁に寄りかかる。
「こわい……」
「美愛、大丈夫かっ？」
　そう言ってキッチンに入ってきた冬夜に、すがりつくように抱きつく。
「ちょ、美愛っ……」
　さっきあんなに離れてって言ったのに。
　今度は自分から抱きつくなんて、ほんとどうかしてるよね……でも……。

しばらくして揺れがおさまり、ソファのほうに移動してからもまだ恐怖心で冬夜に抱きついたまま。
「ごめん……」
「……いいから」
　冬夜は私を落ち着かせるようにそう言って、ぎこちなく抱きしめ返してくれる。
　地震……まだ来るのかな？
　初めての経験に、今もまだ体が震える。
　それでも冬夜に抱きしめられて少しずつ不安は和らいでいき、なんだか瞼が重くなってくる。昨日、恵美とうまく話せるか緊張してよく眠れなかったせいかな。
　ゆうべの緊張が一気にとけてすっかり安心した私はそのまま眠りに落ちていった。

【冬夜side】
　嘘だろ。
　腕の中で眠ってしまった美愛を見る。
　よっぽど怖かったらしく、俺のシャツを握りしめたまま。
　なんというか……結構な忍耐が必要だ。けどさっき寝ぼけて失態を演じてしまった身としては、嫌われてないようで安心した。
　それにしても……。
　ちらりと美愛を見やる。
　爆睡している美愛を、俺はどうするべきなのか。

いつまでもこのままってのは、絶対無理だ。
　俺の理性が切れる。
　部屋に運ぶか……。
　俺は美愛を、いわゆるお姫様だっこってやつをして部屋に運んでいく。
　こいつ、こんなに軽かったんだな。
　というか小さい。
　部屋のドアを開けて美愛をベッドにおろした。
　ギシッとスプリングが鳴って、それだけで心臓が早鐘のように打つ。
　ったく勘弁してくれよ……。
　今日1日で、いろいろありすぎだ。
「んんっ……」
　そう言って寝返りを打った美愛を思わず睨む。
　こっちが必死に耐えてんのに、お前が色っぽい声出してんじゃねぇよ。
　ったく、寝ても起きても鈍感なヤツ。
　ため息をついて、布団をかけてやる。
　……俺の気持ちにも気づかねぇし。
　武田と別れてからも、俺が冷たくした理由がわからないっぽい。
　……普通、わかるだろって思う俺がおかしいのか？
　何したら気づくんだよ。
　まあ、もし俺の気持ちに気づいたとしても、べつに俺を好きになってくれるわけじゃないんだろうな。

スヤスヤと眠る美愛を見てため息が出る。
　どうやったら、いいんだろうな。
　俺は美愛の部屋に一生わからない質問を残して、自分の部屋に戻った。

【美愛side】
　パチッと目が覚めた。
　ん？　ここって自分の部屋……？
　起き上がるともう外は真っ暗。
　ハッと思い出した。
　私、冬夜に抱きしめられて……そのまま寝ちゃった!?
　ぎゃ――っ!!
　冬夜に思いっきり寝顔見られたよね？
　しかも運んでもらったってことは、重さもわかったわけで……。
　サーっと顔が青ざめていく。
　さ、最悪……。
　っていうか、夕食！
　もう真っ暗だし、なんかお腹すいてるし、多分６時は過ぎてるはず！
　慌てて起き上がり、髪を手櫛(てぐし)でとかしてから部屋を出た。
　キッチンに行くと、香ばしい匂いが漂っていた。
　こ、これは……。
「冬夜……ごめん……」

フライパンを振っている冬夜に平謝り。
「ったく。急に寝るし、おまけにお前は重いし」
　　う……。
　　じ、事実だけど、普通そんなこと言っちゃダメだと思わない!?
「嘘だっつーの。これ食べてもっと肉つけろ」
　　冬夜はそう言って私にお皿を渡した。
「あ、ありがとう。あとごめんね？」
「べつに。気にすんな」
　　なんだかんだ、冬夜って優しいなあ。
　　私は心の底から感謝して、ふたりで席に着いて夕食を食べた。
「美味しかった〜」
「そ。よかった」
　　冬夜は私に微笑むとお皿を下げていく。
　　い、今の微笑み、すごくドキドキした……。
　　──トクン……トクン……。
「どうした？」
　　冬夜に声をかけられて、ハッとする。
「う、ううん！　あ、お皿は私が洗うから、冬夜は座ってて？」
「ああ、サンキューな」
　　私は慌てて食器を持ってキッチンに入った。
　　お皿を洗いながらソファに座っている冬夜を見る。
　　うう……。

な、なんでだろう。
　目が離せない。というか、目で追ってしまう……。
　お皿を割らないように、それでも時々ちらっと冬夜を見ながら、お皿洗いは終了。
「お疲れ」
　冬夜にそう言われて、またドキッと胸が鳴る。
　も、もうっ、本当になんなの!?
「先に風呂入れば？　さっき入れておいた」
「あ、ありがとう」
　何から何まで、本当要領いいなあ。
　そう思いながらお風呂場に向かい、20分ですませてリビングに行く。
「お先でした」
「ん」
　そう言うと冬夜はお風呂場に向かい、私はソファに腰掛けてテレビをつけた。
　そこでハッと気がつく。
　そういえば、明日学校だよね。
　……宿題……！
　気づいてすぐに部屋に駆け込んで、宿題を持ってリビングに戻る。
　代休もあるからって多めに出てたのに、すっかり忘れてたっ！
　に、苦手な数学だけど、頑張ろう……。
　……そういえば冬夜はちゃんとやったのかな？

まあ冬夜のことだし、とっくにすませたって言うんだろうなあ……。
　そう思いながら黙々と手を動かしていると、冬夜がお風呂から出てきた。
「何してんの？」
「宿題だよ、すっかり忘れちゃってて」
　もうほんとにヤバいんだから。
「宿題……？」
　冬夜は呟いてハッとしたような表情をする。
「ヤッベ、俺もやってなかった」
「えっ、珍しい……」
　冬夜は家まで宿題を取りに行き、そうして私の隣に座るとすごい速さで解いていく。
　さ、さすがとしか言いようがない。
　私も負けてられない！
　そう思ってさっきよりも速く手を動かす。
　私って競争心が強いのかな？
　それからしばらく無言で手を動かし続けて……。
「「終わった……」」
　って。
「えっ、冬夜も!?」
「ああ」
　私より遅く始めたのに、すごいなあ……。
　っていうか、私は一番最後の応用問題は飛ばしてるけど、冬夜はそこまで埋めてあるし。

「疲れた〜……。あ、コーヒーでも飲む?」
「ああ、ありがとな」
　キッチンに入ってお湯を沸かしてコーヒーを作る。
　冬夜はブラックで、私は砂糖とミルク入り。
　トレイに載せて持っていくと、冬夜は宿題を見直ししていた。
「はい、どうぞ」
「サンキュー」
　冬夜はコーヒーを飲みながらプリントを確認。
　横顔、綺麗だなあ……。
　って、またこんなこと考えてる!
　やめやめ!
　そう思いながらコーヒーを飲んでいると。
「……なあ、お前はこれどうやった?」
　不意にプリントを見ながら冬夜が聞いてくる。
「えーと……あ、そこ抜けてる」
　ちょうど飛ばしてた応用問題。
「なに、わかんねーの?」
「うっ……」
　冬夜、すっごい意地悪な顔してる……。
　け、けど、この問題、応用だよ?
　基本だって難しいと思ってる私が、応用なんて解けるはずないよ!
　そう思ってむくれていると。
「これ、1個前の問題の応用だから。ここができてるんだ

から、解けるだろ」
「え、そうなの？」
「ああ。これは……」
　そう言って丁寧に教えてくれる冬夜。
　おお。なるほど。
「わかった！」
「ん。よかったな」
「うん、ほんとにありが──」
　冬夜のほうを向いて、思わず言葉を止めた。
　バチッと視線が合って、今更ながらすごい至近距離だったんだと気づく。
　なのに……なぜか目がそらせない。
　冬夜の瞳に吸い込まれてしまいそうな、そんな気さえして……。
　──ドキン……ドキン……。
　冬夜がゆっくりと顔を近づけてきた。
　私もそっと目を閉じる。
　──ドキン……ドキン……。

　──♪〜……。

　スマホの着信音に、バチッと目を開いて慌てて退く。
　わ、私、なにしようと……っ。
　鳴り続けるスマホをさっと取って表示を見ると、ママからだった。

「……わり。部屋戻る」
「う、うん」
　冬夜はそう言うと、空になったマグカップをシンクに置いて部屋に戻っていった。
　私は呆然としたままその姿を見送ってから、スマホを耳に当てる。
「も、もしもし？」
『あ、美愛。そっちはどう？　晩ごはんはもう食べた？』
「うん、冬夜が作ってくれた」
『さすが冬夜くんね。あ、地震は大丈夫だったの？　結構揺れたみたいだったけど……』
「あ、大丈夫だったよ、ママたちは？」
『車に乗ってたしね。大丈夫そうだから、出張先までこのまま行くつもり』
　そっか。もしかして、地震のことが心配で連絡してきたのかな？
『よかったわ、つい心配になっちゃって。じゃあいい子でね。おやすみ』
「うん。おやすみ」
　そう言って電話を切ってから、通話が終了された画面を見る。
　もし……もし、電話がかかってこなかったらどうなってたんだろう？
　っていうか、あれって……。
　思わずきゅっと胸元で手を握る。

冬夜、どういうつもりであんなことしたんだろう？
でも、私も受け入れようとしてた。
ドキン、ドキンと心臓が鳴り出す。
私……やっぱり冬夜のこと……。
　私は自分の不確かな気持ちを振りきるように、スマホの画面をオフにした。

【冬夜side】
　パタン、とドアの音が虚(むな)しく響き渡る。
　それと同時に漏れたため息。
　俺……さっき、なにしようとした？
　髪をくしゃっとしてドアにもたれかかる。
　あいつ、拒否しろよ……。
　なんで期待させるんだ、バカが……。
　ほんと、電話がかかってきてよかった。
　多分、いや絶対止められなかっただろうから。
　もしあのまま電話が鳴らなかったら……あいつはほんとに抵抗しなかったのか？
　ったく、思わせぶりなことしやがって。
　……期待しちまうじゃねえか。
　お前が、少しでも俺を意識してくれてるんじゃないかって……。
　俺はもう一度ため息をつくと、ベッドに仰向けになって目を閉じた。

誰か……誰か……‼

【美愛side】
　朝、目覚ましの音で起きて、時計を見ると７時ちょうど。
　昨日は夕食作ってもらったし、冬夜は朝が苦手だから朝食は私ひとりで作ろうっと。
　そう思いながら準備を終えて、冬夜が寝ているお客様用の部屋に向かう。
　──コンコン。
　やっぱり、ノックだけじゃ起きないよね……。
　ガチャ、と扉を開けて部屋に入る。
「冬夜」
　そう言って、そろそろとベッドに近づく。
　うぅ……。昨日のことがあるから、なんだかちょっと気まずい……。
「冬夜ってば」
　揺り起こすと、ゆっくり目を開ける冬夜。
「……美愛？」
　名前を呼ばれただけなのに、ドキッとしてしまう。
　って、そうじゃなくてっ……！
「お、おはよう。朝食できたから……」
「ん……了解」
　その返事を聞いて、慌てて部屋を出る。
　──トクン……トクン……。

感情が溢れてきて、もう止まらない。
　だめ……やっぱり私……。
　──冬夜のことが、好きなんだ……。
　かあっと頬が熱くなる。
　冬夜のことが好き。
　恋愛感情で好き……。
　ドキドキしたり、つい目で追ってしまうのは冬夜のことが好きだからなんだ。
　……好き。
　私はきゅっと胸の前で手を握ると、冬夜が出てくる前にキッチンに戻った。
　いつもよりドキドキしながら朝食を終えて家を出ると、向こうからやってくる洋くんと目が合ってしまった。
　そうだ、ここって洋くんの通学路だった。
　さ、最悪……。そういえばあのあと、私は何も言わずに逃げちゃったんだった……。
　洋くんは私に気づいたらしく、途端に顔をこわばらせたのがわかった。だけど、そのまま私のほうに歩いてきて。
「っ……美──」
「触んな」
　私に触れようとした洋くんの手を、あとから出てきた冬夜がパシッと払う。
「……こいつはもうお前のもんじゃねぇ」
　冬夜はそう言って洋くんを睨むと、私の手を引いて駆け出した。

握られた手が熱くて、さっき洋くんに言った冬夜の言葉にドキドキして胸が苦しい。
　この前までこんなことなかったのに、好きって自覚したらこんなに違うんだ。
　校門に差しかかると、冬夜が気づいたように私の手をパッと離す。
「……悪い」
「ううん、ありがとう……」
　私がそう言うと、顔色を窺うように私の顔を覗き込んだ冬夜に、ドキッと胸が高鳴る。
「あいつのことで、またなんかあったら言えよ？」
「う、うんっ……」
　私は真っ赤になった顔を隠すように、急いでそう返事をして校門をくぐった。
　教室に入ると、みんなが私と冬夜を見て一瞬シーンと静まり返った。
「美愛、おはよう」
　恵美に言われて笑顔で返す。
「おはよう」
　そう言うと、みんなの視線をくぐり抜けて席に着く。
「えと……武田くんは？」
　ひとりの女子が遠慮がちに聞く。
「……別れたの」
　それが聞こえたのか、みんながちょっと驚いた顔をしたけど、そのあとは何も言ってこなかった。

しばらくして洋くんが登校してきて、また一瞬シーンとなったけど洋くんもみんなも、私に何も言ってこなかった。
　洋くんは人気者だから、私と別れたって知られても、みんなの態度は変わらず、いつもどおり。
　私はそんな光景に少しホッとして、小さく息を吐いた。

　放課後。
　家の鍵がひとつしかないから、冬夜と帰ろうとふたりで教室を出たとき。
「碓氷さん、ちょぉっといーい？」
　そこにいたのは、眉をピクピクさせた例の冬夜ファンの子たち。
　こ、この人たちのことすっかり忘れてた……。
　でもここはしっかりしなきゃ。
「なに？」
「ちょっと来てほしいの〜」
　冬夜を意識してか、猫なで声の彼女。
「話ならここですませば？　俺、待ってるから」
　冬夜はそう言って女の子たちを睨む。
　多分……何か勘づいてる。
「えぇ〜……ちょっと来なさいよ」
　リーダーっぽい子がずいっと近づき、低い声でそう言われて、思わず頬がこわばる。
「ここでの話じゃないなら帰ろうぜ。行くぞ」
　冬夜にそう言われて、ホッとしながら頷いて、並んで廊

下を歩いていく。
「ありがと、冬夜」
「……べつに」
　そう言った冬夜に心から感謝して微笑んでいた私は、リーダー格の子が「チッ……こうなったらあの人に頼むし。覚悟しなさい……」と、不穏なことを言っているのに気づかなかった。

　家に帰ってから、夕食とお風呂を終えて、今はくつろぎタイム。
　冬夜も私もソファで雑誌を見たりテレビを見たり。
「コーヒー淹れよっか？」
「ああ、サンキュー」
　私は立ち上がってコーヒーを淹れる。
　そういえば今日の女の子たち、あの剣幕だとこのまま黙って引き下がるとは思えないな……。
　何か企(たくら)んでそうなんだけど、大丈夫かな。
　ぼーっとそんなことを考えながら、サーバーからコーヒーを注いでいると。
「あっっ……!!」
　し、しまった、コーヒーが手にっ……！
「どうした？」
　私の声にキッチンの様子を見に来た冬夜。
　い、言いにくい……。
「そ、その……ヤケドしちゃって」

「ヤケドって……さっさと冷やせ！　痕残ったりとかしたら困るだろっ」
　そう言ってテキパキと用意をしてくれる冬夜。
「ほら、冷てぇけど我慢しろよ？」
「うぅ……」
　ヤケドした部分を恐る恐る氷水につける。
「ひー！　冷たいっ！」
　慌てて引っ込めようとしたけど、冬夜に手を掴まれてまたつけられる。
「ちゃんと冷やせ、バカ」
　口調はこんなだけど、心配してくれてるのがわかってドキッと心臓が高鳴る。
　あーもう……。冬夜のせいで心臓まで痛いよ……。
「そ、そろそろいい？」
「ダメ」
　うぅ……。
　そうして数分後、やっと氷水から手を抜いた。
「ひえぇぇー冷たいぃ……」
　そう言うと冬夜が呆れたような顔で私を見る。
「ほら、手ぇ出せ」
「う、うん……」
　そう言うと、そっと薬を塗って、丁寧に包帯を巻いてくれる。
　冬夜が私の手に触れるたびに心臓が大きく跳ねる。
　ドクンドクンと鳴り続ける鼓動は、真剣な目をした冬夜

を見つめているせいで。
　そっと触れられる手も、微かにかかる吐息も、どんどん私を虜にしていく。
「……はい。これで大丈夫だろ」
「あ、ありがと……」
「べつに。ほら、コーヒーだけ飲んでもう寝ようぜ」
「う、うん！」
　私は高鳴る胸を抑えてコーヒーを用意し、冬夜とふたりで飲んでそれぞれ部屋に戻った。

　次の日の昼休み。
「碓氷」
「あ、藤沢くん。どうしたの？」
　恵美とお昼を食べていたときに、藤沢くんに声をかけられる。
「最近、例の女子たちになんかされてない？」
　声を潜めて言う藤沢くんに私も少し声を潜める。
「うん、一応大丈夫」
「そっか。なんかさっき、派手めな女子が集まって碓氷のこと話してたっぽかったから……」
　そ、それは心配だな。
「今日は早めに帰ることにするよ」
「うん、そのほうがいいと思う。じゃあ、またあとで」
「うん。心配してくれてありがとう」
　そう言うと、藤沢くんは私に笑顔を見せて向こうに去っ

ていった。
　放課後。
　冬夜は今日、部活のミーティングだけど、すぐすむらしいから待っている私。
　教室で待ってるんだけど、なんだか嫌な予感がするっていうか……。
　そう思いながら窓の外を眺めていると、カタン、と音がした。
「冬夜？」
　そう言って振り返った瞬間。
「うっ……」
　ハンカチに何かを染み込ませたようなものを口に当てられ、そうして意識が遠のいた。
「お兄ちゃん、頼んだから」
「任せとけ」
　そんな、不穏な会話が聞こえてきて、ボンヤリしたまま辺りを見回す。
　タイミングを見計らったのか、人けがまったくない。
　今、昇降口を出たところ……。私は誰かに抱えられてるらしい？
　そう思って私を抱えている人を見ると、案の定、男の人。
　20代前半ってところかな。
　ピアスをして、半袖から出た腕には刺青が覗いている。
　……あ、明らかにヤバそうというか……。
　っていうか、誰かに似てる……？

そう考えていると、男の人が私の視線に気づいた。
「チッ……もうお目覚めかよ」
　そう言ってニマアと笑うその表情にゾッとして、意識がハッキリした。
「お、おろしてくださいっ……！」
「おとなしくしろよ」
　その人はそう言ってニヤニヤする。
「妹に頼まれちまってよぉ。仕方ねぇんだよな」
　妹？
「そんなの知りませんよっ、おろしてください！」
「うっせーよ！　少しはおとなしくしろや、ゴラァ!!」
　怒鳴ったその人に、車に押し込められそうになって足をバタバタさせる。
「やめてってば!!　離してよっ……！」
「るっせぇ!!」
　必死に抵抗していると、私を見つけて追いかけてきたのか、辺りを見回している冬夜が見えた。
「冬夜っ……!!」
「チッ、邪魔者が……」
　その人はそう言うと私を車に放り込み、バタンとドアを閉めて自分も乗り込んだ。
「冬夜っ……冬夜ぁ——!!」
　冬夜は私の声にハッと気づいて叫ぶ。
「美愛っ!!」
　でも車は発進してどんどん遠くなってしまう。

「冬夜っ、冬夜ぁーっ!!」
　私の声も虚しく、男の人に怒鳴られる。
「るっせぇ!!　黙っとけクソガキ!!」
　私はその声に涙を流して、心の中で冬夜を呼び続けた。

【冬夜side】
　去っていく車のナンバーを頭に叩き込みながら、ぎりっと唇を噛みしめる。
　畜生、誰だ、あいつっ……!!
　学校でさらわれたってことは、多分女子絡みだ。
「チッ……」
　俺は舌打ちをすると、あの人に電話をかけて、校舎に向かって走った。
　もう片っ端から当たるしかねぇ。
　校舎の入り口で、ドンッと圭斗にぶつかった。
「悪いっ！」
「冬夜、どうしたっ？」
　俺の顔色を見てそう言った圭斗に、急いで答える。
「時間がない、美愛がさらわれた」
　すると圭斗がさっと表情を変える。
「冬夜、俺の勘だと、碓氷に絡んでた女子だ。とりあえず捜しながら話す！」
　圭斗に頷いて、校舎の廊下を走る。
「絡んでた女子って？」

「冬夜のファンだよ。碓氷が気に入らなかったらしくてずっと脅したりしてた。碓氷が冬夜に『関わらないでくれ』と言ったのも、そいつらに言われたからだったんだ。今日も碓氷の話をしてた」
　そいつらを全速力で捜しながらそう話す圭斗に、驚きを隠せない。
　あのときも、その女たちのせいだったのかよ。
　……ますます腹立ってくんな……。
　もしかして、昨日絡んでたきたヤツらじゃないか？
　そいつらなら、俺も顔はバッチリ覚えてる。
　そこでコソコソしているヤツらを発見。
　圭斗と顔を見合わせて全速力で走り寄る。
「あら、ふたりともどうしたのぉ？」
　妙にわざとらしい猫なで声に確信する。
　絶対こいつだ、こいつが……！
「てめぇら……美愛はどこだ」
　そう言っても平然としてるそいつら。
「なんのことぉ？　えー？　碓氷さんが誘拐？　たいへーん！」
　……誰が誘拐されたなんて言った？　典型的な墓穴掘ってやがる。
　俺は相手が女ということも忘れて、掴みかかった。
「美愛は……どこだよ!?」
　低い声で睨みつけると、さすがに怯えた顔をする。
「なんのことよっ……！」

「時間がねぇんだよ、さっさと言え!!」
　そう言ってもまだ口を割らない。
　チッ……。
　すると、スッと俺の手を抑えた圭斗。
「どこにいるのか教えないと、ぶっ飛ばすけど？」
　普段では考えられない殺気を出した圭斗に俺まで少しビクッとする。
「だから、なんの──」
「……ぶっ飛ばすけど？」
　圭斗はもう一度、静かにそう言った。
　これは……かなり怖い。
「っ……わかったわよ!!」
　女はそう言うと、ノートに場所を書いて破り取った。
「これ!!　ここよ!!　これでいいんでしょ!?」
「いいわけねぇだろ！　こんなことしといて、ただですむと思うなよ!?」
　そう言うと、圭斗がスッと俺の前に立つ。
「……冬夜、ここは俺に任せてお前は行け」
　俺は圭斗に頷いて、校門に走った。
「冬夜っ!!」
　バイクで待っていた葵さんに駆け寄る。
「美愛はここらしい！　お願いします!!」
「わかった。ほら、乗って！」
　葵さんに言われてバイクに飛び乗った。
「ヤッバ、久しぶりだな、こういうの。派手に行こっと」

葵さんはそう言うと、俺まで悲鳴をあげそうなスピードで思いっきり走り始めた。
　待ってろ……待ってろよ美愛!!

【美愛side】
　車で連れてこられたのは倉庫のような場所。
　腕を引っ張られて中に放り込まれる。
　ザッと膝を擦りむいて血が滲(にじ)んだけど、そんなの気にしてられないくらい恐怖で震えていた。
「あなた……あなた誰なの!?」
　とにかく時間稼ぎしなきゃ……っ!
「……俺?　俺はお前を毛嫌いしてるヤツの兄貴。毛嫌いしてるヤツって言ったら、わかるよなぁ?」
　もしかして、あのリーダー格の子かな?
　そういえばさっき誰かに似てるって思ったけど、あの子に似てるんだ。
「俺、妹にはいろいろ借りがあってさぁー、あいつの頼みだけは断れねぇんだよな」
　そう言って、またフッと笑うその人。
「お前、相当嫌われてるらしいな?　あいつカンカンになって電話してきたぜ?」
　嫌われているのは知ってるけど、だからってこんなことっ……!
「まあ、そのおかげでこーんなかわいいコといろいろでき

ちゃうんだけど」
　そう言って気味の悪い笑みを浮かべるその人に、背筋がゾッとする。
「さあて、無駄話はこれくらいにして、お楽しみといきますか」
　ヤダヤダヤダヤダ!!
　冬夜っ……。
「おーい、みんなも出てこい」
　その人がそう言うと何人もの男の人が出てきた。
　みんな、いやらしい目で私を見る。
　気持ち悪い……恐怖でしかない……っ。
　しかもザッと20人はいる。
　恐怖のあまり、ついに私は必死に耐えていた涙をこぼしてしまった。
「あれあれぇ？　泣いちゃったぁ？」
　ひとりがそう言って私の肩に触れる。
「いやっ！　触らないでっ!!」
　そう言って振り払うけど、なんの効果もなし。
　ニヤニヤ笑いながらヒューヒューなんて言ってる。
　ヤダ……冬夜っ……！
　顎がクイッとあげられる。
「優しくできないかもぉ〜」
　そう言うと顔を近づけてきた。
　いやいやいやいや!!
「やめてっ……！」

──バ──ンッ!!
　え?
　凄(すさ)まじい爆音とともに、ふたり乗りしたバイクが飛び込んできて、扉が破壊された……。
　ギュインッとバイクの音を鳴らして止め、ヘルメットを取ったふたりの姿に涙が溢れる。
「冬夜……、葵さん……」
　葵さんはいつものかわいいスマイルで、ハンドルのあたりに頬杖をつきながら口を開く。
「なーにしてるー?」
　ぞっ……。
　笑ってるはずなのに、なんだか怖い。
　他の人もそう感じたみたいで、身構える。
　すると葵さんはフッと笑みを消した。
「美愛ちゃんに手ぇ出そうなんざ……」
　葵さんは、いきなり近くにいた人を殴り飛ばした。
「身の程を知れやぁ!!」
「て、てめぇ!!　おい!　みんなやっちまえ!」
「上等だ!　元副総長と幹部の息子なめんじゃねぇ!」
　葵さんの言葉が合図だったように、冬夜まで相手を殴り飛ばし始めた。
　……冬夜って、喧嘩まで強かったの!?
　ふたりとも相手の拳をすばやく避け、次々と襲ってくる人たちを殴り続けてる。
　一気に倒し終わり、最後に私の顎を掴んでいた男に歩み

寄る冬夜。
「……ひっ……」
　その人は、悲鳴をあげて後ずさる。
「……てめぇ、逃げてんじゃねぇ、腰抜け野郎が!!」
　そう言うとその人をガッと殴り、うしろに立った葵さんはまたこわ〜い笑みを浮かべる。
「……手ぇ出した相手、間違えたね」
　冬夜に続けて葵さんの拳が男の人の顔に沈んだ。
　ううっと唸って倒れたその人に、葵さんはひと言。
「……クズが」
　こ、こっわ!!
　その場の光景に唖然としていると、いつのまにか私のそばに来ていた冬夜が私の頬をそっと撫でた。
「美愛……」
　そう私を呼ぶ冬夜の声に、安心して再び涙がこぼれた。
「と、うや……」
　そう言うとそっと抱きしめられた。
「冬、夜……？」
「……悪かった。すぐ助けられなくて怖い思いさせて……ごめんな……」
　何回も謝る冬夜に首を振る。
「冬夜は何も悪くないよっ……助けてくれ、て……ありがとう……っ」
　私はそう言って、冬夜をぎゅっと抱きしめ返した。

葵さんは倒れた男たちを完全にその場から追い払って、そのまま外に出ていった。
「美愛……」
　冬夜の声に顔をあげると、真剣な表情で私の目を捉える。
「……好きだ」
　え？
「好きだ、美愛……。ずっとずっと、好きだった」
　冬夜の言葉を、一瞬で理解できない。
　好き……好き……？　冬夜が私を……？
　ドキン、ドキン、と高鳴る鼓動。
　そらせない視線に火照る頰。
　よく見てみれば冬夜の頰も赤く染まっていて、さっき言ったことが冗談じゃないことを伝えてる。
　嘘……そんな……。
「私も、冬夜が好きだよ……」
　そう言うと、冬夜がバッと私を離す。
「は……？」
　「は？」って……。
「……好き。冬夜が好き、恋愛感情で好きっ、大好きっ」
　私がそう想いを告げたけれど、冬夜は目を見開いて固まってる。
「冬夜……？」
　あれ、放心状態になってる？
「と、冬夜～？」
　何度か呼ぶと、ハッと我に返ったような冬夜。

「……夢？」
「う、ううん」
「本気か？」
「本気だよ」

　嘘でこんなこと言えない。
　冬夜のことが好きで、大好きだから伝えたんだよ。
　そう思っていると、冬夜が強く抱きしめてきた。

「ちょ、とう——」
「やっとだ……」

　え……？

「やっと、やっと報われた」

　やっとって……。

「どういう——」

　言いかけている途中で、そっと唇を奪われる。
　ドキンッ……と胸が甘く鳴って。
　言いようのない幸せを感じて目を閉じると、ゆっくりと離れてコツンと額を合わせる冬夜。
　って……っ！

「と、冬夜、こんなに突然っ……」
「なに、嫌だった？」

　うっ、なんか見透かされてるような……。

「そうじゃ、ないけど……」
「ふうん、そ？」

　冬夜はそう言うと、もう一度私にキスを落とした。

【葵side】
　ふたりの姿を見て、ちょっと羨ましいなんて思った。だけど同時に、よかったな、という気持ちが押し寄せてきた。
　来る途中、冬夜とこんな会話をしていたから──。
『冬夜、これから美愛ちゃんを救ったら告白したら!?』
『え?』
『今まで何回も告白しようとは思ってたんでしょ!?　かっこよく助けたあとに、言っちゃおうよ!!』
　……軽い気持ちで言っちゃったし、どうなるかとは思ったけど、ちゃんと言えたんだな、冬夜のヤツ。
　長い長い片思い……やっと叶ったんだ。
　素直におめでとうを言うよ。
　今日、突然電話がかかってきて何事かと思ったら、美愛ちゃんが誘拐されたって。
　なんで僕に頼ってきたのかはすぐにわかった。
　昔から、美愛ちゃんのことでもその他のことでも、相談を受けてたのは僕だったから。
　憐斗や奏がいないとき、冬夜が頼ってくるのはいつも僕だった。
　カウンセラーっていう職業のせいもあるだろうけど、宗は茶化すし、真はなに考えてるか、っていうか、もはや聞いているのかさえわからないしね。
『美愛を守れるようになりたいから喧嘩を教えてほしい』って言われたのも、多分僕だけだと思う。
　まったく、キザなヤツだよね。

電話を切って、バイクを思いっきり飛ばした。
　そのとき頭に浮かんでいたのは美愛ちゃんの笑顔。
　大事な親友と大切な人の娘である美愛ちゃんのことは、本当に自分の娘のことみたいに思っていて。
　美愛ちゃんが襲われかけてるのを見て、ほんとに久しぶりに元副総長の僕を出した。
　冬夜、マトモに喧嘩するのは、多分初めてだったんじゃないかな。
　でも美愛ちゃんへの気持ちからか、擦り傷も負わずに殴り続けてた。
　まったく尊敬するよ、そこまで想うなんてさ。
　好きな子のために殴り続ける冬夜は、男の僕から見てもほんとにカッコよかった。
　そこまで想い続けた結果なんだろうな、今、ふたりは気持を伝え合って抱きしめ合ってる。
　美愛ちゃんに彼氏ができたとき、冬夜はもうこれ以上ないってくらいイラついて生気がなくなっていたけど……。それを乗り越えて想いを告げることができて、ほんとによかった。
　美愛ちゃん……。
　冬夜がいつから美愛ちゃんのことを想い続けてたか、知ってる？
　ここまで一途(いちず)なヤツなんていないから、絶対離しちゃダメだよ。
　僕はもう一度ふたりを見て、そっと微笑んだ。

美愛と冬夜

【美愛side】
　あのあと、葵さんが知らせてくれたのか、パパとママから電話がかかり、無事を知らせた。
　そもそもここはどこなんだろう？ってことになって、検索してみると学校からそう遠くないことが判明し、冬夜と歩いて帰ってきた。
　その間、冬夜はずっと私の手を握りしめて、私ははにかむように微笑んだ。
　家に着くと同時に、向こうから走ってきたタクシーが急停車して、真っ青な顔をしたパパとママが降りてくる。
「美愛っ……!!」
　ママが駆け寄って抱きしめてくれる。
「怖い思いしたでしょう……っ！　何もできなくてごめんなさいっ……」
　そんなママの言葉にジワリと涙が浮かんだけど、これ以上心配をかけたくなくて笑ってみせる。
「大丈夫だよ、ママ。冬夜と葵さんが助けてくれたから、何もなかったの」
「よかった……。ほんとによかったわ」
　ママがそう言って、パパもホッとしたように私の頭を撫でた。
「……無事でよかった」

「……うん。あ、それでね……」
　そう言って冬夜のほうを見つめると、パパがピクリと眉をあげた。
「わ、私たちね、付き合うことになったの」
「え!?」
　ママがそう言って冬夜を見る。
「冬夜くん、美愛のこと好きだったの!?」
「はい。やっぱり気づいてなかったんですね……」
「そりゃそうよ、ねえ憐斗くん……憐斗くん?」
　ママがそう言ってパパを見るけど、パパは呆然としたまま。ママが何度も呼びかけて、ようやく冬夜を見た。
「……冬夜」
「は、はい」
「……美愛のこと、大切にしろよ」
「……はい」
　冬夜はまっすぐパパを見て、パパも頷いた。
　そこでパパのスマホが鳴る。
「葵か。……ああ……ああ、わかった。じゃあ今から出る。俺の機嫌?　……余計なお世話だ」
　ブチッと通話を切ったパパ。
「美愛を襲ったヤツらの情報が入った。今から葵のところに行ってくる」
「わかった。気をつけて」
　パパはママの言葉に頷くと、私を見てから、どこか鋭い目で冬夜を見た。

「……じゃあ行ってくる」
「行ってらっしゃい」
　パパが家を出ていき、ママは美樹さんに電話をかけにリビングに行く。
　玄関で冬夜とふたりきりになると、冬夜がぎゅっとうしろから私を抱きしめた。
「ふたりにも、ちゃんと報告できてよかったな」
「う、うん……」
「憐斗さんは、まだ認めてねぇらしいけど……」
「え？」
　どういう意味だろう？
　そう考えながらも心臓がバクバク鳴っていて、それで実感する。
　ああ……私ほんとに冬夜が好きなんだなって。
　愛しさが溢れ出てきて、こうやって抱きしめ合っていると心の底から幸せを感じる。
「……冬夜」
「ん？」
「……大好き」
　バッと私から離れた冬夜の顔を見ると。
　わ、真っ赤……。
「こんなこと言われるとか、夢みてぇだな」
　そう言って片手で顔を覆う冬夜に微笑みかける。
「夢じゃないよ？　私、ほんとに冬夜が大好き」
　冬夜は顔から手を離すと今度は正面から私を抱きしめ、

その瞬間ふわりと冬夜の香りに包まれる。
「と、冬夜って抱きしめるの好きだね」
　照れくさくなってそう言ってみる。
「……ずっと我慢してたから」
　え？
「ずっと我慢してたの？」
「どんだけ我慢すればいいんだってくらいな。まったく気づかねぇで無神経なことされるし」
　そう言って軽く睨まれる。
　うっ……。
「ご、ごめん、まったく気づきませんでした……」
「ったく。お前を好きになって何年だと思ってる？」
　私のことを、好きになって……？
「さ、最近？」
「バカ、ずっと前からだよ」
　冬夜はそう言うと、私にキスを落とした。
「……もう容赦しねぇからな」

Chapter 4

付き合い始めて

「ま、待ってよ冬夜！」
「早くしろって。ったく」
　ただいま全力疾走(しっそう)中。
「寝坊とか……何回すんだよ」
「すみませんねぇ！　冬夜も起きなかったでしょ！」
　理由はまさかの寝坊！
　パパとママはまだ出張の途中だったから、葵さんと話をするとすぐにまた家を出てしまって頼れないし、冬夜は目覚ましなんかでは絶対起きない。
　だから、私が寝坊したら遅刻っていう状況なのに、つい寝過ごしちゃうなんて……。
「ほら、鞄貸せ」
　そう言って鞄を持ってくれる冬夜。
「やっべ、あと３分でチャイム鳴るな」
「ええ!?」
　そんな私の悲鳴は、通学路に虚しく響き渡った。

　結局授業に数分遅れてしまい、休み時間に恵美に呆れられた。
「ふたりそろって寝坊なんて、仲いいわね〜」
　う……。
　昨日、恵美には冬夜と付き合い始めたことを伝えたから、

なんかちょっと冷やかされてるような……。
「そ、そうじゃなくて、冬夜は絶対起きないの」
　ほんと、私が大声で呼んで、思いっきりゆすらない限り起きないんだから。
「ふーん？　そういえば、ふたりが付き合い始めたらどんな感じなの？」
「えっ？」
　ど、どんな感じって言われても。
「明野くん、甘かったりする？」
「う、うーん……」
　はっきり言って、冬夜ってかなり気まぐれなんだよね。
　あっまーいハチミツみたいなときもあれば、今朝みたいに意地悪なときもある。
「1回見てみたいな〜、明野くんの甘々」
「え、そう？」
「だって、普段あんなにクールだし？　甘い明野くんて想像つかないんだよね」
　クール、ねぇ……。
　冬夜をちらっと見ると、藤沢くんと話してる。
　なんか、ただ話してるだけなのにかっこいいなあとか思っちゃったり。
　って、なに考えてるんだろう私！
　慌てて目をそらそうとすると、ふと冬夜の視線が私に向いて、バチッと目が合ってしまった。
　冬夜が、何か企んだみたいにニヤッとする。

「なんだよ、見惚れてんのか？」
「なっ……！」
　それ自分で言う!?
「ち、違うからっ」
「へー、残念」
　かああああっ……。
「冬夜、あんまりいじめてやるなよ」
　藤沢くんが呆れた口調で冬夜をたしなめる。
　や、優しい……。
　藤沢くんにはいつも助けてもらってばかりな気がする。私がさらわれたときも一緒に捜してくれたって冬夜から聞いた。
　そういえば、あの女の子たちは結局、どうなったんだろう？　まったく音沙汰がないんだけど……。
　そう思っていると。
「う、碓氷さん」
　廊下から私を呼ぶ声がしてそっちを見ると、そこには、あの女の子たち。
　思わず身構えると、冬夜も私の目線を追って女の子たちを見る。
「碓氷さん、少し話がしたいの」
　どうしようか考えていると。
「……ついてくから、一緒に行くぞ」
「あ……うん、ありがとう」
　私の不安を察してそう言ってくれた冬夜に、どこかホッ

として立ち上がった。
　人けのない中庭に行くと、その女の子たちは一斉に頭を下げた。
「ごめんなさい！　私たち、勢いであんなことしちゃったけど、やっと事の重大さに気づいて……。碓氷さんに嫉妬するあまりいろいろしちゃって、本当にごめんなさい！」
　何回も謝るリーダー格の子に、私は何も言うことができない。
　この前のことは本当に怖かったし、多分一生忘れられないと思う。
　もしあのとき冬夜と葵さんが来てくれなかったら……。
　そう思ったら、簡単に許せることじゃない。
「ごめんなさい、私……まだ許せそうにない」
　ゆっくりと、正直にそう言う。
　まだ、許せるほど心に余裕がなくて。
　これからどうなるかわからないけど、今は……。
「そ、そうなの？　でも、こんなに謝ってるし、許してくれない？」
「そうだよ、ね？　碓氷さん。何もなかったことにして？」
　ずいっと近寄られてつい1歩下がる。
　え、えっと……。
「兄にまで怒鳴られて、私も猛反省したの。碓氷さん、許して？　ね？」
　お兄さんに怒鳴られたって……葵さんや冬夜の剣幕によっぽど怯えたのかな？

女の子たちの何か焦ったような様子に動揺が隠せない。
な、なんだろう?
なんだか脅されてたときと同じような感じがするっていうか、少し怖く感じる。
許せって強要されてるような、そんな気が……。
どこか必死な視線に耐えかねて、私が拳をぎゅっと握り直すと。
「……許せるわけねぇだろ」
黙っていた冬夜が口を開いた。
「お前らが同じ立場になったらって考えてみろ。……許せんのか」
静かだけど怒りを含んでいるとはっきりわかる冬夜の声に、女の子たちは縮こまる。
「お前の父親、碓氷グループに勤めてるんだってな。兄貴のやったことで、親が今大変なんだろ? 学校には寄付金でしがみついてるけど、そっちはどうにもなんねぇってか」
え?
リーダー格の子を見ると、びくりと肩を震わせた。
「誠意のかけらもねぇ謝り方しやがって。もう許す気はさらさらねぇよ」
冬夜の言葉に、その子がさっと青ざめた。
「お、お願い! ねえ碓氷さん、見捨てないで!」
「どの口が言ってんだ。こいつの優しさにつけ込むようなことすんな」
吐き捨てるように言って、冬夜が私の手を引いた。

「行こうぜ。時間の無駄だ」
　それだけ言うと、悪態をつき出した女の子たちを置いて教室に向かう。
　悪かったと思って、謝ってくれたわけじゃなかったんだ。彼女たちが謝ったのは全部、自分の身を守るため。
　私も、何か言えばよかったな。
　黙ったままの私を、心配そうに見る冬夜。
「美愛、大丈夫か？」
「う、うん。でもちょっと拍子抜けしちゃった」
「まあ、反省の色ゼロだったからな……」
　冬夜がそう言って顔をしかめる。
「さっきのこと、憐斗さんたちに言っておくから、あとは任せようぜ。もう心配する必要ねぇからな」
「ありがとう、冬夜」
　ぽんと私の頭に手を置いた冬夜に、そう言って俯く。
　正直、さっき冬夜がいてくれなかったら、あの子たちの勢いに負けて『許す』って言っちゃってたかもしれない。
　自分の意思の弱さというか、つい流されてしまう性格に改めて呆れちゃうけど、冬夜のハキハキとしたもの言いや、意思の強さには尊敬の念さえ抱いてしまう。
　さっきあの子たちがやったことをなかったことにせずに、あの子たちが自分のしたことにきちんと責任を取れるようにできたのは間違いなく冬夜のおかげだ。
「……冬夜。冬夜がいてくれてよかった」
「っ……あっそ」

そう言って、照れたみたいにそっぽを向く冬夜に、やっぱり感謝の気持ちが溢れ出す。
　……ありがとう。
　心の中で何度もそう言いながら、並んで教室に入っていった。

　家に帰ってごはんをすませ、冬夜はお風呂に入ってる。
　先に入らせてもらった私は、リビングで髪を乾かしながらふと思い出した。
　そういえば、奏さんたち、そろそろ京都から帰ってくるよね？
　……ってことは、冬夜と一緒に住むのも終わっちゃうんだな。
　ため息をついていると冬夜がリビングに入ってきた。
「なにため息ついてんの？」
　ソファに座りながらそう言う冬夜に、ドライヤーを戻そうと立ち上がる。
「ううん。そろそろこうやって過ごすのも、終わりなんだなと思って」
　お向かいの家だし、帰ったとしてもすぐ会えるんだけど。
「もっと一緒にいたいな……」
　なんて、こんなこと思ってたら、またバカにされちゃうかな？
　そう思って冬夜を見ると。
「……美愛」

「うん?　……わっ!」
　名前を呼ばれたかと思ったら、グイッと腕を引かれて、ポスッと冬夜の胸に倒れ込む。
　──ドキンッ、ドキンッ……。
　心臓が速く、大きく鳴って、もしかしたら冬夜に聞こえてるかもしれないっ……。
「ど、どうしたの、急にっ……」
「べつに。……お前がかわいいこと言うから」
　ん?　今なんて言ったんだろう?
　私の背に手を回してぎゅっと抱きしめる冬夜に、顔が赤くなってくるのを感じる。
「あ、あの、なんか恥ずかしいんだけど……」
「恋人なんだから、これくらいしてもいいだろ」
　そ、そうなんだけどっ……!
「……そういえば」
　あれ、なんか冬夜、急に声低くなった?
「お前、武田と付き合ってるときはどんな感じだったんだよ?」
　えっ……。
　ぎくっとすると、頬をつねられる。
「い、いひゃいいひゃいっ……」
「あのときの俺の胸の痛みよりましだろ。で?」
　うっ……。
　パッと手を離した冬夜に、渋々口を開く。
「て、手を繋ぐくらいしか恋人っぽいことしてないよ……」

ファーストキスだって冬夜だし……。
「ふーん……」
　冬夜はそう言って私の手を取ったかと思うと。
「っ……！」
　そっとキスを落として、私を見た。
　さっきよりも鼓動が速くて、胸がキュンッと締め付けられる。
　冬夜から目が離せなくて、触れられた手も熱い。
「他は？」
「な、何も……デートに行ったくらい……」
「……そ。じゃあ今度の日曜に行くか」
　え？　行くかって……。
「デートに？」
「ん。ちょうど日曜空いてるしな。どこか行きたいとこあるか？」
　行きたいところ……。
「映画、とか？」
　この前、テレビで特集組まれてたミステリー映画、ずっと気になってたんだよね。冬夜もちょっと興味ありそうだったし、ちょうどいいかも。
「じゃあ決まりな。日曜、朝から出かけるぞ」
「うんっ」
　そう言って微笑むと、再びぎゅっと抱きしめられる。
「と、冬夜っ……」
「なに、嫌なのかよ」

意地悪な目を向けてそう言った冬夜。
　そ、そんなわけないってわかってるくせにっ……。
「美愛」
　そっぽを向いた私にそう声をかける冬夜。
　どこか甘い響きを含んだ声に、思わず冬夜のほうを向いてしまうと。
「んっ……」
　さっと唇を奪われて、私は真っ赤になって金魚みたいに口をパクパクさせてしまう。
　な、なっ……！
「ふ、不意打ちっ……！」
「嬉しかったか？」
　うっ……。
　余裕の笑みでそう言われて、何も言えなくなってしまう。
「……バカ冬夜」
「はいはい、バカ美愛」
　もうっ、と言い返そうとすると、再びそっと唇が重ねられて。
　意地悪な冬夜に頬を膨らませていたけど、高鳴る胸の鼓動をどうしてもおさめることができなかった。

恵美と恋話

　そして日曜日。
　昨日、美樹さんたちが帰ってきたから冬夜は家に帰ってしまったけど、今日は待ちに待ったデートの日。
　新しいワンピースを着て、おかしいところがないか念入りにチェック。
　大丈夫っぽい。よしっ。
　鏡にうんっと頷いて、バッグを持ってもう一度確認してから部屋を出た。
　待ち合わせの11時に冬夜が家に来て、髪を整えてから玄関に向かう。
「お、おはようっ」
「はよ」
　そう言ってフッと微笑む冬夜につい見惚れちゃう。
　なんか、胸がキュンってなった……。
「あら、今日デートだったの？」
「う、うんっ」
　ママに言われて頷くと、にこにこ微笑まれる。
「憐斗くんとデートしてたときを思い出すわ〜。あ、今夜は葵くんたち来るからね。気をつけて行ってらっしゃい」
「うんっ」
「わかりました。じゃあ行くぞ」
　そう言うと冬夜は私の手を取り、家を出た。

映画館に着いてチケットを買って、待っている間にチラシを見ていると。
　うん？
　ふと見覚えのある顔が見えて、目を凝らす。
　えっ……あれって！
「ん、どうしたんだよ」
　私が目を見開いていると、冬夜がそう声をかける。
「あ、あの、あれって……」
　冬夜の耳元で囁いて、冬夜が私の視線を追うと。
「武田と……ああ、江藤か」
　そこには恵美と洋くんがふたりで映画のチケットを買っている姿が。
「江藤、やっと告白したのか？」
「さ、さあ……？　っていうか冬夜、恵美の気持ち知ってたの？」
「いや、なんとなく」
　さすが……。
「それより」
　あ、あれ？
　なんか冬夜、眉間にしわが寄ってるんだけど……。
「な、なに？」
「……この人混みの中、よく武田のこと見つけたな」
　フイッと顔を背けた冬夜を見てやっと気づく。
　な、なるほど。
　けど……。

「え、恵美のことを先に見つけたよ？」
「ふーん……」
「洋くんだけだったら気づかなかったよ」
「ほー」
　うっ、だ、ダメだこりゃ……。
　ああ〜、せっかくの初デートなのに、すでに失敗しつつある……！
「と、冬夜のことだったら、どんな人混みの中でも見つける自信あるよ？」
　そう言って冬夜をじっと見つめる。
　実際、ずっと見てきたし、絶対に一瞬で見つけられる自信がある。
　見つめていると、冬夜もじーっと見つめ返してきて、なんだか照れくさくなってくる。
　ほ、頬っぺたも絶対赤い……っ。
　かあっと熱を持ってきたのがわかったとき、冬夜がフッと微笑んだ。
「……あっそ。でも、俺のほうが先に見つけると思うけどな」
「っ……」
　冬夜の言葉にドキンッと胸が高鳴ったとき、私たちが観る映画の案内が始まる。
「行くか」
「う、うんっ」
　そう言って手を繋ぎ直して、洋くんと恵美に見つからないように移動し、映画を楽しんだ。

デートが終わって、並んで家に向かう帰り道。
「あ～楽しかった！」
「よかったな。いつもより数倍うるさかったもんな」
　いろんなところに連れ回されて、冬夜はちょっと疲れ気味らしい。
　た、確かにいつもよりはしゃいじゃったけど……。
「ハ、ハイテンションって言ってよ」
　そんなことを言いながらも、フッと微笑んで私を見てくれる。
　やっぱり優しいな。
「それにしても、すっかり遅くなっちゃったね」
　4時には帰れるかと思ってたのに、気づけばもう5時半だし……。
　冬夜と過ごしてると、ほんとにあっという間。
「葵さんたち、もう来てるんじゃないか？」
「ほんとだね」
　そう言いながら家に入ると、冬夜の予想どおり、葵さんたちが私たちを待っていた。
「ふたりともおかえりー、デートだったんだって？」
「は、はいっ……」
　葵さんにそう言うと、今朝は仕事でいなかったパパがちらっとこっちを見る。
「……どこ行ってたんだ？」
「映画です」
　冬夜が頬を引きつらせながらそう言うと、パパはそっぽ

を向く。
「憐斗、もしかして嫉妬してる？」
「ほっとけ」
　パパは苦笑いしてる奏さんにそう言ったけど、なんのことだろう？
「それにしても、いつのまにか付き合ってたなんてな。葵も知ってたなら教えろよ」
「えー、だって本人から聞きたくない？」
　宗さんや真さんは、私たちが付き合い始めたことを聞いてなかったらしく、すごく驚いてる。
　宗さんは冬夜の背中をバシバシ叩いた。
「まあ、頑張ったな！　この一途野郎〜」
　えっ？
「宗さんたち、冬夜の気持ち知ってたんですか!?」
「……逆に気づかないほうがおかしい」
　真さんはそう言ってグラスを傾ける。
　う……。それって何気に私は鈍感って言ってない？
「まあ結果オーライだな！　じゃ、冬夜。どうして付き合うことになったのか、いきさつ教えろ」
　宗さんと真さんに迫られて、これまでのことをぜんぶ言わされた冬夜でした……。

　ふたりで並んで登校すると、先に教室にいた恵美がニヤニヤしながらこっちを見る。
「おはよ。今日もラブラブだね〜」

お、思いっきり冷やかされてるけど、そんな風に言えるのも今のうちなんだから！
「ねぇ恵美、そういえば日曜日、何してた？」
　途端にピタッと動作を止める恵美。
　わ、わかりやすすぎ……。
「さ、さあ……」
「しらじらしいなぁ、もう。知ってるんだから」
「えっ!?」
　バッと私を見る恵美に頷くと、観念したのかがっくりと肩を落とす。
「ひ、昼休みに話すね」
「待ち遠しい」
　そう言って恵美が真っ赤になったのを見ていると、ふと聞き捨てならない言葉が。
「明野！　女子から呼び出しだぞー」
　えっ、呼び出しって……。
　ゆっくりと廊下のほうを見ると、そこには頬を染めた女の子。
「告白なら受けるつもりねぇって言ってこい」
「はあ？　お前ひでぇな」
　クラスメイトのそんな言葉に、冬夜は私のほうを見てフッと微笑む。
「"彼女"のこと不安にさせたくねぇからな」
　かぁっと顔が火照っていくのがわかって、恥ずかしさについ俯いてしまう。

「明野ってマジ一途だな」
「一途じゃねぇほうがおかしいだろ」
「ひっで！」
　男子はそう言うと、渋々教室を出て女の子のほうに歩いていった。
「美愛ちゃん、モテる彼氏持って大変だよね」
「ほんとほんと。まあでも美愛ちゃんだったら不安になることもないんじゃない？」
　クラスの女の子たちのそんな声が聞こえたけど、……私だってモヤモヤするよ。
　まあでも正直、冬夜がモテるのは知ってるし、実際しょうがないって思う。
　それに……。
　ちらっと冬夜の横顔を盗み見る。
　それに、さっきみたいに私を不安にさせないようにって、ちゃんと断ってくれるから。
　だから私ももっと冬夜を信頼して、他の女の子たちに負けないように頑張ろうって思える。
　……うん、冬夜に見合った彼女になれるように、私なりに精いっぱい頑張ろう。
　そう思い直して授業開始のチャイムが鳴るまで、気合を入れるように拳をぎゅっと握りしめていた。

　昼休み。
　告白のことを吹っきった私は、お弁当を早々に食べ終え

て、屋上に移動して恵美を質問攻め。
「それで、どういうことなの？」
　今の私、絶対目がキラキラしてると思う。
　何しろ恵美と恋話するのは初めてだし、正直嬉しくてたまらない。
「……じつはね、私から告白して、付き合うことになったの」
「そうだったの!?」
　付き合い始めてたんだ。
　しかも恵美から告白したって、いつのまに……！
「やっぱり美愛にとって元カレ……なわけだし、言いづらくて……」
「そ、そんなの全然いいよ！　洋くんとのことは知ってのとおりだし……」
　ほんと、あのときは悪いことしちゃったな。
　そう反省していると、恵美が微笑みかけてくれる。
「ありがとう、美愛」
「こちらこそだよ」
　そう言って微笑み合って、お互いに空を見上げる。
　真っ青な空の中を、ふわふわとした雲がゆっくりと流れていて、心がどこか落ち着いていくのを感じる。
「恵美は、洋くんのどこが好きなの？」
「優しいところ、かな」
　私の問いかけに、恵美もゆったりとした、幸せそうな口調で答えてくれる。
「そっか。前に、入学式の日から好きって言ってたよね？」

「うん。……あの日に武田くんの優しさを知ったの」
　入学式に……。
　な、何があったんだろう?
　私が期待を込めた目で見つめていると、恵美はふふっと笑って話し出した。
「入学式の日、プリントとか書類とか、なんかいっぱいもらったでしょ?」
「う、うん」
　高校になったら、いろんな説明だったり書類が必要なんだと思ってびっくりしちゃったっけ。
「あれがね、どうしても鞄に入りきらなくて。手で抱えて帰ろうとしたら、廊下でぜんぶばらまいちゃったの」
「え!?」
　思わずそう言った私に、恵美がふふっと笑う。
「今ではいい思い出だけど、当時真っ青になっちゃったよ。慣れない学校で早速やらかして、みんなの視線浴びちゃったんだから」
　そ、そりゃそうだよね。私だったら書類なんか放ってそのまま逃げ帰ってるよ……。
「泣きそうになりながら拾ってたらね、武田くんが残りのプリントを集めて、差し出してくれたの」
　フッと、思いを馳せるようにそう言った恵美。
「入学式早々、変に目立ちたくないはずでしょ?　なのに、他の人から見られても全然気にせずに、笑顔で手伝ってくれた。優しい人だなって、こんな人がいるんだって……」

そう言って、恵美は私を見た。
「だから、好きになったの」
　その言葉が終わった瞬間に予鈴が鳴って、ふたりで静かに立ち上がる。
「ふふっ、なんか照れくさいな」
　そう言った恵美は、心から幸せそうで。
「……おめでとう、恵美」
　階段をおりながら、心の底からそう言うと、恵美は嬉しそうに微笑んで。
「うん、ありがとう」
　そんな風に、すごく幸せそうな表情を見せたから、私も笑い返す。
　話を聞いて、恵美がどれだけ洋くんを大切に思ってるか、どれだけ好きかを知ることができて。
　その想いが叶ったことが、まるで自分のことみたいに嬉しい。
　洋くんのことを好きでもないのに付き合ってた自分に罪悪感とか後悔が押し寄せるけど、今はふたりの幸せを願いたい。
「これからいっぱい話聞かせてね？」
「うんっ、美愛もね」
「もちろん」
　ふたりで笑い合い、教室に戻っていった。

　放課後。

冬夜は日直だったから、私は先に靴箱に行って、日誌を届けに職員室に行った冬夜を待つ。
　そろそろかな？
　そう思いながら職員室のほうを覗いていると。
　——ドサッ……！
　えっ？
　な、なんか今、人が倒れたみたいな音がしたけど……。
　廊下の角を曲がって、音のほうに近づくと。
「だ、大丈夫ですか!?」
　そこには床に倒れているひとりの男子生徒が。
　え、ええと、どうすればいいだろう!?
　とりあえずその人のそばに行ってみると、あれ、この人もしかして、ケガしてる？
「あの……」
　そう言いながら肩を軽く叩くと、顔を上げて私を見るその人。
「大丈夫、ですか？」
　そう言うと、その人は何度か瞬きしてからゆっくりと起き上がる。
　あ、やっぱり……。
　頬が腫れて赤くなってて、目の上も切れてる。
　喧嘩をするタイプには見えないし、ひょっとしたら、いじめだったり……？
「……大丈夫だよ」
「そ、そうですか」

ほんとかなって思うけど、これ以上何も言えないよね。
　えーと、それじゃ……。
　鞄を探って、絆創膏(ばんそうこう)を取り出す。
「よければこれ、使いますか？」
「えっ……？」
　その人の驚いた顔に、軽く微笑みかける。
「傷、結構深いみたいなので」
　そう言うと、その人は戸惑いながらもそっと手を伸ばして絆創膏を受け取ってくれた。
「早く治るといいですね」
「っ……あり、がとう……」
　その人がそう言ったところで廊下に足音が響き、慌てて立ち上がる。
「ご、ごめんなさい、私、人を待たせてるんですけど、立てますか？」
「あ、うん……」
　その人は私の差し出した手を取って立ち上がり、私は微笑んで踵を返す。
「では、また」
「……うん。また」
　私はその人に軽く手を振って、職員室のほうに戻っていった。

席替えとライバル

　今日からは高校２年生。
　クリスマスやお正月、バレンタイン……。いろんなイベントを楽しんで、冬夜ともすっかり"恋人"という関係になったと思う。
　そういえば恵美も、いつのまにか洋くんのことを名前で呼ぶようになってたっけ。
　そんなこんなでドキドキしながらクラス表を見に来ている私たち。
「と、冬夜、見える??」
　悲しくも身長155センチの私は、そろそろ180センチになりそうな冬夜に何回も聞く。
「んー、ちょっと待て。あー、あった。同じクラスだな」
　え、同じ!?
「ほんとっ？　わあ、嬉しい〜！　またよろしくね！」
「ん、よろしく」
　冬夜はそう言って微笑んだけど、その直後に友達に話しかけられてそっちを向いてしまった。その間に私は他の子も確認してみる。
「あ、恵美と夏樹も一緒だ！」
　そう言うと、後ろからポンポン、と肩を叩かれる。
「よろしくね〜」
「恵美！　うんっ」

そう言い合って笑うけど、恵美だけ肩を落とす。
　うん？　どうしたんだろ？
「私、洋とは離れたんだ……」
　す、すごい負のオーラが……。
　でも、そりゃそうだよね。
　私だって冬夜と離れてたら、テンションだだ下がりだったと思うし……。
「ま、まあでも隣のクラスだし。また遊びに行こう」
「美愛ぁ……。うんっ、ありがと。じゃあ、そろそろ教室に行こっか」
　恵美はそう言って笑顔を取り戻し、ふたりで新しいクラスに足を踏み入れた。
　最初は出席番号順に座るから、私と冬夜は隣同士。
　そのことを嬉しく思いながら冬夜と喋っていると。
「明野くーん！」
　ふと女の子の高い声が響いて、トンッと冬夜の机に手を置いた、ツインテールをしたかわいい女の子。
「……なに？」
　冬夜は面倒くさそうにそう答えたけど、その子は笑顔で話しかけた。
「初めて同じクラスになったからっ♪　私は大塚結衣。ねえ、私のこと覚えてない？」
　大塚さんはそう言って、冬夜ににこっと笑う。
　わあ、なんだかアイドルみたい。
　そういえば大塚さんって名前のかわいい子がいるって、

去年もクラスの男の子たちが騒いでたっけ。
　にしても、覚えてない？って……。
　ちらりと冬夜を見ると。
「……」
　思い出す気さえないらしく、面倒くさそうに結衣ちゃんに首を横に振る。
「そっかー。まあ、ずーーっっっと美愛ちゃんのことしか見てないもんね？　あ、美愛ちゃんもよろしくー、結衣でいいから」
「あ、よ、よろしくっ、結衣ちゃん」
　な、なんとなく冬夜のときとテンションが違う気がしたけど気のせい？
「明野くん、私ね、1年のときに明野くんに助けてもらったことがあるの。そのときから、ずっと好きです」
　結衣ちゃんは冬夜に微笑みかけてそう言って、クラス中がざわっとする。
　綺麗な微笑みにドクンと鼓動を鳴らしながらも、私まで見惚れていると。
「悪いけど、俺は美愛しか見てねぇから」
　結衣ちゃんが作った甘い空気を断ち切るようにそう言った冬夜。
「……知ってるよ。けど、諦めない。同じクラスになったこのチャンス、絶対掴んでみせるから」
　結衣ちゃんがそう言ったときに先生が入ってきたので、彼女はそのまま私を一瞥して自分の席に戻っていった。

せ、宣戦布告、だよね？
　冬夜はああ言ってくれたけど……。
　ちらりと結衣ちゃんを見ると、どこか不敵な笑みを浮かべていて。
　続いて冬夜を見ると、何事もなかったかのように先生を見ている。
　……なんだか、不安だな。
　私はふと思ってから、その思いを振りきるように一度首を横に振って先生の話に耳を傾けた。

　数日後。
「えっ、今日席替えなの!?」
　新しいクラスにも少しずつなじんできた頃、私の前に席替えという壁が立ちはだかった。
　クラスには40人もいるから、冬夜と離れる未来しか見えない……。
　がっくりとうなだれていると、恵美が呆れたみたいに私を見る。
「ふたりは家も隣なんだから、席くらい離れてもいいじゃない。同じクラスってだけで、私なんかから見たら羨ましいのに」
　そ、そっか、恵美は洋くんとクラス離れちゃったもんね。
「けど、今は別の心配もあるよ？」
「何よ」
　頬を膨らませている恵美。洋くんと離れたのが、相当嫌

だったんだろうなあ……。
　そう思って、心配の内容を言おうかどうか迷っていると。
「大塚さんのことでしょ？」
「あ、夏樹！」
　いつも私の席の斜め後ろに座っている夏樹が、お手洗いから帰ってきてそう声をかける。
「ああ、大塚さんか。明野くんへのアタック、すごいよね」
　そうなんだよね……と恵美に頷いたとき。
「ねえ、冬夜くんっ、冬夜くんの家って茶道の家元なんだよね？　今度、お点前教えてよっ」
　その声につい結衣ちゃんのほうを見てしまう。
　い、いつのまにか名前呼びに……っ！
　そう思って焦っていると。
「……そんな下心から茶道始めるな。あと名前呼びとかやめろ。美愛以外には呼ばれたくねぇ」
　結衣ちゃんを見もせずにそう言った冬夜に、胸がキュンッとなる。
「あらー、お熱いことで」
「不安になる心配はなさそうだね」
　恵美と夏樹の言葉に真っ赤になったけど、……なんだかなあ。
　そう思ったところでチャイムの音が鳴り響き、お喋りをやめて前を向いた。

　席替えの結果、冬夜とは離れてしまい、やっぱり残念に

思いながら席を移動する。
　しょうがないよね。恵美に言われたとおり、同じクラスってだけ幸せなんだって思おう！
　それより、隣、誰になるのかな？
　そう思っていると、隣からギッと椅子を引く音。
「あ、よろ……」
　言いかけてピシッと固まる。
　鋭い眼光、耳にキラリと光るピアス。
　いかにも一匹狼(おおかみ)って感じの空気をまとったその人は、不良と恐れられている乃崎和馬(のざきかずま)くん。
　う、嘘でしょ。隣、乃崎くんなの!?
　心の中で悲鳴をあげながらも、途中で止めた言葉をなんとか繋げようと口を開く。
「よ、よよよよろしくっ……」
　わー！　焦って思いっきり噛んじゃったっ……！
　出だしからもう最低だよ！
　そう思って冷や汗が出るのを感じていると。
「……ん」
　そう言って席に着いた乃崎くん。
　あれ、てっきり無視されると思ってたのに……。
　もしかしたら、思ったよりもいい人なのかも？
「よ、よろしくねっ」
「……さっきも聞いたぞ」
「か、噛んじゃったから……」
　そう言うと乃崎くんがフッと笑う。

「……よろしくな」
　あ、笑ったらどこか優しい感じだな。
　この前、他校の上級生を殴って入院させたとか、いろんな噂聞いてたから、そのイメージで勝手に怖がってたけど、ただの噂だったのかもしれない。
　ホッとしてから、ちらっと冬夜の席を見て……ぎょっとする。
　う、嘘でしょ……！
「冬夜くーん！」
「うるせぇ……」
　ま、まさかのまさかだよ、冬夜と結衣ちゃんが隣同士になるなんて……っ。
　思わず机に突っ伏しそうになったけど、すぐに思い直す。
　ふ、ふたりの席が隣同士だからって関係ないもんね。冬夜と付き合ってるのは私なんだし、更に言うと家が近いのは私なんだからっ。
　私はひとり、そんな優越感を支えにして必死に不安を消そうと、ぎゅっと拳を握った。

「冬夜くん、帰ろっ？」
　放課後、そんなかわいらしい声が教室に響いて、クラス中がそっちを見る。
「美愛と帰るから。美愛、行こうぜ」
　そう言った冬夜にどこかホッとしながら頷く。
「そっかあ、残念。じゃ、また明日ね、冬夜くんっ」

「だから、名前呼びやめろ」
　冬夜にそうまで言われてもくじけない結衣ちゃん。
　……それだけ、冬夜が好きだってことだよね。
　なんて言われようと冬夜に振り向いてもらいたいって、そういうことなんだ。
　道を歩きながら、ついため息を漏らしてしまう。
「……ため息の理由、大塚か？」
「えっ!?」
　な、なんでわかったの!?
「俺はあのとおりだけど、お前は大塚になんかされたりしてねぇ？」
「そ、それは大丈夫、なんだけど……」
　けど、なんだかモヤモヤするっていうか、なんていうか。
「ん？」
　優しく促す冬夜に、ゆっくりと口を開いた、
「今日、結衣ちゃんが冬夜のこと名前呼びしてて……ちょっとだけ、モヤモヤしちゃったの」
　なんでかわからないけど、焦りも感じたし……。
　そう思って、黙ったままの冬夜を見ると。
「と、冬夜？」
　少し頬を赤くして、口元を手で押さえている冬夜。
　ど、どうしたんだろう？
「いや、お前……それってさ」
「う、うん？」
　次の言葉を待っていると、冬夜はちらっとこっちを見る。

「……嫉妬、じゃねぇの？」
　嫉妬……？
　あ……。
　冬夜の言葉に、どこかスッと納得がいく。
　そっか、私結衣ちゃんに嫉妬してるんだ。
　冬夜は私のものなのに、って……。
　って、いくら付き合ってるとはいえ、ちょっとおこがましくない？
　冬夜はモテるんだし、名前呼びくらいでそんな風に思ってちゃ、心が狭くなる一方だよ。
「ご、ごめんっ！　嫉妬なんかしないように気をつけるね」
「え？」
「だって、いちいち嫉妬なんかしてたら、冬夜に嫌な思いさせちゃうでしょ？」
　あの子と喋ったらダメ、なんて、そういうのは言いたくないし。
　重い彼女になっちゃうのは私も嫌だ。
　そう思って俯いていると。
「俺は、お前に嫉妬されて嬉しかったけど？」
「え……？」
　思いがけない言葉に顔を上げる。
　嬉しかったって……。
「どうして？」
「嫉妬するほど、俺のこと好きってことだろ？」
　さらりとそう言った冬夜を見ているうちに、頬がじわじ

わと熱を持ちだす。
　そっか……。嫉妬するのは、それほど冬夜のことが好きってことなんだ。
　かあっと更に赤くなる顔を俯かせていると、冬夜は私の頭にぽん、と手を置いた。
「まあ、でもお前が悩むとこは見たくねぇから、そんなに気にやむなよ。俺はお前ひと筋なんだから」
「っ……う、うんっ……！」
　私の答えに冬夜はフッと優しく微笑む。
　そんなふとした表情に、胸がキュンッとなるのを感じながら、並んで家に向かっていった。

　次の日の放課後。
「いいじゃない、部活観に行くくらい」
「いいわけねぇだろ、試合以外の観戦は禁止だ」
　何やら言い争う冬夜と結衣ちゃんに、遠目からハラハラしながら見ている私。
「美愛、じゃあまた明日な」
「う、うんっ」
　冬夜はそう言うと部活に向かい、結衣ちゃんは私を睨んで冬夜を追いかけて行ってしまった。
　な、なんというか、すごいな……。
　ため息をついていると、周りから同情の視線を感じる。
　私も帰ろう……。
　そう思って鞄を肩にかけると、ふと床に何か光るものが

落ちているのに気づく。
　あ、鍵だ。
　私の席のちょっと隣に落ちてたから、これって多分、乃崎くんのだよね？
　拾ってみてから、バイクの鍵だと気づく。
　……の、乃崎くんの……だよね？
　バイクに乗るのって、学校では禁止されてるけど。でも、鍵がないといろいろ困るだろうし。さっき、教室を出ていったばかりだから、とりあえず追いかけて届けよう。
　鞄を持って廊下を走っていく。
　乃崎くん、意外にもほぼ毎日、ちゃんと授業を受けてるんだよね。『喧嘩ばっかりしてる不良』っていわれてるけど、授業とかは真面目に受けてるんだな……。
　そう感心しながら走っていると、前方に乃崎くんらしき人を発見。
　よ、よかった……！
「乃崎くんっ！」
　そう呼びかけて、振り返った乃崎くんに走り寄る。
「これね、椅子の下に落ちてたの。もしかしたら乃崎くんのものかなって」
　そう言って鍵を渡すと、乃崎くんは驚いたように目を見開いて受け取ってくれる。
「わざわざ、走ったのか」
「うん、だって大事なものでしょ？　なくしたらパニックになるし」

私も、一度、家の鍵を落としちゃったときは泣きそうになったもん。
　冬夜が手伝ってくれたおかげで無事見つかったけど、鍵をなくすってほんと怖いよね……。
「……助かった、ありがとな」
　そう言った乃崎くんに微笑みかける。
「ううん、全然いいよ。それより、それってやっぱりバイクの鍵なの？」
「ああ、まあ」
「や、やっぱり自分のバイク？　ご両親とか、兄弟のとかじゃなくて？」
　確かに、乗ってるとこ想像したらすごくしっくりくるというか、似合ってるんだけど……。
「……俺、暴走族のメンバーだから」
　へぇ、暴走族……。
　って、え!?
「ぼ、暴走族!?」
　乃崎くん、学校では不良不良っていわれてるけど、もう不良とかいう軽い域を超えてるよ！
　っていうかそんな重大なこと、私に言っていいの!?
「誰にも言うなよ？　こんなこと、明野くらいにしか言ってねぇ」
　そう言った乃崎くんに、慌ててこくこく頷く。
　っていうか、冬夜と仲良かったんだ。
　冬夜ってほんと、交友関係広いなあ……。

そんなことを思っていると、乃崎くんはちらっと腕時計を確認する。
「悪い、じゃあもう行くな」
「あ、うん。引き止めちゃってごめんね」
「いや。鍵、本当に助かった。また明日な」
「うんっ」
　乃崎くんは私の返事を合図に身を翻すと、校門のほうに去っていった。
　その背中を見ながら、ふと思う。
　暴走族っていったら、パパや葵さんたちもそうだったんだよね。
　パパたちも、あんな感じだったのかな……。
　しみじみとそんなことを考えながら、私も学校をあとにした。

　晩ごはんを食べ終わり、ソファでゆっくりくつろいでいると玄関のチャイムが鳴った。
「こんな時間に誰かしら……」
　ママがそう言って玄関に向かい、戻ってきたと思ったら。
「え、冬夜っ？」
　なんと冬夜が一緒。
「奏くんが今日お茶会だったらしいんだけど、和菓子が余ったんですって。それで届けてくれたのよ」
　な、なるほど。
「せっかくだし、冬夜くんもお茶していって、ね？」

相変わらず、どこか断りにくいママの頼みに冬夜も頷いて、私の隣に腰掛けた。
「なんか、こうすんの、ちょっと久しぶりだな」
「あ、確かに……」
　最近は学校ばかりで、あんまりお互いの家に行ってなかったもんね。
　パパが忙しいこともあって、葵さんたちと集まることもあんまりないし。
　あ、パパたちっていったら……。
「冬夜、乃崎くんが暴走族ってこと知ってたの？」
「知らなかったのか？　暴走族幹部らしいけど。前に話したときは確かそう言ってた」
　な、なんでそんな話に発展したんだろう……。
「乃崎くんって怖い人かと思ってたけど、優しい人だよね。それに結構かっこいいし」
　思ったよりも全然いい人で、ほんとよかった。
　そう思っていると。
　……あれ？
　冬夜、なんか黙っちゃった。
「えと……冬夜？」
　冬夜の顔を覗き込むと。
「んっ……」
　『スキあり』とでも言うかのように、突然私の唇を奪った冬夜。
「ちょ、なんで突然っ……！」

っていうか、ママに見られてないよね!?
　そう思ってキッチンを見ると、ママはハミングをしながらお茶を淹れている。
　よ、よかった……けど。
「ふ、不意打ちはやめてよっ……」
　心臓がバクバクして、しばらくおさまらなくなるんだからっ……。
「……なら、彼氏の前で他のヤツのこと、かっこいいとか言うな」
「え？」
「なんでもねーよ、バカ美愛」
　そう言ってフイッと顔を背ける冬夜。
　少し考えてからハッと気づく。
　あ……乃崎くんのこと褒めたから、冬夜の機嫌損ねちゃったんだ。
「ご、ごめん、そんなつもりじゃなくてっ……」
「……ふーん」
　ま、まだそっぽ向かれたまま。
　うぅ……。
　こういうの言うの、ちょっと恥ずかしいけど……。
「わ、私が好きなのは冬夜だけだよ」
　かあああっ……！
　顔が真っ赤になると同時に、冬夜が私を見る。
「お前、自分で言っといて照れてんの？」
「そ、そりゃ照れるよっ……」

「へー、恥ずかしいヤツ」
「なっ……！　も、もう知らないっ、バカ冬夜」
　そう言ったところでママがお茶を運んでくれる。
「あら、喧嘩しちゃってるの？」
「痴話喧嘩です」
　ち、痴話喧嘩ってっ……！
「っ……違うよ」
「へー、その割には顔赤いけど」
「怒ってるせいですっ」
　恋人同士になっても、こんな他愛ない口喧嘩は絶えない。
　けど、それを心のどこかでは嬉しく思っちゃったり。
「仲いいわねぇ」
　ママの優しい瞳に、私も冬夜も反論はしない。
　こんなくだらないやり取りでもどこか楽しくて、幸せを感じる。
　ずっと、こんな日が続けばいいな……。
　私はそんな思いを胸に、夜が更けていくのを感じていた。

ライバルになってから

　次の日の昼休み。
「ねえ、美愛ちゃん」
　廊下を歩いていると突然声をかけられた。振り向くと結衣ちゃんがいた。
「えと……なに？」
　なんだろう？　いつもとは少し雰囲気が違うっていうか、目が鋭い気がする。
「単刀直入に言うね。……冬夜くんと別れてくんない？」
　えっ？
「い、嫌」
「はぁ？」
　いやいや、それはこっちのセリフなんだけど……。
「……私ね、冬夜くんのことが本当に好きなの」
　透き通ったその声に、思わず黙り込んでしまう。
　本当に、好きって……。
　結衣ちゃんは再び口を開く。
「ずっと前から、かっこいい人だなと思って見てた。そんなある日に、私がガラの悪い男たちに襲われそうになってたときに助けてくれたの。……他の人たちは逃げるか、見て見ぬ振りだったのに」
　スッと目を伏せた結衣ちゃん。
　前に夏樹から聞いた。結衣ちゃんは男子から人気だった

から、ずっと他の女の子たちから疎まれてたって。
　結衣ちゃんは顔をあげて私を見据える。
「こんな私でも助けてくれる人がいるって、冬夜くんが希望をくれた。そんな彼のことがもっと好きになったし、美愛ちゃんに譲りたくない」
　まっすぐな目線。
　真剣な表情。
　それらをすべて受け止められずに、つい俯いてしまう。
　結衣ちゃんは、冬夜のファンの子みたいな感じで冬夜を好きなわけじゃない。
　……ほんとに、心から冬夜に恋してるんだ。
「っていうことで、惚れさせてみせるから。美愛ちゃんも頑張って？」
　そう言って去っていく結衣ちゃんだったけど、いきなり私のほうに振り返った。
「……そういえば、美愛ちゃんも結構モテるよね」
「え？」
　突然言われてちょっと面食らう。
　モテるって、そんなことないと思うけど……。
「……何が違うんだろうね」
　何かを呟いた結衣ちゃんに首をかしげていると、結衣ちゃんは怪しげな瞳をキラつかせる。
「……まあ、気をつけてね？」
　そうして今度こそ、身を翻して去っていった。
　私はなんだか力が抜けて、トンッと壁にもたれかかると

窓の外を見る。
　冬夜のことを話す結衣ちゃんの目はキラキラしてて、恋をする女の子そのものだった。
　……なんで私、何も言い返せなかったんだろう。結衣ちゃんの迫力に呑まれて、つい黙っちゃって。
　……言いたいことなら、たくさんあったのに。
　後悔がぐるぐると渦巻いて、思わず目を伏せる。
　そういえば、気をつけてって言ってたけど、何かされるのかな？
　もう、結衣ちゃんが冬夜にアタックしてる姿を見るだけで、こんなに心が痛んでるのに……。
　なんだか心が苦しくて、やっぱり何も言えなかったことへの後悔ばかりが胸を覆っていて。
　チャイムが鳴るまでその場から動けなかった。

　次の日は体育祭委員を決める日。
　ひとクラスに男女ひとりずつ決めて、委員は２週間後の体育祭に向けて放課後に委員会に出たり、クラスをまとめたりと結構大変なんだけど……。
　クジを引いた私は思わず顔を引きつらせる。
　『あたり♪』なんてかわいく書いてあるけど、これって、つまり……。
「『あたり♪』と書かれたクジを引いた人が委員です。当たった人ー？」
　先生の言葉に渋々手をあげる。

俯いていたけど、隣の乃崎くんまでもが『お前、くじ運悪いな……』って顔で私を見てるのがわかる。
　うぅ……。
「じゃあ、碓氷と藤沢。頼んだぞー」
　あ、男子は藤沢くんなんだ。
　よかった、男子が誰になるのかもちょっと心配だったし。
　とりあえず一安心して、委員会の説明を聞いていた。

　放課後に早速、体育祭委員会のミーティング。
　藤沢くんは隣のクラスの女の子から呼び出しを受けたらしく、私だけ先に委員会の教室に行く。
　あれって多分告白だよね。
　さすが、モテるなあ。
　そう思いながらペンケースを出していると。
「あの、う、碓氷さん」
「はい？　……あっ！」
　聞きなれない声に振り返ると、そこにはずっと前に絆創膏をあげたあの人。
　体育祭の委員、一緒だったんだ。
　びっくりしていると、その人は嬉しそうに微笑んだ。
「僕のこと、覚えててくれたんだ。嬉しいな」
　そ、そりゃ、印象的すぎて忘れたくても忘れられないよ。
「……大丈夫だった？」
「……うん。あ、僕は先崎　純。これからよろしくね」
　先崎くん、か。

「うんっ、よろしく」
　そう言って微笑むと、微笑み返してくれる。
「碓氷さん、僕、ずっと君に伝えたいことがあったんだ」
「うん？」
　そう言って先崎くんを見ると。
「僕ね、君に心を救われたよ。ほんとに感謝してるんだ」
　真剣な目でそう言われて、少しだけ照れくさくなる。
「救ったなんて、大袈裟だよ」
「いや、本気だよ。……君のことを好きになるほど、君の言葉が胸に響いたんだ」
　えっ……？
「……好きだよ、碓氷さん」
　突然そう言われて、思わず面食らってしまう。
　こ、これって告白、だよね？
　思わず黙っちゃったけど、ちゃんと断らなくちゃ。
「え、ええと、ごめんなさい、私は冬夜のことが好きなので、気持ちには応えられません」
　そう言うと、「そっか」と寂しそうに呟く先崎くん。
「……ごめんね、いきなりこんなこと言っちゃって。恋人はダメでも、友達になってくれる？」
「も、もちろんだよ！」
　そう言って、まだ戸惑いながらも少しだけ微笑んでいると、教室に藤沢くんが入ってきた。
「ごめんね、先行ってもらって」
「あ、藤沢くん。ううん、大丈夫だよ」

そう話しかけると、先崎くんはなぜかつまらなそうな顔をした。
「藤沢とも仲いいんだ」
「え？　う、うん」
「ふーん……じゃあまたね」
「うんっ」
　去っていく先崎くんを藤沢くんはちらりと見る。
「隣のクラスの先崎、だっけ？」
「そうそう、さっき友達になったの」
「そっか。それにしてもさっきの態度……」
　藤沢くんがそう言って、何か考え込むみたいに先崎くんを見る。
「藤沢くん？」
「ああ……いや、委員会頑張ろうね」
「うんっ」
　そう言ったところで担当の先生が入ってきて、委員会が始まった。

Chapter 5

小さな嫉妬

　委員会が終わり、たくさんの書類をまとめる。
「つ、疲れた〜」
　体育祭まであまり時間がないから、いろいろ決めなきゃいけなかったし。思っていたよりも、時間がかかっちゃったな……。
「お疲れさん。碓氷は冬夜と帰るの？」
　そう言った藤沢くんに「うんっ」と頷く。
「部活の日とちょうど被っててよかったよ」
　委員会は、月、水、金にあって、冬夜の部活がある日と被ってる。
　そこだけは、委員会になってよかったな。今まで冬夜が部活のときは一緒に帰れなかったもんね。
　つい笑顔が浮かんで、藤沢くんに苦笑される。
「それじゃあね。また明日」
「う、うんっ」
　藤沢くんは私に微笑みかけて教室から出ていき、そのすぐあとに私も廊下に出る。
　冬夜、もう部活終わったかな？
　そう思いながら歩いていると、トントンと肩を叩かれる。
「あっ、先崎くん。委員会お疲れ様」
「うん、お疲れ。しょっぱなから大変だったよね」
「そうだね」

いろいろやることがあって大変そうだし、これから忙しくなりそう。
「頑張ろうね、碓氷さん」
「う、うんっ……」
　そう言ったけど、つい俯いてしまう。
　先崎くんは普通に接してくれるけど、私はまだ戸惑っちゃうというか、なんだか気後れしちゃってる。
「ところで、よければ一緒に帰らない？」
「あっ、えーと──」
「悪いけど先約あるから」
　突然声がして振り返ると、そこには不機嫌そうな冬夜。
「冬夜っ、部活終わったの？」
「ああ」
「そっか、お疲れ様」
　そう言って冬夜と微笑み合ってから、先崎くんを見る。
「え、えと、先崎くん。冬夜と帰るから、またの機会にね」
「……いいよ、また今度ね」
　先崎くんは、冬夜を睨みつけて向こうに行った。
　な、なんで冬夜を睨んだんだろう？
「なーにが『またの機会に』だよ」
　冬夜がそう言って私の頭を軽く小突く。
「しゃ、社交辞令だよ、社交辞令!!」
「へー、そ」
　冬夜はそう言って歩き始める。
「つーか、あいつ誰？」

「あ、先崎くんっていうの。隣のクラスの人」
　あえて告白のことは言わないけど、い、いいよね？
「お前、目、泳ぎすぎ。あいつとなんかあったのか？」
　うっ、バレバレ……。
　じーっと見てくる冬夜に、渋々口を開く。
「こ、告白されちゃったの……」
　そう言うと、「へー……」と面白くなさそうな声を出す冬夜。
「ふーん、告白ねー」
「う……は、はい」
「へー、告白してきたヤツと『またの機会に』一緒に帰ろうとしてんのか」
　す、すごい根に持ってる……！
「ご、ごめんっ、またの機会なんかないからっ！」
　本当に断るために言っただけだし、それに……。
「今まで冬夜が部活のときは一緒に帰れなかったから……と、冬夜と帰りたい」
　言ってから、少しだけ自分の頬が熱くなっているのを感じる。
　な、なんだろう、こういうこと言うの、やっぱり気恥ずかしいっ……。
　真っ赤になった顔を冬夜に向けられないでいると。
「……美愛」
「な、なに……んっ……!?」
　突然、腰をぐいっと引かれたかと思えば、キスを落とさ

れる。
　って……！
「ととと冬夜っ……!!　ここ学校っ……」
　慌てて唇を離して、噛み噛みでそう言っても、冬夜は涼しい顔で。
「誰もいねぇよ」
「み、見られてたかもしれないでしょっ」
「だったら牽制(けんせい)できてよかっただろ？」
　もー！　ああ言えばこう言うんだからっ……！
「突然、キ……キスとか、やめてよね」
「お前がかわいすぎるのが悪い」
　はいっ!?
　再び顔がかーっとなって、もう心臓はバックバク。
　きょ、今日の冬夜、いつも以上に甘々っ……。
「ほら、帰ろうぜ」
　真っ赤になった私にそう言って、今度はそっと私の手を取る冬夜。
　そんな冬夜に、やっぱりどこか嬉しくなって。
「っ……うん」
　まだ火照ったままの顔でそう言って、繋がれた手を握り、歩き出す。
　やっぱり私、冬夜のことが好きだな。
　意地悪なところも、今日みたいに甘々なところも。
　幸せでいっぱいになって思わず笑顔が溢れていた私は、そんな私たちの姿を陰からじっと見守って、舌打ちをした

人がいたことには気づかなかった。
　更にその陰に近寄って。
「……先崎くん、だよね。協力させてよ」
「……え？」
　そんな不穏な会話がされていたことにも。

　そして次の日。
　冬夜と並んでゆっくり登校しながら、他愛のない話をして学校に到着。
　そうして同時に靴箱を開けると。
「は？　なんだこれ」
　冬夜が目を見開いた。
「どうしたの？」
　心配になって冬夜の靴箱を覗き、絶句する。
「え……」
　冬夜の上履きの上には何枚かの紙。
『うざい』『死ね』などの悪口が書かれていた。憎しみが込められたような筆跡にぞくりとする。
「と、冬夜、これ……」
　いつのまにかガタガタ震え出した私の背中を、安心させるようにそっと撫でてくれる冬夜。
「大丈夫だから。にしても誰だこんなことしたヤツ。俺、なんか恨み買ったかな」
　そう言って首をかしげる冬夜に、あんまりショックを受けた様子はなさそう。

だよね、冬夜はこういうことされても、落ち込むより闘志を燃やすタイプ。当人がこうなのに、私が震えてる場合じゃないよね。
「と、冬夜、私も犯人探し手伝うっ」
　そう言うと、フッて微笑む冬夜。
「ありがとな。まあ今は、とりあえず教室行くか」
　冬夜はそう言って紙をくしゃっと丸めてゴミ箱に投げ入れ、私の手を取って教室に向かった。
　教室に入ると、なんだかざわざわした空気。
「と、冬夜くんっ」
　駆け寄ってきた結衣ちゃんは冬夜の机を指す。
「机の上にあんな紙が置いてあってね、隣の席だから、私宛のものかとも思ったんだけど……」
　その言葉に、冬夜は眉を寄せて机のほうに行く。
「ここにもかよ」
　そこにもコピー用紙が山積みになっていて、冬夜がめくっていくと、すべてに悪口が書いてある。
「これ、犯人相当頑張ったな」
　感心してる場合じゃないと思うんだけど……。
「そんなこと言ってる場合じゃないよ！　冬夜くん、私犯人探し手伝うから！」
　ぎゅっと拳を握ってそう言った結衣ちゃんに、胸がドクンと嫌な音を立てる。
　冬夜は結衣ちゃんのことをじっと見てから、フイッと顔をそらした。

「……いや、お前の助けはいらないから」
「っ……」
　ショックを受けたような結衣ちゃんは、一度私を睨んでから、だっと駆け出して行ってしまった。
「……あいつがやったってわけじゃねぇな」
「おそらくね」
　冬夜は藤沢くんと何か話してるみたいだけど、私はコピー用紙から目が離せなくて。
　冬夜は女子だけじゃなくて男子にも人気だし、妬まれたりすることはあんまりない。
　いったい誰がこんなことしたんだろう……。
　私が悩んでいると、冬夜は紙にトン、と手を置いた。
「担任とかにバレたら面倒だな。何枚かずつ違うゴミ箱に捨てるか」
「ああ、手伝うよ」
　そうして藤沢くんたちと協力して、紙をぜんぶ処分した。
「ひとつ思い当たるっつったら……」
　冬夜はそう言って藤沢くんに耳打ちする。
　なんだろう？　藤沢くんも頷いてるみたいだし、もしかして犯人の目星がついたのかな？
　悶々としていると、恵美が私の肩に手を置いた。
「美愛、心配しなくても大丈夫だよ、明野くんだよ？　ほら、席に着こう」
「う、うんっ……」
　そう言ったけど、やっぱりどこか心配になる。

犯人、早く見つかればいいな。
　冬夜は傷ついたりはしてないみたいだけど、やっぱりいい気はしないもんね。
　これ以上、何もないといいけど……。
　そう願いながら、私は１時間目の授業の準備をし始めた。

【冬夜side】
　……面倒くさいことになったな。
　誰かがこんなくだらねぇ嫌がらせをしてくる理由を推測して、さっき圭斗にだけ耳打ちした。
『美愛絡みかも』
　圭斗はそれしかないって頷いた。
　大塚は若干、この件に絡んでるんだろうけど、犯人ってわけではなさそうだった。
　どうせ追及してもなんにも言わねぇだろうから、あいつのことは放っておくとして。
　つまりは、美愛を狙っている誰かの仕業だろ。
「冬夜、気をつけろよ」
「気をつけるっつっても、俺に真っ向勝負で勝てないからこんな卑怯な真似してんだろ？　そんなヤツにビビることねぇよ」
　俺はそう言って手をボキボキ鳴らす。
　うっぜぇな。
　どうせ、美愛狙いでこんなことしてきたんだろ？

俺が弱ってるうちにでもかっさらおう、みてぇな。
　正直、そこが一番腹立つ。
　つーか、こんなことぐらいで俺がビビるとでも思ってたのか？
　そんな器の小せぇヤツが美愛を守れるかっての。
　美愛をちらっと見るとやっぱりどこか気分が落ち込んでるようで。
　……お前が悩むことねぇよ。
　とか思う一方で、俺のことを心配してくれることが正直めちゃめちゃ嬉しかったり。
　まあでも、あいつにこれ以上負担かけさせるようなことはしたくねぇな。
　ただでさえ体育祭委員になって忙しいらしいし。
　そう考えてからふと思い出す。
　……そういえば昨日、先崎とかいうヤツが去り際に俺のこと睨んでたな。
　いや、さすがに決めつけすぎか？
　もう少し様子を探って、じっくりと犯人を割り出してやるか。
　美愛を狙ったことも、俺にこんな卑怯な真似したことも、絶対後悔させてやる。
　俺はそう決意して、どこか暗雲が立ち込めている空を見上げた。

【美愛side】
　それから数日後。
　体育祭委員の仕事も佳境に入ってきて忙しいなか、委員会が始まっても、つい深いため息がこぼれてしまう。
　これまでの数日、冬夜の靴箱には毎日悪口が書かれた紙が入っていた。
　冬夜はビリビリに破いて気にも留めてなかったけど、それでもやっぱり心が痛む。
　いったい、誰がこんなことしてるんだろう。
　人気者の冬夜のことを嫌うなんて……もしかしたら恋愛絡みとかかな？
　冬夜を好きになっちゃった女の子の元カレ、とか？
　あ、ありえそう……。
「碓氷、……碓氷？」
「あっ、ご、ごめん藤沢くん、なに？」
　しまった、ついぼーっとしちゃった！
　焦っている私に、藤沢くんは優しく笑いかける。
「さっき係のこと言ってたよ。２年１組はリレー準備と片付けの係だって」
　そう言って書類を見せてくる藤沢くん。
「ご、ごめんっ、私、話聞いてなくてっ……」
「いえいえ。選手の誘導とコーンを運ぶ係があるけど、碓氷はどっちがいい？」
「あ、えっと、コーンを運ぶ係でもいい？」
　選手の誘導なんかしたら、違うところに連れてっちゃい

そうだし……。
「いいよ。じゃあ決定だね」
　そう言って微笑んだ藤沢くんに、ぼーっとしてたことを反省。
　ダメダメ、しっかりしなきゃ。ぼーっとしてる場合じゃないよね。
　自分自身にそう言って、両手でぱんっと軽く頬を挟む。
　そんな私に、藤沢くんはさっきより小声で話しかけた。
「……もしかして、冬夜のことで悩んでる？」
「えっ……」
　さすが藤沢くん……。
　すぐに見抜かれちゃった。
「何人か犯人の目星はついてるらしいんだ。碓氷が心配しなくても大丈夫だと思うよ」
　それは、そうなんだけど……。
「わ、私に何か手伝えることないかな？」
　力になりたいのに、結局何もできてないし。それどころか、勝手に怯えて冬夜に慰めてもらっちゃってる。
　もしかして、私がくよくよして頼りないから頼ってくれないのかな。
「冬夜は、碓氷を危険に巻き込みたくないんだよ」
　私の考えを見透かしたのか、藤沢くんが静かにそう言う。
　……そっか。
　言われてみれば、私が冬夜の立場だったら、迂闊に冬夜を頼ったりしない。

余計な心配も、負担もかけさせたくないもん。
　だったら今の私にできることは、きちんと目の前のことを片付けることだよね。
　私が落ち込んでたら、それこそ冬夜に負担がかかっちゃうよ。
「藤沢くん、ありがとう」
「ううん」
　そう返事をする藤沢くんに微笑んだところで、委員長から声がかかる。
「では、各自決めた係を言っていってください」
　そうしてそれぞれが委員長に報告していると、ふと、どこからか白いものが飛んできて、藤沢くんの肩に軽く当たった。
「藤沢くん、何か飛んできたよね？」
「うん……なんだろう、これ」
　そう言った藤沢くんの手にはくしゃくしゃの紙。
　開いてみても何も書かれてなくて、真っ白。
　今はみんな自分の担当を報告して、委員長の指示をしっかり聞いてるみたいだから、誰が投げたのかなんて見当もつかない。
「……まあいいや。とりあえず委員長の話聞こうか」
「う、うん……」
　藤沢くんがそう言ったから、私も委員長のほうに目を向けるけど……。
　なんだか、不安な気持ち。

冬夜のことといい、いったいなんなんだろう？
　……ううん、体育祭も近いんだから、今は会議に集中！
　私はモヤモヤした気持ちのまま、資料を確認し直した。

　各自もう一度役割を確認して、その日の委員会は終了。
「藤沢くん、さっきのことだけど……」
「ああ、大丈夫だよ、きっと誰かゴミ箱に入れようとしたんでしょ」
　ゴミ箱に外すには場所が違いすぎたよね。
　藤沢くんもそのことをわかってるはずだけど……。もしかして、私のこと安心させようとしてくれてるのかな？
「……そっか、そうだよね」
「うん。それより今日も冬夜と帰るの？」
「そのつもり。サッカー部終わっちゃってるよね、急がなきゃ」
「そうだね。じゃあ、また明日」
　藤沢くんに微笑みかけて、教室をあとにする。
　……ほんと、変なことが続いてる。
　冬夜だけじゃなく藤沢くんまで嫌がらせされるなんて。
　もしかしたらすっごく運動音痴な人がゴミ箱から外したのかもしれないけど、でも――。
「……碓氷さん」
「あ、先崎くん」
　声に振り向くと先崎くん。
「今日も、明野と帰るの？」

「そうだよ、委員会が遅くなっちゃったから、待たせてるかも」
　そう言いながら足を進める。
　先崎くんのお誘い、毎回断っちゃってるけど嫌な思いさせてないかな？
　そう思っていると、不意に先崎くんが口を開く。
「……明野くんのこと、聞いたよ」
　あ……。
　先崎くんは隣のクラスなのに知ってるなんて、やっぱりすごい広まってる。
「落ち込んでた？」
　先崎くんの言葉に少し笑ってしまう。
「ううん。逆に闘志燃やしてたよ」
「……ふうん、そっか」
　もしかして心配してくれてる？　優しい人なんだな。
「……あの女、なにやってんだよ……」
「え？」
　今、なんて言ったんだろう？
　声が小さくて聞こえなかった。
「なんでもないよ。じゃあ、またね」
「う、うん」
　そう言って、先崎くんは去っていったけど……。
　なんだったんだろ？
　私は首をかしげて、冬夜の元に急いだ。

体育祭！

　そうして体育祭当日
　すごい熱気!!
　綱引き、玉入れ、騎馬戦……。
　どの競技も盛り上がってるけど、一番ヒートアップしてるのは。
　──パーンパーン!!
　ピストルが鳴って、スタートを切り大歓声が響き渡る。
「「「いっけー!!」」」
「「「あ、バトン落とした！」」」
「「「きゃ────!!」」」
　そう、リレーの競技。
　女子リレーは２位だったから、男子には１位を取ってほしい。
　今のところ、うちのクラスは４位中３位で、なんとか挽回(ばんかい)したいところ。
　そうしてアンカーがバトンを受け取る体勢になる。
　アンカーは……。
「「「明野くーん!!」」」
「「「冬夜ー！　頑張れよー!!」」」
　そう、冬夜。
　ふーっと息を吐いて、バトンを待つ姿は……。
　きゅーん……。

か、かっこよすぎる……っ。
「冬夜くーん‼　頑張ってぇ‼」
　む、結衣ちゃんの応援。
　わ、私も負けてられないっ。
「冬夜ー‼」
「冬夜くーん‼」
　ま、負けないー！
「……なんかあそこだけ応援合戦になってんね」
「ね」
　周りがそう言ったとき、冬夜が一瞬こっちを向いてフッと微笑む。
「きゃー‼　冬夜くーん！」
「……いや、今のは碓氷あてだろ」
「ああ、間違いない」
　そんなみんなの声を背に。
「冬夜———‼」
　バトンを受け取って走り出す。
　は、速いっ‼
　朝どれだけ走っても追いつけないわけだよ……！
　そこから２位になって、トップとは僅差(きんさ)に。
「冬夜———っ‼」
　必死で叫ぶと、冬夜がひとり抜いてトップに‼
「「「やった———‼」」」
　大歓声に包まれたままゴールして、みんなにもみくちゃにされている。

「冬夜くーん！」
「え、碓氷より先に？」
「つーか跳ね飛ばすな！」
　男子の言葉にもおかまいなしに、人混みの中を突っ込んでいく結衣ちゃん。
　う……すごいな……。
　私もあの中に入りたいけど、コーン片付けなきゃ。
『おめでとう』はあとで言おう。
　そう思って踵を返すと、応援席で暑さに耐えかねた様子の乃崎くんが見える。
　わあ、熱気に溢れた周りとの温度差がすごい……。
　思わず苦笑したとき、目が合ったから軽く手を振る。乃崎くんも片手をあげてくれたけど、やっぱりだるそう。
　って、こんなこと考えてる場合じゃない！
　コーン片付けなきゃ！
　私はコーンを抱え、体育用具倉庫を目指す。
　──トントン。
「はい？」
　振り向くと、そこには先崎くん。
「碓氷さん、どうしたの？」
「これを体育用具倉庫に持っていく途中なの」
「……ああ、それならさっき、体育用具倉庫が別の備品でいっぱいになるから、別の場所に変更だって」
　え？　そんな指示あったんだ。
「よければ一緒に行こうか？」

「いいの?」
「もちろんだよ。行こう」
　そう言って先を進む先崎くんについていく。
　よかった、間違えるところだった。
　連れていってもらえるみたいだし、ひと安心。
　私はコーンを抱え直して、先崎くんについていった。

「先崎くん、本当にこっち?」
「そうだよ」
　ほ、ほんとかな?
　どんどん人けがなくなっていって、ちょっと不安になってるんだけど……。
　周りを見回したところ、どうやら校舎の裏側みたいだけど、こんな場所、来たことない。
　不安になってきて、先崎くんに声をかける。
「先崎くん、私プリント見直してくるよ。もしかしたら向こうかも──」
　そう言いながら踵を返そうとすると。
「わっ!?」
　突然先崎くんに壁に押し付けられ、その場にコーンがガコンッと落ちる。
「さ、先崎くんっ!?」
「……ごめんね碓氷さん。嘘だよ」
　え?
「変更なんてなかったし、コーンをしまう場所もここじゃ

ない」
　やっぱりそうだったんだ。
「じゃっ、じゃあ戻ろう──」
「けど、せっかくのチャンスでしょ？」
　チャンス？
「碓氷さん、僕ね、いじめられてボロボロだったときに君に微笑みを向けられて、運命だと思ったんだ」
　運命って……。
「もう君しかいない、僕が欲しいのは君だけだって。……なのに、明野なんかがいて……」
　スッと目を伏せる先崎くんの顔に少し迷ったけど、私は思いきって口を開いた。
「さ、先崎くん。私ね、自分のしたことが救いになってたなんて思わなかった。そのことは嬉しいよ、けど運命とか、そんなんじゃ……」
　好きって言われたことも、嬉しくないわけじゃない。
　でも、私は冬夜が好きだし、絶対に気持ちには応えられないから。
「……そっか。やっぱり明野に縛られてるんだね」
　……え？
「し、縛られてなんかないよ？」
「君が自覚してないだけじゃないの？」
　はい？
「え、えっと……」
「君を解放してあげようと思っていろいろしてみたのに、

全然ダメだったよ」
　え？　いろいろって、もしかして……。
「嫌がらせしたの、先崎くんだったの？」
「そうだよ。まったく効果ないみたいだったけどね」
　ふっと息をついてそう言った先崎くんに、ぎゅっと拳を握りしめる。
「……効果なんて、あるわけないよ」
「え？」
　そう言った先崎くんをまっすぐ見る。
「冬夜は、あなたみたいな卑怯なことする人に絶対、負けたりしないから」
　先崎くんが私に抱いている気持ちも、冬夜をどう思ってるかもわかった。
　……はっきり言わないとダメだ。
「私は、冬夜が好きです。だから、先崎くんの気持ちには応えられません」
　そう言うと。
「……やっぱり、力ずくで奪うしかないか」
「……え？」
　ハッとしたのと同時に、腕を強く掴まれる。
「さ、先崎くんっ……！」
「キスのひとつでもすれば、君もわかるはずだよ。君にふさわしいのは誰か、ね」
　そう言って、ゆっくりと顔を近づけてくる。
「や、やめて、先崎くんっ、やめて！」

「いいから、じっとしててよ」
　やだ、怖い……っ。
　やだやだやだ……！
「やめてっ……!!」
　そう叫んだとき。
「……なにしてる」
　この声っ……。
　涙目になりながら声のほうを見ると。
「……乃崎か。なんか用？」
　先崎くんが私の頬に手を添えたまま、面倒くさそうな声でそう聞く。
「様子がおかしいと思って来てみたら、こういうことか。そいつのこと離せ」
「はあ？　べつに咎められるようなことなんてしてないけど。……ね？」
　妙に甘ったるい声で囁かれて、びくりと肩が跳ねる。
「……嫌がってるだろ。わからないのか」
「いいから、お前は向こう行っててよ。……碓氷さん」
　そう言って再び顔を近づけてくる。
「やっ、やだっ！　やめてっ……！」
　そう叫んで、恐怖のあまりぎゅっと目を閉じると。
　　──バキィッ……!!
　目の前ですごい音がしてはっと目を開けると、乃崎くんが頬を押さえる先崎くんの襟を掴んでいた。
「……男がいる女に手ぇ出すな」

そう言って襟を離すと、先崎くんは倒れ込む。
　助けて、くれたんだ……。
　放心している私を心配したような瞳で見る乃崎くん。
「……大丈夫か」
　その声になんだかほっとして、力が抜けて……。
「乃崎く……あり、がと……」
　私はそのまま意識を失ってしまった。

【冬夜side】
　リレーの熱がだんだん落ち着いてきた頃。
　美愛を探してあたりを見回すけど、どこにも姿が見当たらない。
　委員だからと考えてみても、なんだか嫌な予感がする。
　……ざわざわと胸騒ぎがする。
　予感は見事的中した。
「美愛ちゃん!?」
「と、乃崎……?」
「え、もしかしてふたり……」
　勝手に噂をしだすヤツらを無視して声がするに向かうと、ぐったりした美愛と……美愛を抱えた乃崎。
　乃崎が美愛に触れているところを見て、思わず眉がピクリと動く。
「……先生、碓氷が倒れたんで、保健室に連れてってください」

「わ、わかったわ！」
　そう言って美愛は養護教諭に連れていかれ、乃崎が俺に気づいて目配せし、人から離れたところで歩きながら話す。
「……悪い、彼女のこと抱えて嫌な思いさせたな」
「いや、それはいい。それより何があった？」
　乃崎はいいヤツ。それがわかってるから、嫉妬を抑えて話をする。
　今はくだらない嫉妬をしてる場合じゃない。
　美愛に何があったんだ？
「それが——」
「っ……おい、乃崎」
　……誰だよ、こんなときに。
　そう思って振り返ると、息を切らした男。
　ああこいつ、美愛に告白してきた……先崎、だったか。
「さっきのことだけど……って、明野っ？」
　俺に気づいて、途端に焦りやがった。
　……なんだこいつ。
　怪訝な目で見ていると、そいつは何か思いついたように俺を見る。
「……碓氷さん、かわいかったな」
「……は？」
「怯えて、震える姿でさえあんなにかわいいなんてね。君は碓氷さんのそんな姿、見たことある？」
　その言葉に、ガッとそいつの胸ぐらを掴んだ。
「……お前、美愛になにしたんだよ」

これ以上ないほどの低い声に、そいつは途端に顔を青くする。
「襲ってた。……無理やりキスしようとしてた」
　乃崎の静かな言葉に、ピクリと眉が動いてしまう。
「ひいっ……！」
「……情けねぇ声出してんじゃねーよ。これくらい覚悟の上でしたんだろ？」
　俺がどれだけ美愛を想ってるか。
　その気持ちと一緒にぶつけるなら、こんなくらいじゃ全然足りねぇ。
「俺の靴箱に紙入れたりしたのも、お前だろ」
「だっ、だからなんだよっ……！」
　こっちとしてはカマをかけたつもりだったけど、見事に引っかかって俺を睨むそいつ。
　……この前も、ひょっとしたらこいつかもしれないと思った。
　そう思ったときに手を打っておけばよかったか。
　そう後悔してから、先崎をまっすぐに見やる。
「俺にはなにしても構わない。……けどな」
　ぐっと、ヤツの襟首を掴んで体を持ち上げると同時に「ひっ」と漏れる悲鳴。
　……なっさけねぇヤツ。
「……美愛を傷つけんのは、絶対許さねぇから」
　そう言ってからパッと手を離すと、そいつはその場に倒れ込んだ。

「……ついでに聞いとくけど、この件、大塚も関わってたのか？」
　そう言うと、びくりと肩を揺らすそいつ。
　……わっかりやす。
「二度とこんな真似すんな。次やったら、こんなんですまねぇから」
　そう言うと、そいつはフンッと鼻を鳴らす。
「っ……まあいいさ、君が一生見れない碓氷さんの表情を見れたんだからな！」
「俺はあいつの笑顔を守るためにいるんだよ。怯えた表情なんか見てたまるか」
　俺はそれだけ言うと、悔しそうな表情をするそいつを放してその場をあとにする。
「碓氷のとこに行くのか？」
「ああ」
　乃崎の言葉に頷いて、早足になる。
　今は一刻も早く、あいつのそばに行きたい。
「乃崎、ありがとな」
「……俺は何もしてない」
　さっきはつい嫉妬しちまったけど、やっぱいいヤツだな、こいつ。
　俺はフッと笑って、応援席のほうに戻る乃崎を見てから保健室に向かって急いだ。

【美愛side】
「ん……」
　ゆっくりと目を開けると、目に入ったのは見慣れない白い天井。
　あれ……ここどこだろう？
　何度か瞬きを繰り返していると。
「……美愛」
　この声……。
「とう……や……？」
　横に座って心配そうな目で私を見ている冬夜がいる。だんだん頭がはっきりとしてきた。
「気分どうだ？　痛いとこないか？」
「だいじょう……」
　優しい声に答えようとしたとき、一気にさっきの記憶が蘇　ってきてガタガタと手が震え出す。
^(よみがえ)
「……っ……大、丈夫」
「……嘘つけ」
　冬夜は、そっと手を握ってくれる。
　そんな優しいぬくもりにホッとして、あとからあとから涙が出てきて止まらない。
「ふっ……えっ……」
「すぐ気づけてやれなくて悪かった。怖い思いさせちまったな」
　冬夜がそう言ったけど、何度も首を横に振る。
「冬夜の、せいじゃないっ……」

私が、なんの警戒心もなく先崎くんについていったからっ……。
　自分の不甲斐なさに涙を止められないでいると、冬夜はもう一度「悪かった」と言いながら、頭を優しく撫でてくれる。
「あとで乃崎に礼言わねぇとな」
「っ……うんっ」
　私がそう言うと、フッと笑って指先で涙を拭ってくれる。
「……帰るか」
「うん……」
　って、え？
「い、今何時？」
「もう閉会式終わって、４時過ぎ」
　え、嘘……。
　それって委員の仕事もほっぽり出しちゃったってことじゃ……。リレーのあとにも、細かい仕事がいくつかあったのに。
　さあっと顔が青ざめていく。
「みんなに迷惑かけちゃった……」
「圭斗がやってくれてた」
　ふ、藤沢くん、ほんっとに申し訳ない……。
　委員が終わる最後まで迷惑かけちゃった。
「それにお前は悪くねぇだろ。……ぜんぶ、先崎が悪いんだよ。一発殴りゃよかったな」
　そう言って、拳を鳴らす冬夜。

い、一発って、どんな制裁を加えたのかは……聞かないでおこう。
「立てるか？」
「うん、ありがとう」
　そう言ってベッドからおりて、私の鞄を持って立っている冬夜のところに向かう。
　けど、なんだか不安が拭えなくて……。
「っ……美愛？」
　思わずぎゅっと冬夜の手を握った。
　今はなんだか少し冬夜に甘えたくて……。
「か……帰ろう？」
　冬夜はちょっと顔を赤くしたけど、それでも手を振り払ったりしない。
「……ああ」
　冬夜は私の手をぎゅっと握り返してくれて、一緒に家に帰った。

頼る相手

　それから数日は、先崎くんに何かされないように極力冬夜が一緒にいてくれて。
「手厚いね〜」
「ほんとほんと。過保護に磨きがかかったよ」
「そ、そういうわけじゃっ……」
　お昼休み、ニヤニヤしながら私を見る恵美と夏樹に慌ててそう言う。
　ふたりとも人のことからかうの好きなんだから……っ。
「……まあ、先崎のこと聞いたときは私らもぶん殴りたくなったけどね」
　な、夏樹……。
　冬夜並みに拳がボッキボキ鳴ってるよ……。
「そうねー。まあ明野くんに牽制(けんせい)されたんだし、もう何もしてこないでしょ」
「う、うん」
　そうだよね。
　ここ数日、廊下で先崎くんと会っても、冬夜の顔を見たらすぐに逃げてるし。
　相当怖い思いしたのかな。
　……まあ、同情はできないけど。
　そう考えていると、ふと隣の席の椅子を引いた人が。
「あ、乃崎くん！」

声をかけると、声が大きい、とでも言うように顔をしかめて鞄を置く乃崎くん。
　けど、最近サボり気味で全然学校に来てなかったから、体育祭のときのお礼も言えてなかったんだよね。
「あ、あのね、乃崎くん。ずっと言えてなかったんだけど、あのときは助けてくれてありがとう」
　頭を下げると、乃崎くんは「いや」と口を開く。
「当然のことしただけだろ。あれから大丈夫なのか？」
「うん。いつも冬夜がついてくれてるの」
　ちょっと甘えすぎかなって思うくらい。
「そうか。ならよかった」
　少しほっとしたみたいにそう言った乃崎くん。
　もしかして、気にかけてくれてたのかな……？
「……ありがとう」
「礼ならさっき聞いた」
「そ、そうだけど、何回言っても足りなくて」
「言いすぎたら感謝も薄れるぞ」
「え、そういうもの!?」
　バッと口を覆うと、乃崎くんはフッと笑う。
　あ、だまされた……。
　口から手を離すと、乃崎くんはもう一度笑った。
「お前って素直だな」
「う……バカにしてない？」
「してない。……多分な」
　ぜ、絶対バカにしてる……。

まあでも、やっぱり。
「ありがとう」
「……ん」
　微笑み合ったところで、ふと恵美たちの視線に気づく。
「な、なに？」
「い、いや、乃崎くんって笑うんだなって……」
　あ、その気持ちはわかる……。
「確かに怖いってイメージがあるけど。いい人だよ、乃崎くんって」
「……本人を前にしてそれ言うのか」
　乃崎くんの呆れたような声にふふっと笑ったところで、教室に高い声が響く。
「冬夜くんっ、そういえば私このアーティスト好きなんだけど、冬夜くんも好きなんだよね？」
　笑顔でスマホを見せながらそう話しかける結衣ちゃんに、冬夜は怪訝な顔をする。
「なんで知ってんの？」
「ファンの子の間で有名だよ？　みんな冬夜くんが好きなアーティストだって言って、にわかファンになっちゃってるもん」
　と、冬夜の影響力、すごい……。
　って、感心してる場合じゃないけど。
「ねえ、ライブ一緒に行こうよ？」
「行くわけねぇだろ」
「えー？　冷たい」

そう言って冬夜の腕に触れようとしているのを見て、思わず目をそらしてしまう。
「……最近、前にも増してしつこくなってきたね」
　夏樹の嫌そうな声に、つい頷いてしまう。
「逆になんか、明野くんのほうは前にも増して冷たくなってるような気がするけど」
「あ、確かに」
　恵美と夏樹のその言葉に、乃崎くんだけが黙ったまま私を見つめる。
「お前、大塚には何かされてないか？」
「う、うん。どうして？」
「……いや、ちょっとな」
　なんだろう？
　何か知ってるのかな。
　「大塚には」って、もしかして先崎くんと関係すること？
　……ううん、考えすぎだよね。
　それにしても……。
　ちらりと結衣ちゃんを見ると、綺麗な笑顔を見せながら冬夜に話しかけてる。
　……すごいな。
　好きな人に振り向いてもらおうって、その一心で動くその姿にはどこか心を打たれるものがあって。
　……嫌、だな……。
　結衣ちゃんが冬夜にアタックしている姿を見るのも、そんな風に思ってしまう自分も。

そう思ったところでチャイムが鳴り、一度冬夜と結衣ちゃんのほうを見てから授業を受ける体勢に入った。

　その日の放課後。日直の仕事で遅くなっちゃったけど、鞄を持ってひとりで教室を出る。
　廊下も他の教室にも、見事に誰もいない。
　部活がない人は、さっさと家に帰っちゃうんだな。
　そんなことを思いながら歩いていると。
「……碓氷さん」
　え、この声……。
　ゆっくりと振り返ると、その人が誰かわかって身を固くする。
「先崎、くん……」
　体育祭のことを思い出して、鞄を持つ手に力が入る。
「……今日は明野くんと一緒じゃないんだね」
「っ……」
　先崎くんの声に頭がパニックになる。
　どうしよう。
　何を言われるんだろう。
　何をされるんだろう。
　微かに震える唇を必死で噛みしめていると。
「そういえば最近、大塚さんが明野にアタックしまくってるって聞いたよ」
　っ……。
「だ、だったらなに？」

つい強気になってそう言う。
　先崎くんには関係ないし、今はそんな話、聞かされたくない。
　そう思っていると、先崎くんはなぜか笑みを浮かべた。
「明野くん、もしかしたら大塚さんを好きになるんじゃないかと思って」
　……はい？
「今日はね、碓氷さんに忠告してあげようと思ったんだ」
　そう言ってどこか探るような目をする先崎くん。
　……この人、こう言って私の気持ちを不安にさせようとしてるんだ。
　でも。
「私は冬夜のこと信じてる」
　私の言葉に、先崎くんの眉がピクッと上がる。
　そうだよ。
　私は冬夜のことが好きだし、冬夜だって同じ気持ちでいてくれてる。
「冬夜は絶対揺らがないし、私だって──」
「ほんとに？」
　……え？
　強い言葉に、思わず言葉を止める。
「大塚さんって、かわいいって人気だよね。頭もいいんだっけ。それに彼女を見てると、ほんとに明野が好きって気持ちが伝わってくるよ」
　っ……。

「それでもっ——」
「それにさ、はっきり言って釣り合わないよ、明野と碓氷さんは」
　ドクンッ……。
「明野には大塚さんくらいがお似合いなんだよ。この前もふたりで廊下歩いてたよ？　喧嘩してるカップルって感じだったな」
　聞いちゃダメ。
　この人の言うことは、信じちゃいけない。
　けど……私が心のどこかでずっと思ってたことを的確な言葉で言われたような気がして……。
　黙り込んだ私を見て、先崎くんが満足そうな笑みを浮かべる。
「ほら、今だって、あんな感じだし」
　……え？
　先崎くんの視線の先を見ると。
「っ……」
　遠目からでもはっきりわかる、冬夜と……結衣ちゃん。
　ドクンと心臓が嫌な音を立てて、思わず胸元を握る。
　ここからは聞こえないけど、いつもの軽い感じとは違う、どこか真剣味を帯びた雰囲気で。
　なんの話をしてるんだろう？
　なんでふたりが一緒にいるんだろう？
　ぐるぐると頭の中を嫌な想像ばかりが駆け巡って、自分でもわけがわからなくなってくる。

何か理由があるはず。
　ちゃんと考えればふたりが話す理由なんていくらでも思いつくはずなのに、今は何も思いつかない。
　もしかして、ふたりはよくそんな風に話してるの？
　こんな放課後の、誰も通らないような場所で……？
　真っ黒な気持ちで心が埋め尽くされそうになったとき、再び先崎くんが口を開いた。
「……よく考えたらいいよ。ちなみに、僕はいつでも君のことを待ってるよ」
　そう言って去っていった先崎くんに、結局何も言い返すことができない。
　呆然としていると、廊下に足音が響いた。
「……っ美愛？」
　驚いたような声に振り向くと、そこには冬夜と……。
「あれー？　まだいたの？」
　……冬夜の隣で、嬉しそうな顔をした、結衣ちゃん。
　ふたりが一緒にいるのなんて最近ずっと見てたのに、今はいつもと違ってドクンッ、ドクンッと心臓が嫌な音を立てる。
「冬夜……部活は？」
　なんとかそう聞くと、口を開きかけた冬夜の代わりに結衣ちゃんが言う。
「監督が休みだったの。だからミーティングだけして終わったんだよね？」
「……お前が言うな。美愛は俺に聞いたんだよ」

冬夜の言葉に、結衣ちゃんは「ごめーん」なんて言ってるけど……。
　さっきから、嫌な感じが止まらない。
　モヤモヤしてぐるぐるして、真っ黒な気持ちが胸の中を渦巻いてる。
　……ミーティングだけ、だったんだ。
　じゃあ、ふたりはなんで一緒にいたの？
　何を、話してたの……？
「美愛、大丈夫か？」
　冬夜が私の様子がいつもと違うのに気づいて、すぐにそう声をかけてくれる。
「えー？　美愛ちゃん、何かあったの？」
　その言葉に、思わず結衣ちゃんを見やる。
　……結衣ちゃんは、私の心を見透かしてるんだ。
　私がふたりが話をしていたのを見ていたのも、きっとわかってるんだ。
　余裕を含んだ結衣ちゃんの表情にぎゅっと手を握りしめると、冬夜はそんな私を見て結衣ちゃんに声をかけた。
「……お前は早く帰れよ。俺は美愛と帰るから」
「ざんねーん。じゃあまた次の機会にね？」
「次とかねぇから」
　冬夜の返事に、結衣ちゃんはふふっと笑いを残して行ってしまった。
　そんなふたりのやり取りを聞いているだけで、なんだか胸がきゅっと締め付けられる。

「……美愛、大丈夫か？」
「う、うん……」
　冬夜の優しい声にそう答えたけど、それでも冬夜を見れない。
　こうやって気遣ってくれる冬夜が、なんだかすごく大人に感じて。
　こんな嫉妬まみれの私はすごく子どもに思えて。
　……先崎くんが言ったとおり、はたから見たら釣り合ってないんだろうな。
「あ、あの、ふたりで何か話してたの？」
　思いきってそう聞いてみると。
「……ちょっと、聞きたいことあったからな。それだけ話してた」
　聞きたい、こと……。
「そ、そっか」
「ん。お前はこんな時間までなにしてたんだよ」
「あ……日直だったの」
「そ。お疲れ」
「うん……」
　どうしてもいつもみたいに、明るく話せなくて。
　俯きがちに歩いていると、冬夜が私を見る。
「……大塚のこと以外で、何かあったのか？」
　冬夜の鋭さを含んだ声に、やっぱり心が沈む。
　こうやってなんでも見透かされちゃうのも、結衣ちゃんとおんなじだ。

ついそう思ってしまって。
「……なんでも、ない……」
　そう答えて俯いた。
「……まあ言いたくねぇなら無理に言わなくていいけど、無理すんなよ」
　冬夜はそう言って私の頭を優しく撫で、私はきゅっと唇を噛む。
　……冬夜のことを信じたい。
　けど、どうしてもふたりが何を話したのか気になってしまって。
　すべてを知っておきたいとか、そんなことは思ってないけど、あんなふたりの様子見ちゃったら自分の中でどんどん嫌なほうに考えてしまう。
『はっきり言って、釣り合わないよ』
　いつまで経っても先崎くんの言葉が頭から離れなくて、私は鞄を握る手に力を入れた。

　それから数日経っても、心はまったく晴れず。
「美愛、最近ため息多いね。この昼休みだけでも、7回はしてるよ」
「えっ、嘘……」
　恵美の言葉に顔をあげる。
　確かにため息ついてるけど、そんなについてたかな。
「まあ、原因はわかってるんだけどね。あれでしょ？」
　夏樹の声にそっちを向くと、いつもの光景が目に入る。

「冬夜く〜ん」
「うるせぇ、来んな」
　……はあ……。
「あ、8回目」
「記録更新だね」
　う……。
　ふたりの言葉に何も言えなくなって、冬夜たちから目をそらす。
　多分、一番の原因は自分が冬夜に釣り合ってないって思えてきちゃったことなんだろうな。
　なんだか本当に、結衣ちゃんのほうがお似合いに見えてきてしまう。
　それに結局あの日、ふたりが何を話してたのかもわかってないままだし……。
「……ねえ、冬夜くん、この前の話の続きがしたいの」
　わざと私のほうをちらりと見てからそう言って、冬夜の手を取ったのを見て、私は思わず席を立った。
「美愛？」
「ご、ごめん。ちょっと席外すね」
　そう言うと教室を出て、廊下を早足で歩きながらぐっと唇を噛みしめる。
　……自信を持てない。
　私が一番だって、私じゃないとダメだって、そう思えないのが悔しくて。
　不安ばかりが胸の中を渦巻いていて、結衣ちゃんどころ

か、冬夜のこともまともに見れない。
　なぜかじわっと涙が浮かんで、それを拭っていると。
　──ドンッ……。
「ご、ごめんなさ──」
「碓氷？」
　この声……。
　パッと顔をあげると。
「の、乃崎くんっ……」
　そこにはなんと傷だらけの乃崎くん。
　な、なんで頬っぺたから血が流れてるの!?
「……大声出すな」
「ごごごめっ……でもその傷っ……」
「傷？　ああ……」
　今気づいたみたいにそう言って、頬に触れる乃崎くん。
「さっきちょっと喧嘩したからな」
　ちょっと喧嘩したから……って。
　よく見たら、シャツのあちこちに血がついてる。『返り血なの？』とか、確認するのも怖いよ……。
　どっちにしろ、消毒しなきゃだよね。
「乃崎くん、保健室行こう？」
「は？　ちょ、おいっ……」
　戸惑ってる乃崎くんを強引に引いて保健室に向かう。
　う……みんなからの視線が気になる……。
　そりゃ血まみれの人と歩いてたらこうなるよね。
　けど、消毒しなくちゃいけないし。

「失礼します」
　ガラガラッとドアを開けながらそう言ったけど、保健室の先生はまさかの不在。
「……職員会議らしいぞ」
　乃崎くんが掲示板に書いてある文字を見て、そう言う。
　職員会議……そっか。
「じゃあ私がやるね」
「……できるのか？」
　な、なんか乃崎くん、すごく訝しげ。絶対できないだろって顔してる。
「で、できるよ」
　……多分だけど。
「……なら頼む」
　乃崎くんはそう言って椅子に座り、私も救急箱の蓋を開けた。
　えーと、まずは消毒すればいいんだよね。
　早速消毒液を取り出して、ポンポンと脱脂綿を当てながら傷口を消毒。
「へえ……思ったより手際いいな」
　確かに普段はドンくさいかもしれないけど。
「こ、これくらいはできるよ」
　私はそう言って絆創膏を貼り、手当てを完了する。
「うん、完成っ」
「サンキューな」
　乃崎くんはそう言ってホッとした表情。

……治療が終わる最後まで信用されてなかったんだ。
　ちょっとがっくりしながら片付けていると。
「で、お前は何かあったのか」
「え？」
　何かあったのかって。
　どうしてそんなこと聞くんだろう？
　聞き返すと、乃崎くんは少し言いづらそうに目をそらす。
「……さっき、泣いてたろ」
「っ……」
　気づかれてたんだ……。
「手当てしてもらったし、話くらいなら聞くけど？」
　乃崎くんの言葉に、心がどこかじんわりと温まる。
　……優しいな。
　確かに、誰かに話したほうが楽になるかもしれないよね。乃崎くんなら、私が悩んでるくだらないことだって、笑わずに聞いてくれるかもしれない。
「……私ね、冬夜に合ってないのかも」
「……は？」
　乃崎くんが『わけがわからない』って顔を向ける。
「どういう意味だ？」
「……先崎くんに言われちゃったの。私と冬夜は合ってないって。大塚さんのほうがお似合いだって……」
　言っているうちにまた視界が滲んできて、必死に涙を食い止めようとする。
「この前もね、ふたりが何か真剣に話してるのを見たら、

なんだかもう、わけがわからなくなっちゃって……」
　一度流れてしまった涙はもう止められなくて、次々と溢れ出てくる。
「私、いつも結衣ちゃんに嫉妬してるの。自分に自信が持てないし、冬夜が揺らぐんじゃないかって不安で仕方ない。こんな気持ち、冬夜に絶対言えないっ……」
　一番そばにいてほしいのに。
　一番慰めてほしいのに。
　つい冬夜のことも避けたくなって。
　どうしたらいいのかわからなくて、もう、何が正しいのかもわからなくてっ……。
　積もり積もった思いに駆られて涙を止められないでいると、乃崎くんが静かに口を開いた。
「……明野は、大塚に揺らいでると思うのか？」
　乃崎くんの静かな声に顔をあげる。
「今一番大切なのはそこだろ？　似合う、似合わないとかじゃない。明野は、お前に愛想を尽かしてるって言ってるのか？」
　その言葉に、ハッとする。
　そっか、冬夜の気持ちは……。
「お前の気持ちだってそうだろ、大塚に負けるほどの気持ちでしか、明野を想ってないのか？」
　ゆっくりと首を横に振ると、乃崎くんは微笑んだ。
「じゃあ、答えは決まってるだろ」
　……そっか。

先崎くんになんて言われても、結衣ちゃんがどれだけ冬夜にアタックしようと、私は冬夜のことが好き。
　この気持ちは簡単に覆されるものじゃないし、結衣ちゃんよりも強い自信がある。
　ずっと好きで、大好きな人。
　……私は、誰よりも冬夜のことが好き。
　なんだか答えに近づけたような気がして、少しだけ気持ちが楽になって、涙を拭う。
「……ありがとう」
「礼なんていらない」
　乃崎くんはそう言ったけど、本当に感謝しかなくて。
　ほんと、いつも助けてもらってるな。
「ありがとう」
「……さっきも聞いた」
　乃崎くんの言葉にふふっと笑っていたそのとき、保健室の入り口で人影が遠のいていくのには気づかなかった。

　放課後。
「……美愛、帰るぞ」
「あ、うん」
　返事をして席を立つ。
　なんか冬夜、少しだけ声が低かった……？
　ううん、気のせいだよね。
　そう思って並んで教室を出ようとすると、すかさず結衣ちゃんが「冬夜くんっ」と、間に割って入ってくる。

「明日ライブがあるから、一緒に行かない？」

　かわいらしく目をパチパチさせて、笑顔でそう言った結衣ちゃんについどきりとして冬夜を見てしまう。

「……行くわけねぇだろ」

「そう？　残念。明日も誘うけど、もし気が向いたら連絡ちょうだい？」

　連、絡？

　驚いた顔をした私に、結衣ちゃんはふふんと笑うと向こうに行ってしまった。

「……帰ろうぜ」

「う、うん……」

　そう言って廊下を歩き始めたけど、どうしても気になってしまう。

「冬夜、あの……連絡って？」

　恐る恐る聞くと、「ああ」と答える冬夜。

「べつに、交換したわけじゃねぇよ。前にクラスの連絡網使って連絡されただけ」

　そ、そういうこと、か……。

　結衣ちゃん、学校以外でも冬夜にアタックしてたんだ。

「明日の放課後、冬夜は部活？」

「……ああ」

　その言葉にホッと一息。

　よかった。

　そう思っていると、ちらりと私を見る冬夜。

「……お前、まだ大塚のこと不安に思ってるか？」

「え?」
　冬夜を見ると、まっすぐな目で私を見ていて。
「そ、そんなこと、ないよ……」
　ついそう言って俯いてしまう。
　……冬夜は私にちゃんと気持ちを伝えてくれてる。
　だから、冬夜が悪いわけじゃない。
　……私が自分に自信がないだけ。
　勝手に不安になってるだけなんだ。
　乃崎くんと話してわかったことに、自分でちゃんと整理がついたら落ち着くだろうし、冬夜に心配かけさせられないよね。
「冬夜のことは信頼してるし、結衣ちゃんのことも——」
「じゃあなんで、泣きながら乃崎と話してたんだよ」
　私の言葉を遮った冬夜に、バッと顔を上げると強い視線とぶつかる。
　なんで冬夜が、乃崎くんと話してるの知って……っ。
「……なんだよ、その驚いた顔。何かやましいことでもあんの?」
「っ……違っ、そんなんじゃ——」
「じゃあ、なんだよ」
　冬夜の冷たい目に何も言えなくなってしまう。
　違う、ほんとにそんなんじゃなくて……。
「相談……乗ってもらってただけだから……」
　きゅっと手を握りしめると、その手が微かに震えてるのがわかる。

すると……。
「……あっそ。じゃあこれからは話でもなんでも、あいつに聞いてもらえよ」
　え？と思っていると、冬夜が私を置いていってしまう。
　違う、待ってっ……！
「っ……冬夜、待ってっ、誤解なの！　ほんとにそういうのじゃっ──」
「……誤解？」
　冬夜がそう言った直後、グイッと腕を引かれて空き教室に入ったかと思えば。
「っ……！」
　ドンッと私の後ろにある壁に手を突かれて、身動きが取れなくなる。
　な、に……？
「……いい加減にしろよ」
　微かに震える声でそう言う冬夜に、ドクンッと心臓が嫌な音を立てる。
「お前が話したくねぇなら待つって決めてた。そう思ってたのに、他のヤツにはペラペラ喋って……それ見たときの俺の気持ちわかんのか」
　そう言って、怒りと悲しみの混じった目で私を見る。
「冬、夜……」
　やっと絞り出した声は震えていて。
　そんな私の声に冬夜はピクリと眉を動かし、私の腕を掴む力を一瞬強くしてから、自嘲的に笑った。

「……わかんねぇよな、お前には。わかるはずねぇよ」
　冬夜はそう言うと私の手を離して、ドアに手をかける。
「……怖がらせて悪かった。けどしばらくお前のことまっすぐ見れねぇ」
　そう言って出ていってしまった冬夜に、私は動けない。
　何が……起こったの？
　自分の手を見ると微かに震えていて、それを止めるようにぎゅっと力を入れてみる。
　さっきの冬夜の瞳、声。
　……怒らせてしまった。
　私が勝手に不安になったせいで、冬夜に嫌な気持ちをさせてしまった。
　……もう、ダメかも。
　そんな考えが頭をよぎって、ジワリと涙が浮かぶ。
「っ……冬夜」
　私は呼んでも答えてくれない名前を呼び続け、涙を流し続けた。

大好き

　次の日。
「腫れてる……」
　鏡を見ながらため息。
　昨日なんとか家に帰ってからも、お風呂でもぼーっとしちゃったし、部屋に戻ったらまた泣いちゃって、そのまま寝ちゃったもんね。
　それでもまだ全然立ち直れてないのに……。
　ちょっと目を伏せてから、ぺちんと頬を叩く。
　うじうじしてても仕方ないよね。
　とりあえずもう一回、ちゃんと冬夜と話さなきゃ。
　そんな気持ちを胸に家を出て、学校に着いたけど……。
「……」
「……」
　冬夜の不機嫌オーラを目の前にして、沈黙している教室。
「とーうやくん、おはよっ」
「……」
　ひとり、声を張り上げる結衣ちゃんに、ぐっと眉を寄せて不愉快そうな表情をする冬夜。
　そんな冬夜に周りはオロオロ。
　私はきゅっと唇を噛むと、心配そうに私を見る恵美の前に座った。
　結局、その日は何もないまま放課後になってしまって、

トボトボと家に帰る。
　もうなんか……嫌だな。
　朝の威勢はどこへやら、私の存在をまったく無視するような冬夜の態度を思い出してチクチク胸が痛む。
　そうして歩いていると。
「美愛ちゃん」
　その声にビクッとして振り返る。
「結衣、ちゃん……」
「ねえ、冬夜くんと別れたの？」
　え……っ？
「そんなこと——」
「ないって？　だけど、なんか今日、ふたりとも様子おかしかったよね？」
　そう言って私のほうに近づいてくる。
「……冬夜くんのこと怒らせたんでしょ？」
「っ……」
　図星……。
　また結衣ちゃんに、ぜんぶ見透かされてるんだ。
　ぎゅっと手を握る私に、結衣ちゃんはふふっと笑う。
「彼女失格じゃない？　私ならそんなこと絶対しないけどなあ？」
「っ……」
　絶句した私に追いうちをかけるように言う。
「今日ね、もう一回デートに誘ってみたの。冬夜くん、ちょっと揺らいでたりして？」

その言葉にだっと走り出した。
嫌っ……嫌だ……っ。
冬夜が他の人と、なんて考えたくもないっ……。
けど……。
ふと足を止める。
冬夜の気持ちは？
結衣ちゃんが言ったみたいに、彼女失格も同然のことをした私なんか、もうなんとも思ってないかもしれない。

暗い気持ちで家に着くと、鍵がかかっていた。
あれ？
今日はママ、家にいるはずなのに……。
鍵を持ってないから連絡しようとスマホを出すと。
《美愛へ。急にパパの会社に行かなきゃいけなくなったの。今夜は遅くなると思うから、もし鍵を持ってなかったら美樹に頼んであるからね。ほんとにごめんね！ ママより》
う、嘘でしょ、このタイミングで……。
呆然としていると、今度は向かいの家から美樹さんが飛び出してきた。
「美樹さん!?」
「美愛ちゃん！ よかった、私が出る前で！ 玲から聞いてるよね？ 家入っていいよ！」
「え、あ、ありがとうございます。それで美樹さんは？」
随分慌ててるみたいだけど……。
「今から奏に届けものしなきゃいけないの。ごめんね、な

るべく遅くならないようにするから、じゃあねっ」
　美樹さんはそう言うと私に鍵を預けて走っていく。
　ひとり残された私は呆気にとられながら、とりあえず家に入った。
　こんな最悪な状況で冬夜とふたりっきり……。
　リビングのソファに腰掛けてため息をつく。
　けど、もしかしたらチャンスなのかもしれない。
　冬夜とちゃんと話をするための……。
　そうだよ、昨日からずっと思ってた。
　冬夜と話がしたいって。
　冬夜に私の気持ちをぜんぶ伝えたいって……。
　ぎゅっと自分の手を握る。
　こんなに冬夜のことばっかり考えちゃうのは、やっぱり冬夜のことが好きだから。
　……好きなの、冬夜。
　……大好き、なの……。
　私はそっと、涙を流しているのをごまかすように目を閉じた。

【冬夜side】
　部活が終わった帰り道。
　歩きながら考えごとをするたびに、頭の中で何回も嫌な光景が浮かぶ。
　その光景は……保健室で見た美愛と乃崎。

思わずチッと舌打ちする。

なんで頭から離れねぇんだよ、鬱陶しい……。

昨日の昼休み、大塚のしつこさにうんざりして保健室に行くと先客がいて。

どうやら大事な話をしてるらしいと別の場所に行こうとすると……。

「……私、冬夜に合ってないのかも」

……は？と思って振り返る。

今の……美愛の声だよな？

悪いとは思いつつ、保健室を覗くと。

「っ……」

そこには……美愛と、乃崎。

美愛は泣きそうな顔で乃崎と話していて、乃崎は静かに美愛を慰めるような視線を送っている。

ドクンッ……。

心臓が、こんなに嫌な音を立てたのはいつぶりだろう。

乃崎の言葉に、そっと微笑んだ美愛を見てぐっと拳を握り締める。

こんなに悔しい気持ちになったのは、いつぶりだろう。

ふらっとした足取りでその場を去っていく。

なんで俺を頼らないんだ？

なんで俺じゃなく……乃崎を頼った？

そんな気持ちが胸の中をぐるぐる巡って、やりきれなくなって……。

思わず唇を噛みしめる。

怯えてた……よな。
　昨日のことを思い出して、そう思う。
　俺の気持ちはやっぱり伝わってないって、そう思ったら美愛を追いつめていた。
　……あいつに俺の気持ちはわからない。
　苦しいほど想っているこの気持ちは、きっとあいつにはないものだから。
　……付き合った今でも、想いが強いのは、きっと俺のほうだ。
　ぐっと拳を握りしめる。
　しばらく、まともに話せそうにねぇな。
　そう思いながら家に入ると、やけに静かだ。
　っていうかちょっと待てよ。
　この靴……美愛のじゃないか？
　俺の履いてるのより、ひと回りもふた回りも小さいローファー。
　それを見て、慌ててリビングに向かうと。
「は……マジかよ」
　思わずそう呟いたのは仕方ない。
　目の前には、ソファで寝ている美愛。
　嘘だろ。ってか母さんはどこ行った？
　電話を取り出して、すぐさまかける。
『なに！？　今、全速力なんだけど！』
「知らねぇよ。それより、なんで美愛が家にいるんだよ？」
『玲が碓氷くんの会社に行ったから！　で、私は今、空港

で忘れ物持って、奏探してる!』
　いや、マジかよ……。
　そういや父さん、今日からロンドン滞在っつってたな。
　ってか空港って、帰るまでに早くても1時間はかかるじゃねーか。
『あ、奏、いた!　ってことで、夜までには帰るから!』
　それだけ言って電話を切られて、ため息をつく。
　……で。
　ゆっくりとソファのほうを見る。
　これは……起こすべきか?
　いや、でも疲れた顔してんな……。
　そう思って何気なく美愛の顔を覗くと。
「っ……」
　美愛の目から、ツーッと涙がこぼれた。
「と、うや……」
　続けてそう呟いた美愛の頬に、俺は知らず知らずのうちに手を伸ばしていて。
　ぴとっと触れてからハッとした。
　……待て、こいつ……。
「うぅ……」
　熱あるんじゃねぇのか?
「おい、美愛」
「っ……ん……」
　軽く揺するとゆっくり目を開けて、ハッとした表情をする美愛。

「っ……冬夜……？」
「お前熱あんのか？　顔色悪いな……他に症状は？」
　『しばらくお前のことをまっすぐ見れねぇ』なんて言ったことは一瞬で忘れて、美愛にそう問いかける。
「っ……頭、痛い……」
「……ん、じゃあ頭痛薬持ってくるな。客間で寝てろ、ひとりで行けるか？」
「う、ん……」
　そう返事をしてゆっくりと立ち上がろうとして、ふらりとする美愛。
　……行けそうにねぇな。
　スッとかがんで美愛を抱き上げる。
「っ……い、いい……っ」
「よくねぇだろ。……それか俺じゃ不満か？」
　思わずそう言ったのは、こんな状況でも昨日のことが頭をよぎったから。
　美愛は俺の言葉にびくりとして、おとなしく俺に体を預ける。
　……ダメだよな、こんなんじゃ。
　心の中で大きくため息をついて、ベッドにそっと下ろす。
「……ちょっと待ってろ」
　俺はそれだけ言うと薬を探しに行く。
　薬を探し当ててから、もう一度深いため息をついた。
　……乃崎に嫉妬したのと同時に、やっぱり美愛が好きだと思った。

だから今もこんなに焦ってんだろうし……。
さっき流していた涙と、俺の名を呼んだ声を思い出す。
　……もう少しあいつを信じるべきなのも、確かなんだけどな……。
　俺はそう思ってから、美愛の寝ている部屋に向かった。

【美愛side】
　最悪すぎる……。
　布団にくるまりながら何度もそう思う。
　このタイミングで風邪。もしかして知恵熱かな。
　冬夜に思いっきり面倒かけちゃってるし……。
「うぅ……」と唸って布団を被る。
　やっぱり冬夜、まだ怒ってるよね？
　でもちゃんと話がしたい……。
　ううん、しなきゃいけない。
　ガチャ……。
「美愛」
　冬夜の声が聞こえて、布団から顔を出す。
「薬持ってきた。飲めるか？」
「うん……」
　起き上がってみたら、結構頭が痛い。
「っ……う……」
「大丈夫か？」
　心配そうにそう言って私を見る冬夜に、なんだか涙が出

そうになる。
「っ……ごめん」
　そう言うとなんだかいろいろなものが溢れてきて。
　涙がこぼれて、止められなくて。
「ごめん、冬夜……ごめん……っ」
「……。今はもう寝ろよ」
　涙をこぼした私に、冬夜はスッと立ち上がる。
　私はそんな冬夜の服をきゅっと握った。
「お願い、私の話、聞いてくれるっ……？」
「っ……」
　動きを止めた冬夜に口を開く。
「あのね冬夜、乃崎くんに頼ったのはそういうのじゃないの、本当に違くて——」
「……けど事実だろ？」
　冬夜の冷たい声が部屋に響く。
「……お前が不安になったとき、頼ったのは俺じゃなかった。べつにそれを責めるつもりはねぇよ」
　フッと沈黙になって低い声が落ちた。
「……別れたいか？」
　私を見ないでそう言う冬夜に心臓がひゅっと鳴って、同時にプツッと何かが切れた。
「っ……バカ冬夜。違うって言ってるでしょっ……！」
　その言葉に「は？」と私を見る冬夜。
「お前な——」
「私、冬夜のこと好きっ……ほんとに大好きなの……っ」

私の声に、言葉を止める冬夜。
「けど好きだから……言えるわけないでしょ……？　どうして嫉妬してるドロドロした気持ち言えるの？　不安なんて、私のこと大切にしてくれてるのわかってるのに言えないでしょっ？」
　ボロボロ涙が溢れて、懸命にそれを拭う。
「……っ……ごめんっ……。だけど私、ほんとに冬夜のことが……っ……!?」
　冬夜……なんで、急に抱きしめて……っ？
「っ……お前さ」
「ぐすっ……う、うん……」
「バカじゃねーの」
「……え？」
　そう言うと、いっそう強く抱きしめられる。
「謝んのはお前じゃねぇよ。……俺だ」
「冬夜……？」
　冬夜は一度私を離して、目を見つめる。
「……悪かった。お前の気持ちわかってやれなくて、ひどいこと言ったな」
「っ……」
　嬉しいのか、愛しいのか。
　気持ちが高ぶって、更に涙が溢れてくる。
「っ……結衣ちゃんのこと、ずっと気になってたの。前にふたりで話してるの見て、それで……」
　ずっと胸にためていたことを吐き出すようにそう言う

と、冬夜は少し考え込むような表情をしてから、ゆっくりと口を開いた。
「……体育祭のとき、先崎に襲われかけただろ」
　冬夜の言葉に、ゆっくりと頷く。
「あれに、大塚も関係してた。ついでに言うと、俺への嫌がらせにも」
　え……結衣ちゃんが？
　驚いて何も言えずに冬夜を見てしまう。
「大方、嫌がらせに俺が屈して、それを慰めようとでも思ってたんだろ。このこととお前のこと、両方の事実を突き止めるために大塚と話してた」
　静かにそう言った冬夜に、なんだか力が抜けてしまう。
　事実を知るために、結衣ちゃんと話してたんだ。
　それも、冬夜のことだけじゃなくて、私のことも心配してくれて……。
　なんだか嫉妬だったり、モヤモヤしてたことが急に恥ずかしくなってきて。
　私、冬夜のこと全然わかってなかったんだな。
　そう思ったら、冬夜のことをまっすぐ見られない。
「っ……ごめん」
「なんでお前が謝るんだよ」
　私の涙をそっと拭って、ゆっくりベッドに横にしてくれる冬夜。
「……ん。今度こそゆっくり寝れるか？」
「ぐすっ……うんっ……」

冬夜はそう言う私の頭を優しい手つきで撫でて、私は安心しきってスッと眠りに落ちていく。
　その直前。
「……大好き、か」
　そう言って顔を真っ赤にする冬夜を見た……。

仲直り

　土日を挟んで体調も回復し、月曜日の昼休み。
「じゃ、明野くんとは仲直りできたってわけ？」
「うんっ」
　夏樹と恵美に仲直りの報告中。
「よかったじゃない！　まあ、あっちは相変わらずみたいだけど……」
　恵美が言うほうを見ると。
「っ……」
　結衣ちゃんが嫌がる冬夜に腕を絡ませようとしてる。
　……今まで黙ってたけど、それもいけなかったんだ。
　ちゃんと結衣ちゃんに言わなきゃ。
　──ガタンッ！
「美愛？」
「恵美、しっ！　今から決闘に行くんだよ」
　ふたりがそう言って私を見守るなか、私は冬夜と結衣ちゃんの元に歩み寄った。
「……結衣ちゃん、冬夜から離れて」
　はっきりとそう言うと、クラス中からの視線を感じる。
「え？　なんでよ～」
「……あのね」
　ちょっと緊張しながら、すうっと息を吸う。
「わ、私の彼氏に手を出さないでほしいの！」

——シーン……。
　え、ど、どうしよう、この沈黙……。
　もしかして、『お前ごときが、何を言ってんの？』とか思われてる？
　……けど。
「結衣ちゃんが冬夜のことを好きな気持ちはよくわかったよ。けど、私だって冬夜のことが好き」
　みんなの視線だとか、そんなのはもう気にならなくて。
　はっきりとそう言ったけど、結衣ちゃんは私の言葉にフンと鼻を鳴らした。
「ほんとにそうなの？　美愛ちゃんさ、冬夜くんに告白されて、その気になってるだけじゃない？」
　なっ……！
　さすがにカチンときて口を開く。
「それは違うよ。私は冬夜に告白される前からずっと冬夜のことが好きだったの。勝手なこと言わないで」
　私の剣幕に結衣ちゃんが一瞬顔をしかめ、私は再び口を開いた。
「私、冬夜のことが大好き。この気持ちは絶対に誰にも負けないし、結衣ちゃんに譲る気もない」
　そう言いきって結衣ちゃんを見つめると、悔しそうな顔をして冬夜を見る。
「……冬夜くん、私、美愛ちゃんより冬夜くんのこと好きだと思うよ？　だって私はずっと冬夜くんのこと好きだったんだもん」

そう言った結衣ちゃんに、冬夜は静かに口を開く。
「時間なんか関係ねぇだろ。俺と付き合ってる美愛に嫌がらせするお前より、美愛のほうがよっぽど純粋に俺のことを想ってくれてる。それに——」
　冬夜が私を見る。
「俺が好きなのは、美愛だけだ」
　結衣ちゃんは悔しそうな顔をして俯いた。
「……私だって、冬夜くんだけが好きだよ」
「悪いけど、俺は美愛しか見てない。これ以上こいつを傷つけるようなことしたら容赦しねぇから」
　そう言うと、冷やかしたらいいのか、どうしようか迷っているクラスメイトがいる教室を出て、人がいないところに連れていかれる。
「と、冬夜っ……」
　声をかけると、私のほうを向く冬夜。
「嬉しかった」
　冬夜が私に微笑みかける。
　——ドキッ……。
「ちょっと心配だったからな」
「え？　な、何が……？」
「……お前がちゃんと俺のこと好きかどうか」
　え!?
「そ、そんなこと悩んでたの!?」
　びっくりなんだけど……っていうか考えもしなかった。
「お前な、そりゃ考えてもみろよ。ずっと俺ばっか好きだっ

たのが両思いになっただろ？　未だにまだ信じらんねぇん
だよ」
「で、でももう付き合って半年くらい経つよっ？」
「……俺は10年、片思いだったんだよ」
　え、10年って……。
「なんでなの？」
　そんな小さい頃から、私のどこが？
　かわいいわけじゃないし。性格も……このとおりだし。
「秘密」
　そう言って人差し指を口に当てる冬夜に、かあっと顔が
火照る。か、かっこよすぎて直視できないっ……。
「そういや、お前はなんで俺が好きなわけ？」
　えっ、ここで私に振るの!?　え、えーと……。
「挙げたらきりがないけど……一緒にいてすごく落ち着く
し、とにかく好きだから」
　そう言う私を冬夜はちらっと見てから、大きなため息。
「……教室戻るぞ」
「え？」
　も、もしかして『ふん、その程度かよ』って感じ？
「なに落ち込んでんの？」
「え……だ、だって、私の返事聞いてすぐに教室戻るとか
言うから……」
　気持ち、ちゃんと通じてないのかなと思ったんだけど。
　すると、冬夜は顔を真っ赤にして口を開く。
「っ……今戻らねぇと、一生戻りたくなくなるって思った

んだよ」
「……！」
　プイッと前を向いた冬夜に、私の顔も真っ赤になる。
　そ、それは、私もそうかも……。
　けど、もうちょっとふたりでいたかったな。
　冬夜はそんな私の心を見透かしたように手を差し出す。
「……ほら」
　まだほんのり赤い顔でそう言った冬夜に、私はおずおずと差し出してぎゅっと握った。
「フッ……ウブな小学生かよ」
「なっ……違う！」
　何回も繋いでるけどこういう瞬間を大切にしたいっていう心からだよ！
「はいはい。ウブ美愛」
「じゃ、じゃあ経験豊富なほうがよかったの？」
「んなわけねぇだろ。ぜんぶ俺が経験させてやるから、いらねぇよ」
　な、それってっ……。
　カーッと真っ赤になって立ち止まっていると、冬夜が振り返る。
「いつまで経っても、教室戻れねぇんだけど」
　そ、そんなこと言われたってっ……。
「……ま、悪くねぇけどな」
　冬夜はそう言ってフッと微笑むと私の手を引っぱる。私はドキドキが止まらない心臓を抑えながら教室に戻った。

Chapter 6

受験生と進路

　そして、私たちはとうとう高校3年生になった。
　掲示板で名前を確認して、がっくりと肩を落とす。
「あーあ……」
　冬夜とクラス離れちゃったな……。
「ま、まあまあ、ほら、私たちは一緒だしさ」
　夏樹のなぐさめに、恵美も頷く。
「そうそう！　ほら、美愛。明野くん来たよ」
　恵美の言うほうを見ると、冬夜は友達とこっちに向かってきた。
「なんだよ、落ち込んでんのか」
　そりゃそうだよ……。
「まあ家も近いし、そこまで距離感じねぇだろ」
　た、確かに……。
「でも、やっぱりさみしいな……」
「っ……!?」
「はーい、ちょっとやめようね～？」
　冬夜が真っ赤になったところで、恵美が呆れたような顔で私を引っ張る。
「ほら、行こ？」
「うん……。じゃあまたね、冬夜！」
「ああ。放課後迎えに行くから」
　冬夜はそう言うと自分の教室に入っていき、後ろ姿を見

ながらちょっと嬉しくなる。
　そっか。
　そういうちょっと青春っぽいことできるんだ。
「美愛？　なにニヤニヤしてるのよ」
「し、してないよっ」
　慌てて否定したけど、さっきよりご機嫌で新しいクラスに足を踏み入れた。
「あ、乃崎くんっ」
　教室に着くと、教室内を見回して乃崎くんの元に。
「一緒だったんだね。今年もよろしくね」
「ああ。ただ今年は明野に嫉妬されないようにな。……かなり怖かったぞ、あいつ」
　そ、そっか、去年のことで……。
　冬夜、乃崎くんと話したって言ってたけど。それにしても乃崎くんが苦笑いするほどって、どんな感じに話したんだろう？
「その節はすみませんでした……」
「俺はいいけどな、気をつけろよ」
　乃崎くんに「うん」と頷いて、指定された席に着いた。

「美愛」
　放課後になって、冬夜が教室に来て私を呼ぶ。
「今行くね！」
　私はバタバタと鞄を持って教室の外に。
　なんだかこんな瞬間が、かけがえのないものに思えてき

てつい笑みがこぼれてしまう。
「やけに嬉しそうだな」
「そう？」
　ふふっと笑いながらそう言うと、冬夜も微笑み返してくれる。
「じゃ、帰るか」
「うんっ」
　スッと冬夜は私の手を取る。
　そんなさりげなさにはやっぱりまだ赤面しちゃうけど、嬉しさはどんどん大きくなってる気がするな。
「そういや今日のこと聞いてるか？」
「あ、うん。夕飯だけ一緒に食べるんだよね？」
　今日は美樹さんと奏さんの結婚記念日らしくて、ふたりだけで夕食に行くから、冬夜は私の家で夕食を食べることになった。
「じゃ、早く帰ろ？」
「ああ」
　私たちは手を繋いだまま、家に向かった。

　パパも帰ってきて、今みんなで夕食を楽しんでいる真っ最中。
　しばらく他愛のない話をしながらお箸を進める。
「そういえば美樹たち、どこ行ってるんだろう？　冬夜くん知ってる？」
「たしか、フレンチとか言ってました」

さすが、おしゃれだなあ。
　そう思っていると、ママがほうっとため息をつく。
「フレンチか〜、素敵だね」
「行きたいなら連れていくが？」
「えっ、ほんと？　ふふ、嬉しい」
　そう微笑み合うパパとママ。
　今度の結婚記念日の夕食、私は冬夜の家でとること決定だね。
「そういえばふたりはクラス、別々になっちゃったんですってね」
「あ、うん……」
　しゅんとしていると、パパがどこか嬉しそうな顔をする。
「まあ、ずっと一緒にいすぎてもよくないからな」
「憐斗くん……じゃあ私たちもちょっと離れる？」
「……！　そ、それは話が別だろ」
「あ、そうなの？　よかった〜」
　そんなパパとママに、私は顔が真っ赤になる。
　と、冬夜の前なのに、いつもどおりラブラブだし。
　なんか、そんなふたりを見てると、こっちが恥ずかしくなるっ……。
「わ、私、お風呂入ってきてもいい？」
「ああ」
　私は顔を真っ赤にして食器を下げると、慌ててお風呂に逃げ込んだ。
　今更だけど、パパとママって、……ほんっとバカップル

だな。
　ああいうとき、私はどう反応したらいいんだろう？
　まさか冷やかすわけにもいかないし、ね……？
　私と冬夜もあんな風になったり……。
　想像してみると顔が真っ赤になって、パシャッとお湯をかける。
　ま、まだどうなるかなんてわかんないもんね！
　……まだ、今は……。
　私はお湯を見つめて、少ししてからお風呂を出た。
　リビングに行くと、ママと冬夜が楽しそうに話している。
　パパは……書斎かな？
「あら、髪まだ濡れてるじゃない」
「面倒だもん。タオルで十分だよ」
　お茶を飲みながら言うと、冬夜がため息をつく。
「誰だよ、そう言ってこの前、風邪ひいたヤツ」
　うっ、そういえば。新学期が始まる直前、髪を乾かさずにずっと漫画を読んでたら風邪ひいたんだよね。
　ママや冬夜の看病もあって、なんとか始業式までには治ったけど。
「美愛、乾かしてやるから来い」
「はーい……」
　冬夜に促されて、ドライヤーを持って私の部屋に入った。
　部屋に入ると、冬夜が椅子を指差す。
「ここ座れ」
「う、うん……」

ドライヤーを渡して椅子に座ると、冬夜は私のうしろに立って髪を乾かし始めた。
　ドライヤーの音。
　髪をすく冬夜の手が心地いい。
　頭を撫でられているようで、なんだか心がほっこりする。
「あ、なんか安心する……」
「そうか？」
「うん……」
　冬夜が近くにいるって改めて気づかせてくれる。
　冬夜……。
「……好き」
　──ゴトッ！
「痛っ‼」
　頭にゴツンッとドライヤーが当たって、思わず声を出す。
「あ、悪いっ、大丈夫か？」
「だ、大丈夫だけど、どうかした？」
　頭をさすりながら振り向くと、真っ赤な冬夜。
「な、なんでもねぇから、前向いとけ」
「あ、うん」
　おとなしく前を向き、少し経つと髪が乾いたので、椅子から立ち上がった。
「ありがと。なんかサラサラになった気がするよ」
「いーえ。つかサラサラなのはいつもだろ」
　スッと私の髪に手を通す冬夜に、かあーっと顔が火照る。
「と、冬夜って天然だよねっ……」

っていうか無自覚!!」
「お前には言われたくねーっつの」
「な、なんで？」
「……お前がド天然で無自覚だからだよ」
　な、ひどい……！
「そ、そんなことないよっ」
「ある。同じ教室で見守れねぇから心配でしょうがねぇ」
　ピンッとおでこを弾かれて、ううっと押さえる。
「あ、そういえばもう3年だし、進路調査、そろそろだよね」
「ああ……」
　冬夜がそう言って、私の髪を撫でる。
「お前はどうすんの？」
「あ、私は進学するつもりだよ。パパたちと同じ大学」
　結構難易度が高いけど頑張ろうと思ってるんだ。
「ふーん」
「冬夜はどうするの？」
　ピタッと冬夜の手が止まったけど、すぐにまた私の髪を撫でる。
「……まだ決めてない」
「そうなの？」
「ああ」
　そうなんだ、ちょっと意外。
　一瞬、間があったのは気のせいかな？
　まあ、言いたくないのに無理に言わせるのも、よくないよね。

「それより、お前大塚と同じクラスなんだって？」
「あ、ああ〜、うん……」
　去年、教室で冬夜を連れ出したあのとき以来、なぜか結衣ちゃんは何もしてこなくなったけど、今は私のことも冬夜のことも、どう思ってるんだろう？
「何もないとは思うけど、一応用心はしとけよ」
「うんっ」
　私はそう返事をして、冬夜に微笑みかけた。

小さな友情の芽生え

　そして数日後。
　放課後に日直の仕事を終わらせて、夕日が差し込む廊下を少し早足で歩く。
　遅くなっちゃったな。
　冬夜のこと待たせてるし急ごう。
　そう思ってひとつの教室の前を通りすぎたとき。
　——バンッ!!
　その音に驚いて振り向く。
　なんだろう、今の……ドアに何かが叩きつけられた音？
　音がした教室のほうへ行き、恐る恐る覗き込む。
「……っるさい!!　……んたが……っ」
　じょ、女子の声がしてるけど、もしかしていじめか何か!?
　そう思っていると、ガンッ！とドアを蹴りつけた音がして、続いて勢いよく開く。
　そうして飛び出してきたのは。
「結衣、ちゃん……？」
　唇を噛んで悔しそうな顔をした結衣ちゃんだった。
　私の姿を見て結衣ちゃんは一瞬、目を見開いたけど、そのまま走っていってしまう。
　続いて、怒鳴っていた女の子たちが出てくる気配がして、私も慌ててその場から立ち去った。

さっきの結衣ちゃん、泣いてた……よね。
　私は廊下を歩きながら、しばらくさっきの結衣ちゃんの表情が頭から離れなかった。

　次の日の放課後。
　教室で、一応受験生らしく参考書を開いて、ミーティングをしている冬夜を待つ。
　そういえば美樹さんが、冬夜も最近遅くまで勉強してるって言ってたけど、どこを目指してるんだろう？
　私には何も言ってくれないし、冬夜の成績ならどこでも行けそうだから見当もつかないな。
　そんなことを考えながら問題を解いていると、ふと隣の空き教室から声が。
　ん……？
　他にも残ってる人がいるのかな。
　誰だろう？
　勉強を少し中断して、隣の教室を覗く。
　その瞬間息を呑んだ。
「結衣、ちゃん……」
　見えたのは数人の女子と、どうやって忍び込んだのか、他校の制服を着た数人の男子、そして結衣ちゃん。
　結衣ちゃんは今、男の子たちに押さえつけられている。
「っ……離してよ!!」
「男好きなら、こいつらの相手してあげなよ」
「そーよそーよ！」

結衣ちゃんにそう言って意地悪く笑う女子たち。
　ガクガクと膝が震えてくる。
　怖い。
　でも……でも、助けなくちゃ。
　周りに誰もいないこの状況、私が助けなきゃいけない。
　人に頼ってる暇なんてない。
　震える指でドアの取っ手に手をかける。
　これでも、元暴走族総長の娘なんだからっ……！
　心の中でそう叫び、私は勇気を振り絞ってバンッとドアを開けた。
「なっ……碓氷さん!?」
　中にいた女の子が私を見て目を見開く。
　この子たち、隣のクラスの女子だ。
　私は押さえつけられている結衣ちゃんから目が離せないまま、わなわなと震えた。
「なに、してるの……？」
「なにって、見てのとおりだよ」
　見てのとおりって……。
「こいつのこと気に入らなかったのよ。碓氷さんだってそうでしょ？　冬夜くんにべったりだったんだから」
　と、冬夜くんって、正直、その名前呼びのほうが気に入らないんだけど。
「ほら、一緒に見てよ。こいつが穢（けが）されるとこ」
　ふふんと笑いながら、結衣ちゃんを見おろすその子。
　……怖い。でも……。

「最低だよ」
　私は、ポツリと言った。
「は？」
「聞こえなかった？　最低だよ、みんな」
　そしてその子たちを見据える。
「な、なに？　強がっちゃって……」
「強がってなんかないよ。こんなひどいことするのがよっぽど気に入らないって思ったの」
　今度はその子たちが焦ったように言い返してくる。
「な、なによ！　私たちだってこいつに彼氏取られたのよ！　仕返しなのよ！」
「……仕返し？」
　私はまた相手を睨む。
「そんなことしてどうするの？」
　確かに、恨む気持ちを持っちゃうのは仕方がないことだと思う。
　でも、だからってこんな風に仕返しをするのは違う。
　こんなの、自分の価値を落とすだけだよ。
　やめてほしいという思いを込めて女の子たちをじっと見つめると、その子たちはうっとつまる。
「う、うるっさいのよ！　ちょっとあんたたち！　この子も一緒にしちゃってよ！」
「え!?」
　今の流れで、そうなるの!?
　反省する、とかそういう空気になると思ったのに!?

現実は甘くなかったってこと!?
「いーよー？　ってかこっちのほうが好みだし♪」
「な、マジかわいー……」
　っ……。
　こ、こんなときまで冗談やめてほしい……。
「じゃあ私らは外出てるから〜」
「おー了解〜！」
　なっ……！
　女子たちが出ていって。
　数人の男子と結衣ちゃんと、そして私が残される。
　急にドクドクと心臓が鳴り始めて、男の子たちが近づいてくる。
「いや……」
「おいおい、さっきまでの威勢はどこ行った？」
　そう言ってニヤニヤする男の子。
「い、いや……」
　ズルズルと後退する。
　けど、もうすぐ壁に背がつきそう。
　結衣ちゃんも真っ青な顔でガタガタ震えている。
「優しくするからさ〜？」
「そーそー」
　私に近づいてくる。
　前も……前にもこんなこと、あったよね。
　あのときは冬夜と葵さんが助けてくれた。
「冬夜……」

自然と、その名を呼ぶ。
「あ?」
「冬夜っ……!!」
　今度は声の限りに冬夜の名前を呼んだ。
　助けて、助けてっ……!
「冬夜?　誰だよ」
「さあ、彼氏かね。まあいいじゃん?」
　そう言いながら、また私に目を向ける。
「……早くやっちまおうぜ?」
　その人がそう言ったとき。
「……誰に手ぇ出すって?」
　バンッとドアが開いてそっちを見ると、そこには息を切らせた冬夜。
　目をギラギラさせて男の子たちを睨み、今にも掴みかかりそうな勢いでこっちに来る。
「なにしてんだ?」
「あ、いや、俺たちは……」
　冬夜の迫力にビビった男子たちが「ひっ」と後ずさる。
「言い訳してんじゃねぇっ……!」
　ガッと相手を殴りつけ、他の男たちもあっという間に地に伏せた。
　全員が倒れたあと、冬夜はこっちに目を向ける。
「っ……冬夜……!」
　冬夜が駆け寄って私を抱きしめる。
「美愛、無事か?」

「うんっ……」
　冬夜が私の言葉に安堵のため息をつく。
「ありがとうっ、冬夜、助けてくれてありがとう……っ」
　そう言うと冬夜は微笑んで、そっと頭を撫でてくれた。
「……お前の差し金か？」
　冬夜は低い声で、離れて立つ結衣ちゃん見る。
「ち、違うの冬夜、私が乗り込んだの」
「……は？」
　冬夜が目を見開いて私を見る。
「ゆ、結衣ちゃんが襲われてて助けようと……」
「お前っ……バカか！」
　な……！
　急に態度、変えないでよっ！
「普通、自分が乗り込まねぇだろっ」
「だ、だって──」
「なんだよ、自分で倒せると思ったのか？　数人の男をひとりで？」
「うう……」
　言葉を止める私に、冬夜がため息をつく。
「……まあ、無事でよかったけどな」
　でも、まだ少し怒った表情のまま。
「冬夜……ごめん」
「……もうこんな真似すんなよ」
「う、うん」
　返事してから、結衣ちゃんに近寄る。

「結衣ちゃん」
 私の声に、結衣ちゃんが顔をあげる。
「美愛、ちゃん……」
「大丈夫？ ケガとかしてない？」
 結衣ちゃんが微かに瞳を揺らしてから、何か迷ったように俯き、冬夜のほうを見た。
「とう……、明野くん、美愛ちゃんとふたりで話してもいいかな」
 え……？
 明野くんって……。
 冬夜が真意を探るように結衣ちゃんを見ると、結衣ちゃんはしっかりと見つめ返す。
「お願い、危害は加えないって約束する」
 そう言った結衣ちゃんに、私は冬夜の制服をくいっと引っ張る。
「……冬夜、いい？」
 そう言うと、冬夜は少し迷ってから頷いた。
「……わかった。外で待ってるから」
「ありがとう、明野くん」
 冬夜はそう言った結衣ちゃんに、もう一度念を押すようにじっと見据え、教室を出てくれた。
「……なんであたしのこと助けたりしたの？」
 唐突にそう言われて少し面食らう。
「な、なんでって……」
「別にほっといてもよかったでしょ？ あたしのことなん

か。明野くんにベタベタして喧嘩までさせたのに、なんであたしを助けたの？」

そう言ってじっと私の目を見る結衣ちゃん。

「……だって」

口を開いた私に、ピクリと反応する。

「見て見ぬふりなんて、できないでしょ？　どんなに恨んでる相手でも、されていいことと悪いことの区別くらいできるよ」

そう言って少し微笑む。

「それに私、確かに結衣ちゃんのこと恨んでたけど、それは冬夜を取ろうとしたから。結衣ちゃん自身のことは、嫌いじゃないよ」

そう言うと、結衣ちゃんの目に涙がたまり、みるみるうちに溢れ出した。

「あたし、あたし……っ……ごめんなさいっ……」

結衣ちゃんは泣き崩れた。

「結衣ちゃん……」

「あたし、本当に明野くんが好きだった。ずっと好きだったのに、何もできずにいたら……美愛ちゃんと付き合い始めちゃって」

嗚咽を交えながら話す結衣ちゃんの言葉を、静かに受け止める。

「っ……どうしても諦められなかった。私のほうが絶対に好きだって、私のほうがふさわしいって、そう思ってた。けど、わかったよ、なんで明野くんが美愛ちゃんを選ぶの

か、美愛ちゃんがどれくらい明野くんを好きか……」
　結衣ちゃんは声をあげて泣いた。
　私は結衣ちゃんの肩にそっと手を回して、トントンと撫でる。
「……嫌なことしてごめんなさい。謝って許してもらえるとは思ってないけど、それでも謝りたい。ごめんなさい」
　そう言った結衣ちゃんの涙は、とても透き通っていて。
　苦しい思いをしたんだって、そう代弁しているようで。
「……もう、気にしてないよ」
　静かに声をかけると、結衣ちゃんは顔をあげた。
「……許して、くれるの？」
「今回のことで冬夜への気持ちの強さがわかったよ。私がどれほど冬夜を好きか、気づかせてくれたのは結衣ちゃんだから」
　私がまっすぐ結衣ちゃんを見ると、結衣ちゃんは目を伏せてから口を開く。
「ほんとに好きなんだね、明野くんのこと」
　そう言って小さく笑みを浮かべた結衣ちゃんに、微笑み返した。
「……うん、大好きだよ」
　クスッとふたりで笑い合う。
　小さな友情が芽生え始めたような、そんな気さえした。
　廊下を出て、待ってくれていた冬夜の元に駆け寄る。
「冬夜っ」
「美愛、大丈夫だったのか？」

心配そうな目で見つめてきた冬夜に、なんだか心が温かくなる。
「うん、大丈夫だよ」
「そ」
　私の頭を撫でる冬夜。
　ふふっ……。
　思わず微笑んでいると、冬夜はそんな私を見て安心したようにフッと微笑む。
「じゃ、帰るか」
「うんっ」
　冬夜は自然に私の手を取って微笑み合い、ふたりで歩き出す。
「待って、冬夜！」
　校門を出てしばらく歩いてから、ハッと気がついて立ち止まった。
「なんだよ？」
「あ、あの男の人たちどうなったの？　逃げてっちゃったけど……」
　野放しにしてたら、いろいろとまずいんじゃ……。
「心配すんな。さっき首謀(ボス)っぽい女見つけて、話つけてきた」
　首謀っぽい……私の話聞いても、まったく反省しなかったあの人か。
　あの人、恨むことしか頭にないのかな？
　あんなひどいことして、あの人のことは結衣ちゃんみたいには許せないな。

憤慨していると、冬夜にデコピンされた。
「い、痛い……」
「眉間にしわ寄ってたから」
　理由になってないよ……。
「っていうか、どう話をつけたの？」
「絶対このこと言うなって。あいつらを殴るだけですますのは癪だけど、警察沙汰になったらもっと面倒だからな」
　た、確かに。
　殴っただけでも十分危ない感じだもんね……。
「もう高3だし、問題起こったら大変だもんね」
「……そうだな」
　ん？
　なんか声のトーンが低くなったような……。
　気のせいかな。
「私たち、来年どうなってるんだろうね」
　何げなく言うと、いきなり私の両肩を掴んで自分のほうを向かせる冬夜。
「冬夜……？」
　冬夜の真剣な瞳に首をかしげる。
「美愛、俺——」
「あら、美愛ちゃん！　冬夜も一緒なのね」
　声に振り返ると、そこには買い物帰りか、両手に紙袋を下げた美樹さん。
「あ、ごめんなさい。何か大切な話だった？」
　私たちの姿を見て、いつもと違う空気を感じたらしい美

樹さん。
「……いや、なんでも。それ貸せよ、持つから」
「あら、ありがとう」
　肩を離されて思わず冬夜を見つめるけど、冬夜は美樹さんから袋を受け取って歩き出す。
　なんだったんだろう……？
　私は疑問に思いながら、冬夜と美樹さんと、3人で家に向かって歩いていった。

大事な話

　夏休みも終わり、新学期が始まってもまだまだ暑い日が続いている。
　そんなある日の昼休み、恵美と夏樹は委員会で、私はひとり、窓の外をぼーっと眺めていた。
　相変わらず私を溺愛する冬夜。
　なんかクラスが離れて心配していたのが嘘みたい。
　冬夜はこの夏に部活を引退した。
　引退試合でも大活躍だったなぁ……。
　そんなこんなで、今の不安は進路のこと。
　勉強が……負担！
　夏休みの間も勉強ばかりだったし、デートとか……そういえば行ってないな……。
　まあお互いの家に行き来して、喋ったり一緒に勉強もしてたからいいんだけどね。
　でも、最近の冬夜の様子がなんだか変な気がする。
　いつもぼーっとしているというか、何か考え込んでる。
　心配して聞いてみても、『なんでもない』の一点張り。
　ほんと、どうしたんだろ……？
「ただいま〜、ごめんね美愛、ひとりにしちゃって」
「ううん！　ふたりともお疲れ様〜」
　委員会から帰ってきた恵美と夏樹にそう言って微笑むと、夏樹が首をかしげる。

「美愛、何か悩みごと？」
「えっ」
「あ、ほんとだ。悩んだ顔してる」
　えっ、どんな顔!?
「話なら聞くよ？」
「あ、うん……じつは冬夜のことなんだけど……」
　恵美と夏樹に話し終わると、ふたりは腕を組んで悩む。
「悩み、ねぇ……」
「明野くんの悩みって言ったらやっぱり……」
　ふたりはそう言って私を見る。
「「美愛のことじゃない？」」
　えっ、なにその完璧なハモり……。
「また嫉妬させたの？」
「でも嫉妬ならイライラするじゃん、明野は」
「確かに～……」
　んー……と考え込む。
　って、なんで私のせいって限定されてるの？
「もう一度聞いてみたら？　美愛が心配するようなことはないと思うよ」
「うん、そうだよね」
　恵美たちにそう頷いて、決意する。
　そうだよ、もう一回聞いてみよう。
　もう、これ以上悩みたくないし、冬夜が悩むところも見たくない。
　うん、そうしよう。

私はそう思って、昼休みが終わるまで、恵美と夏樹と他愛のない話をしていた。

　その日の夜。
「美愛、よければこれ、美樹の家に持っていってくれない？　おすそ分けなんだけど」
　ママが今日、幼なじみから送られてきたらしい果物を手渡してくれた。
　今日、冬夜は面談があって一緒に帰れなかったし、ちょうど話すのにいいチャンスだよね。
「うんっ、行ってくる！」
「あら、いい返事。ありがとう」
　微笑んだママに頷いて、冬夜の家のチャイムを鳴らした。
　美樹さんに家に上げてもらって冬夜の部屋に行くと、冬夜は窓の外を眺めていた。
　その表情はやっぱり何か悩んでいるようで。
「冬夜」
　そっと声をかけると、我に返って振り返った。
「美愛？」
「おすそ分けがあってね。ついでに、冬夜と話したくて来たの」
　私は、真剣な目で冬夜を見た。
「ここ最近、元気ないでしょ？　何かに悩んでるならせめて話だけでも聞きたくて」
　私の言葉に、冬夜は迷ったような表情をして、一度ため

息をついた。
「冬夜……？」
「言おうか言わないか迷ってたんだよ」
　冬夜が、私を見る。
「俺さ」
　冬夜が緊張したように息を吸い込み、私は次の言葉に息を呑んだ。
「海外の大学に進もうと思ってる」

【冬夜side】
　ずっと迷ってた。海外に行くか行かないか。
　昔から、将来家を継ぐつもりがあるんだったら、って父さんに勧められてたけど、いろいろ話を聞いていると、やはり行くべきだと思ったし、俺自身も行きたいと思った。
　他国の文化に触れることはすごくためになると思う。
　でも、そのことを考えると、いつも美愛のことが頭をよぎった。
　思えば今までずっと一緒だったわけだし、離れたことなんかまったくなかったわけで。
　……きっと不安なんだ、美愛と離れることが。
　美愛を信頼してないわけじゃない。
　でも、離れてしまうとどうなるか考えると、なかなか一歩を踏み出せなかった。
　つまりは、ただ自分が意気地なしなだけだけど、そう簡

単に決断できない。
　ただ、今言葉にしてわかったのは、やっぱり俺は海外に行きたいんだってこと。
　家元がなんだとかそういうのは関係なく、自分の意思で、世界を見てみたい。
「そ、そうなん、だ……」
　とぎれとぎれに言う美愛は俯いていて、俺の言葉に混乱しているのがわかる。
「海外、か……どこに行くの？」
「イギリスに。茶道や和の文化が向こうでどう受け取られているかをこの目で確かめて、もっと広めていくつもり」
「へ、へえ……」
　髪を耳にかけてそう言った美愛。
　……本心を隠そうとするときの、昔からのくせだ。
「そ、そうだったんだ。知らなかった……」
　無理に笑おうとする美愛の目に、だんだんと涙がたまっていく。
「……やっぱり、日本では学べないことも多いもんね」
「……ああ」
　必死に涙を隠そうとする美愛の表情に、ぐっと胸が締め付けられる。
「ずっと黙ってて悪かったな」
　俺の言葉にパッと顔をあげる美愛。
「っ……ほんとだよ」
　そう言って、俺の胸をぽかぽか殴る美愛。

「決断してから言うなんてずるいっ……応援するしかないでしょっ……」
　美愛の目からこぼれた涙が頬を伝って落ち、こんな状況なのに愛しさが込み上げる。
「今しか泣いてあげないんだからっ……だから、今だけ、泣かせて……っ」
　美愛を思わず抱きしめた。
　俺が海外に行ったら、誰がこいつを慰めるんだろう。
　誰が、小さくて寂しがりなこいつを守るんだろう。
　……これだから、美愛と離れたくない。
　それでも……。
「応援、してるからねっ……？」
　こんなかわいいことを言うから。
「……ああ」
　俺が答えると、美愛はなんとか涙を拭って少しだけ笑ってみせた。

【美愛side】
　海外の大学に、行く……。
　冬夜の口からその言葉が出たとき、心臓が止まったように感じた。
　冬夜が、遠いところに……？
　嫌、だ……。
　一番初めに浮かんだのはそんな素直な言葉。

でも冬夜だって悩んでいて、悩んだ末に出した答えなんだよね。
　そんな冬夜を、私が引き止めてどうするの？
　ここは彼女として、あと幼なじみとしても、背中を押すとこじゃないのかな。
　でも、ごめん冬夜、やっぱり私、泣かないなんて、できなかった。
　だって、生まれたときからずっと一緒だったんだよ？
　それが、急に遠くに行っちゃうなんて……。
　正直なところ、不安な部分が多い。
　だから、泣くのは今日だけ。
　今日だけにするね。
　私は冬夜に抱きしめられながら泣き続けた。
　少し経ってそっと冬夜から顔を離す。
「……ごめん。本当に今日だけだからね、もう泣かないよ」
　そして無理に笑ってみせた。
「美愛──」
「冬夜、謝らないで？」
　私は謝ろうとした冬夜の言葉を遮る。
「冬夜が決断したことなんだから、私に謝ることなんてないよ。冬夜の人生なんだから」
　そう微笑んで、言葉を続ける。
「あ、あとね、私冬夜の足手まといにはなりたくないから、、行かないでとは言わないけど……あ、あの、出発するまで、甘えさせて、ね……？」

かあぁっ……。
　　　最後はちょっと照れながらそう言って冬夜を見ると。
「……ありがとう」
　　　冬夜は私の髪を撫でた。
「精いっぱい甘えさせてやる。もういいって言うくらいな?」
「っ……うんっ!」
　　　私は心から微笑んだ。
「……冬夜」
「ん?」
「冬夜……」
　　　今はただ、名前を呼んでいたい。
　　　ただ……冬夜の存在を確かめたい。
「なんだよ、俺はここにいるっつーの」
　　　冬夜は笑いながら、そっと私を抱き寄せる。
「……美愛」
「冬夜……」
　　　どちらからともなく唇を重ね、抱きしめ合う。
　　　私は冬夜の胸に顔を埋めてそっと一滴だけ涙を流し、目を閉じた。

卒業、そして……

　とうとう卒業式。
　私は必死に勉強して、なんとか行きたい大学に合格した。受かったときは泣いちゃったっけ。
　そして……明日、冬夜はイギリスに飛び立つ。
　でも、私は絶対泣かないって決めたんだ。
　絶対、笑顔で見送るんだから。
「碓氷美愛」
「はい」
　返事をして卒業証書を受け取った。
　卒業式会場のステージからみんなを見て涙が溢れそうになる。
　恵美、夏樹、藤沢くん、乃崎くん、洋くん、結衣ちゃん。
　そして……冬夜。
　みんなが今日、ここから飛び立つ。
　いろいろなことを思い出して涙が溢れる。
　みんな……本当にありがとう……。
　私は卒業証書を胸に、ステージをおりた。
　卒業式が終わって今は校庭。
　笑顔と涙で溢れるなか、なぜか大変な目に遭っている私。
「あの！　碓氷さん、ずっと好きでした！」
「俺も……じつは好きだった」
「返事はわかってるから、フってください！」

な、なんで!?
　私もしかしてモテ期なのかなっ?
「美愛、大変だね……」
「恵美〜、夏樹〜! 助けて!」
　そう言って叫ぶと「「ふふっ」」と笑うふたり。
「ほら、早くフって明野くん助けてあげなよ」
「そうだよ、向こう見てみな」
　ふたりに言われて冬夜のほうを見ると……。
　わ、す、すごい殺気出してこっちを見てる……。
　でも、冬夜の周りを囲んでいる女の子たちの数のほうがすごい。
　美人な子ばっかりだし……。
　思わずプイッと顔を背けて男の子たちの対応をする。
「あの……ごめんなさい、みんな。気持ちは嬉しいけど受け取れません」
「だよなー、わかってた」
「ま、いっか」
「大学違うけど、これからもよろしくな」
「俺も俺も! 同窓会とかしようぜ」
「う、うん! そうだね、また……わっ!?」
　急にグイッと引っ張られてバランスを崩し、すっぽりと誰かの腕におさめられる。
「バカ美愛。妬かせてんじゃねぇよ」
「と、冬夜っ……」
　冬夜は続いて、男の子たちをギンッと睨みつけて、目で

『……お前ら俺の美愛に手ェ出すなよ?』って言ってるような……。
　け、けど！
「と、冬夜だって……」
「なんだよ？」
「……女の子たちに囲まれてたくせに」
　フイッとそっぽを向いてしまう。
「なんだ、妬いてたのか？」
「っ……そ、そうだよ！」
　もうっ、そんなこと言わせないでよね。
「……かわいすぎ」
　冬夜はそう言うと。
「!?」
　私の頭にそっとキスを落とした。
「うっわ！　明野、最低！」
「見せつけてんなよ！　これでも失恋中なんだぞ!?」
　そう言う男の子たちにも冬夜は涼しい顔。
「ショック療法だけど？　これで諦められるだろ」
「荒療治すぎだろ……」
　冬夜の言葉にみんなはがっくり。
　とか言って、自分も女子に言い寄られたくせに。
「安心しろって。俺はお前しか見てねぇよ」
　私の心を見透かすように言う冬夜に、頬がかあっと火照るのを感じる。
　そこに藤沢くんも女子の集団から抜けてきた。

「冬夜、お前ひとりだけ抜け出すなよ……」
「あー、悪かったな」
　わ、藤沢くんボタンぜんぶ取られてる……。
　ってことはもしかして冬夜も!?
　バッと冬夜を見ると。
「俺はちゃんと残してる」
　ぜんぶついているボタンを私に見せた。
「お前以外にやるわけねぇだろ」
　キューン……。
　そんな私たちを見て藤沢くんが優しく微笑む。
　じつは私は、藤沢くんと同じ大学に受かった。
「……圭斗、他のヤツ近づけんなよ？」
「わかってるって。任せとけ」
「あと、取るなよ？」
「お前な……当たり前だろ」
　藤沢くんは苦笑いすると片手をあげる。
「じゃあ碓氷、またな」
「うんっ！」
「圭斗、またな」
「ああ。ちゃんと連絡くれよ？」
「当然」
　私たちはみんな笑顔で高校をあとにした。

　今日は冬夜がイギリスに旅立つ日。
　大学が始まるのは９月からだけど、冬夜は一足先に向こ

うに行って、奏さんの知り合いのところでお世話になるらしい。
　懸命に涙を耐えて空港まで見送り。
　美樹さんや、見送りに来た人たちは私たちに気を遣ってふたりきりにしてくれた。
　空港の見送りのところに着き、冬夜がぎゅっと私を抱きしめる。
「美愛」
「冬夜……」
　私も抱きしめ返してから、冬夜の目を見つめる。
「浮気すんなよ？」
「っ……冬夜こそ」
　冬夜……。
　私、やっぱり冬夜が大好き。
　離れたくないけど、私は冬夜を応援するね。
　ツーッと涙が流れる。
　……あれだけ涙は流さないって誓ったのにっ……。
「……泣くなよ」
「うっ……泣いてっ、ない……」
「嘘つけ」
　冬夜が私の額をピンッと弾く。
「……元気でな。向こう行っても、ずっと美愛のこと想ってる」
「私も……毎日想ってるよ」
　そして自分からキスをした。

「……っ……」
　驚いた冬夜に、言葉を重ねる。
「大好き……大好きだよ、冬夜」
　これが一生の別れってわけじゃない。
　連絡だって取れるし、4年後には帰ってくる。
　だから……。
「行ってらっしゃい！」
　私は涙を流しながら、笑顔で冬夜を見上げた。
「サンキュー、行ってくる」
「うんっ！」
「……じゃあな」
　冬夜はそう言うと、もう一度軽くキスをして搭乗口に歩き出した。
　……頑張って、元気でね。
　私はグイッと涙を拭って笑顔で飛行機を見送った。

　数年後。
「美愛、お待たせっ」
「恵美、夏樹も……！！」
　今日は久しぶりに3人でランチ。
　恵美は保育士になって、夏樹は3年間専門学校に通い、今はファッションデザイナーとして活躍してる。
　私は今は大学院生。
　3人の中で私だけまだ学生。どこか変な気分だけど、楽しい学生生活を送ってる。

「美愛はやっぱり美人になっちゃって〜」
「もう、なに言ってるのよ」
　昔話に花を咲かせる私たち。
　ほんと懐かしい……。
「そういえば、明野くんはいつ帰ってくるの？」
「あ……それがね、あんまり連絡取ってなくて」
「え!?」
　夏樹が「ありえない！」って連発してるけど、冬夜も忙しいんだろうなぁって思うし。だから、こっちからの連絡はしない。
　……寂しいのは事実だけど、やっぱり冬夜の勉強の邪魔したくないしね。
「あのね〜、美愛はもっと甘えていいのよ？」
「うーん……」
　恵美の言葉に曖昧に頷いてアイスティーをすする。
「自然消滅なんてなってたらやでしょ？」
「それはやだ!!」
　思わず大声を出してしまって赤面する。
「ほらね、なら連絡しなよ」
「う、うん……」
　どこか幸せオーラが漂った恵美を見る。
　恵美はまだ洋くんとのお付き合いが続いているらしい。結婚も考えてるんだって。
　……いいなぁ。
　そんなことを考えながら、その後もいろいろな話をして

その日は別れた。

　その数日後。
「碓氷って家超金持ちなんだって？」
「そ、そんなことは……」
「お嬢様かぁ……いいなぁ」
「は、はあ……」
　ゼミの先輩に、強引にランチに連れ出された。
「あ、そろそろ出る？」
「う、うん……」
　ご、強引すぎる!!
　だけど、ランチ奢(おご)ってもらっちゃったし……。お店を出て、その人になんとか微笑みかける。
「もうここでいいです。家、すぐそこなので」
「いやいや、家まで送るって～」
　そう言って、強引に歩き出そうとする。
　う……やっぱり私、この人苦手だ……。
「てかさー、碓氷って付き合ってるヤツとかいんの？」
「え？　あ、い——」
「いないよなー？　なあ、俺と付き合わない？」
　いやいや、いるんだけど!!
「いいよな～？　俺と付き合お一よ」
　いきなり腰に触れてくる。
「ちょ、やめ——」
「その汚い手、離せ」

低い声。
　私の……私の大好きな……。
　大好きな、あの声。
　ゆっくりと振り返る。
「っ……」
　前に見たときより大人っぽくなって、さらにかっこよくなった……私の幼なじみであり恋人の、冬夜。
「……その手、離せよ」
　冬夜はつかつかと歩み寄って私をグイッと引っ張った。
　冬夜の腕にすっぽりと包まれ、心の中が嬉しさでいっぱいになって、ジワリと涙が浮かぶ。
「冬夜……っ！」
「美愛、会いたかった」
　冬夜が私をぎゅっと抱きしめる。
　私もそんな冬夜の背に手を回す。
　頬をいく筋もの涙が伝う。
　会いたくて、ずっと恋しかった。
　こうして会って、抱きしめ合うことができるのがどれほど嬉しいことか。
　冬夜に、私の気持ち伝わってるのかな？
「……ってことだから、あっち行ってもらえねぇかな？」
　冬夜の声に、ハッと我に返る。
　そ、そうだ、まだこの人いたんだった。
「なっ、なんだよ、おま──」
「……いいから行けよ」

わ……怖さにも磨きがかかった……？
「チッ……」
　舌打ちをして去っていく彼を冬夜は思いっきり睨みつけたけど、すぐに私に目を移した。
「美愛、再会してすぐ悪いけど、場所移動するか」
「え、あ、うん」
　そう言われてふと周りを見ると……。
　な、なんか、すごい人集めちゃってた！
　そりゃそうだよね、街中で抱き合うなんて……！
「なになに、撮影？」
「すごい美形カップル！」
「羨ましい〜」
　そんな声がチラホラ聞こえる。
　私は美形じゃないけど、冬夜は相変わらず、すごくかっこいいよね……。
　冬夜は真っ赤になった私に首をかしげる。
「どうかしたか？」
「えっ、あ、ううんっ……」
　冬夜がかっこよすぎて見惚れてました〜、なんて、絶対言えない！
　顔を真っ赤にしていると、冬夜はそんな私を見てフッと微笑んだ。
「そ。じゃあ行くぞ」
「う、うんっ……」
　そう言って手を取り合い、家に向かって歩き出した。

家には誰もいなくて、並んでソファに腰掛ける。
「冬夜、改めて、おかえりなさい」
　私が心からの言葉に、冬夜は微笑み返してくれる。
「ん、ただいま。遅くなってごめんな」
「ううんっ……！　冬夜、ずっと待ってた……」
　そう言って涙を流す私と、それを拭う冬夜。
　冬夜……。
「お前、大人っぽくなったな」
「と、冬夜こそ……」
　顔を見るのは3ヶ月ぶりだし、実際に会うのは……半年ぶり、かな？　会うたびにどんどんあどけなさが消えて、大人っぽくなって。
　さっき見たときは、ちょっとびっくりしちゃったよ。
「……で、俺は美愛との再会楽しみにしてたのに……誰、あの男」
　突然の不機嫌声に、タラーッと冷たい汗が流れる。
「え、えーと、大学院の……友達？」
「……友達？」
「と、当然！」
　慌てて何回も頷くけど、冬夜は訝しそうな顔。
「……お前さっき、思いっきり迫られてたよな？」
　う……。
「……き、今日告白されたの」
「へー……相変わらず鈍感だな」
「なっ、そんなことっ——」

な、ない、とは言いきれないけど——。
「と、冬夜はなんであの場所がわかったの？」
　話を変えようとそう聞くと、冬夜はピンッと私の額を軽く弾く。
「帰国して一番に会いたかったから、玲さんに聞いたんだよ。そしたら男とランチだとか言うから、そこら中探し回ったんだぞ」
　冬夜の言葉に、胸がキュンと甘く鳴る。
　……一番に会いたいって、そう思ってくれていたんだ。
　私が会いたいって思ってた気持ちと、同じ気持ちでいてくれていたんだ。
　愛しくて、愛しくて。
　なぜか涙が溢れそうになってくる。
「っ……会いたかった」
「……なんだよ、今更」
　冬夜はフッと笑いながらそう言って、泣き出した私をそっと抱きしめてくれる。
「……ずっと連絡できなくてごめんな。一刻でも早く帰ろうと思ったら電話１本すらできなかった」
「ううんっ……忙しいのはわかってたから。帰ってきてくれただけで十分だよ」
　そう言ってやっと微笑んだ私に、冬夜は私を離してから一度深呼吸をして、真剣な瞳で私を見た。
「……美愛、大事な話がある」
「は、はい」

なんだろう？
　そう思っていると、冬夜は突然ひざまずいた。
「え、冬夜？」
　驚いた私の前に、ひとつの箱が現れる。
　これっ……てっ……。
　冬夜がそっと箱を開けると、そこにはキラキラと輝くダイヤの指輪。
　それを見てまた涙が溢れそうになって、私は思わず口元を覆う。
「美愛、俺と結婚してくれ」
　ストレートな言葉に、もう涙は止められなくて。
　ツーッと頬を伝う涙に、冬夜は重ねるように言葉を紡ぐ。
「今度、日本に帰ったらプロポーズしようって決めてた。俺が愛するのは今までも、これからもお前だけだ。……愛してる」
　涙でいっぱいになった瞳に、それでもはっきりと冬夜の目が映る。
　冬夜……っ。
「っ……はい。私も、冬夜のこと愛してるっ……」
　そう言うと、冬夜はそっと私の唇を奪った。
　涙が頬を伝うけど、そんなの気にならないくらい、冬夜のことが愛しくて。
　冬夜、大好きで最愛の人。
　冬夜のそばで、一番近くで、支え合って生きていきたい。
　唇が離れると、冬夜がそっと涙を拭ってくれる。

「フッ……ぐしょぐしょ」
「そりゃそうだよっ……」
　これ以上幸せなことなんて、これ以上望みなんてないんだから。
「これから、よろしくお願いしますっ……」
「こちらこそ」
　冬夜は微笑みながらそう言って、もう一度優しくキスを落とした。

昔からずっと……これからも

「冬夜、おかえりなさい!」
「ただいま」
　あれから数年の時が流れ、私は大学院を卒業した。
　もともとは仕事をするつもりだったけど、多忙な冬夜を支えるために家庭に入ることを決意して、今では専業主婦。冬夜のために、毎日家事に奮闘中。
「今日もお疲れ様」
「ああ、ありがとう」
　そう言って微笑む冬夜に、今も心臓が射抜かれる。
「ねえ冬夜、明日早く帰れる?」
「多分大丈夫だと思うけど、なんかあるのか?」
「葵さんたちが来るの」
「あー、そういや言ってたな……。わかった、なるべく早く帰る」
「うんっ」
　冬夜は奏さんの右腕として忙しくしてるけど、毎日必ず帰ってきてくれる。
　家事も手伝ってくれるし、優しいし……ほんとに最高の夫だと思う。
「ねえ冬夜」
「ん?」
「……大好きだよ」

ふとこうして伝えたくなる瞬間があって、冬夜は面食らったみたいな表情をする。
「……お前ってほんと、破壊魔」
「え、な、なんの？」
「俺の理性」
「えっ？　……んっ……」
　優しく口づけられるこの瞬間が大好きで。
　私も幸せを感じるように、そっと目を閉じた。

　翌日。
　葵さんたちがうちに遊びに来て、私たちの新居を見回す。
「おー、いい家だな！」
「……まあ俺が紹介したし」
　宗さんの声に、真さんがうるさそうに耳を塞ぐ。
「お、不動産やってる真は宣伝か？　あいにく俺はもう家持ってるけどな！」
「知ってる。だいたい宗はセンスないから紹介しても意味ないだろ」
「な、なに!?」
「ほらほらふたりともやめてよ。座って？」
　ママが椅子を勧める。
　私と冬夜が結婚してからは初めて集まる。
「冬夜は？」
　そう聞く葵さんに、笑顔で答える。
「もうすぐだと思います。なるべく早く帰るって言ってた

ので」
「そっか〜。あ、美愛ちゃん、冬夜には相変わらず溺愛されてる?」
「ま、まあ……」

葵さんの質問に、顔を赤くしながらそう答える。

「そっか〜、ほんとよかったね」
「ありがとうございます」

それにしても……。

周りを見回してふと思う。

……みんな老けない、まったく老けない!

いつか私のほうがお年寄りみたいになってたりして。

い、一瞬想像してゾッとしちゃった……。

そんなことを考えていると、玄関が開く音がする。

あっ、帰ってきた!

パタパタとスリッパを鳴らしながら冬夜に駆け寄る。

「おかえりなさいっ」
「ああ、ただいま。もう来てるのか?」
「うんっ、みんな待ってるよ」

そう言って、ふたりでリビングに行く。

「おー、おかえり冬夜」
「こんばんは、お久しぶりです」
「いやーまさかこんな日が来るとはなぁ……」

宗さんがひとり、うんうん頷く。

「そうか? だいたい予想してたけどな」
「僕も」

「……俺も」
　パパと葵さん、真さんの言葉に、ママたちも頷く。
　そ、そうだったんだ……。
「にしても冬夜、お前ほんと一途だな」
「それ、付き合い始めたときも言ってたな」
　奏さんが言うと、宗さんは大きく頷く。
「そりゃ誰でも思うだろ？　これでふたりとも一生一緒なわけだし。それってすごいよな〜」
「……確かに」
　真さんが呟きながらグラスを傾ける。
　ほんとだな。
　言われてみれば私も冬夜もお互いが初恋で、これからも一生、冬夜を愛し続けるんだもん。
　お互いに、生涯ひとりを愛し続けるって、すごいことかもしれない。
　ふと、ひとりで微笑んでしまう。
「美愛？　どうした」
　冬夜が不思議そうに私の顔を覗き込む。
「う、ううん、なんでも！　あ、お腹すいたでしょ？　お皿持ってくるね」
　私はそそくさとキッチンに入った。
　キッチンからみんなを見て思う。
　みんながいたから……私と冬夜は結ばれたんだよね。
　私を生んでくれたパパとママ、冬夜を生んでくれた奏さんと美樹さん。

いつもフォローしてくれた葵さん。
私たちを優しく見守ってくれた真さんと宗さん。
血は繋がってなくとも、みんなが私の大切な家族。
私は幸せなその場を見つめて微笑んだ。

みんなが帰ったあと食器を片付けていると、お風呂から上がった冬夜が後ろから抱きしめてくる。
「ごめん、このあとお風呂にも入らなきゃいけないから。冬夜は明日も早いんでしょ？　先に寝ててね」
そう言うと、冬夜の腕をほどき、食器をすべて片付けて、お風呂に向かった。

お風呂を出て寝室に行くと、冬夜は眠っていた。
静かにベッドに歩み寄って、冬夜の入っている布団の中に滑り込む。
あったかい……。
こんな風に冬夜のぬくもりを感じられるのは最高に嬉しいし、ほんとに幸せ。
冬夜のほうに寝返りを打って冬夜の黒い髪を梳く。
サラサラ……。
私は髪から手を離して、後ろからぎゅっと冬夜を抱きしめる。
さっきはほどいちゃったのに、完全に逆の立場だな。
そんな風に思っていると。
「わっ……!?」

次の瞬間、私は冬夜の腕の中にいた。
「こっちが寝てるふりしてんのに、なに誘ってんだよ」
「起きてたの!?」
「当然」
　そして優しくキスを落とされる。
「っ……」
「フッ……真っ赤」
「と、冬夜のせいでしょ！」
　私はフイッと顔を背ける。
「嫌なのかよ」
「い、嫌だよっ」
「……。あっそ」
　冬夜はそう言って、不機嫌そうにそっぽを向いた。
「と、冬夜……？」
　心配になって名前を呼んでも向こうを向いたまま。
　素直に言わないから、機嫌損ねちゃったのかな。
「ご、ごめん冬夜、ほんとは……い、嫌じゃ、ないよ？」
　かあっ……！
　真っ赤な顔で言うと、冬夜はこっちを見てニヤッとする。
　あっ、ハメられた！
「もう！　知らないっ！」
　今度は私がそっぽを向く。
「はいはい、ごめんごめん」
「ふーんだ」
「……なにその言動。かわいすぎ……」

か、かわいすぎってっ……。
　ほんと甘々なんだからっ……。
「ほら美愛、してほしいんだろ？」
「そ、そんな私だけみたいなのやだもん……」
　すると、グイッと引っ張られて冬夜が私に覆いかぶさる。
「……美愛、俺はお前が思ってる以上に、お前のことが好きだ」
「っ……」
　冬夜の真剣な表情に胸がドキドキ鳴って、冬夜を見つめることしかできない。
「だから自分だけが思ってるとか、それこっちのセリフだから。こんな意地悪してんのも、お前の気持ち知りたいからだし」
「え……そうなの？」
「そうだよ、鈍感」
「なっ……」
　ひどい！
「と、冬夜だって鈍感だよ！　私だって冬夜のこと……あ、愛してるよ」
　ゆっくり冬夜を見上げる。
「ほ、ほら！　冬夜だって真っ赤！」
「……んなことねぇよ」
　冬夜が照れ隠しのように少し強引に唇を重ねてくる。
「冬夜……私、ほんとに冬夜が大好き。愛してる」
「俺も愛してる。昔からずっと……。これからも一生愛し

てる」
　冬夜はそう言って。
「んっ……」
　私に、とびきり甘いキスを落とした。

特別書き下ろし番外編

初恋

【冬夜side】
　ある休日。
　結婚して数ヶ月が経ち、毎日美愛がいるという幸せな生活にも慣れてきた頃、美愛の実家から小包が送られてきた。
「助かった〜、ママありがとうっ」
　美愛が俺が座っているソファの前に敷いてあるカーペットに座って、せっせと小包を解いていく。
「何、送られてきたんだよ」
　新聞から顔を上げて、そう声をかけると。
「ずっと置きっ放しにしてた宝石箱！　今度の結婚式につけていくつもりのネックレスが入ってるの」
「ああ、江藤と武田のか」
「そうそう」
　そう言って、嬉しそうにサファイアのついたネックレスを取り出す美愛。
　いや、そんな大事なもんを実家に置きっ放しにしてたのかよ。
　相変わらずどこか抜けている美愛に呆れるけど、まあ、なくしたとかじゃなくてよかった。
　宝石箱には昔からいろんな物を入れていたらしく、次々と取り出しては懐かしそうに目を細める。
「あ、これ……」

「ん？」
　美愛の手元を覗き込むと、そこにあったのは少し汚れたリボン。
　それを見て、ついどきりとする。
　……忘れもしない、幼少期の思い出の品。
「わあ、懐かしい。小学生のときにつけてたなあ」
　無邪気にそう言う美愛を、ちらりと見やる。
「これ落としたときのこと、覚えてるか？」
「えっ？　え、えーと……」
　考え込む美愛にフッと微笑む。
　やっぱり忘れてるか。
　いや、そのほうが都合がいいんだけどな。
「冬夜は覚えてるの？」
「さあ、なんだったかな」
「うーん。っていうか、そもそもよく取ってたよね、もう変色しちゃってるよ」
　そう言ってリボンを光に透かしたり、手に巻き付けたりし出す美愛。
　思い出についてはもう追及しないらしい。
　ふっと窓の外を見ると、青空が広がっている。
　あのときも、そうだったな……。
　俺は昔の記憶を手繰り寄せるように、その真っ青な空を見つめた——。

　あれは、まだ小学校低学年のとき。

母さんに連れられて、俺はいつものように美愛の家に遊びに行っていた。
『とーや、見て見て！　ママにね、髪にリボンつけてもらったの！』
『……ふーん』
『とーや？　ねえ、なんでご機嫌ななめなの？』
『べつに』
　そのとき、俺は少し機嫌を損ねていた。
　というのも、他の友達はプールに行っていたのに、母さんが『危ないから、子どもだけでは行かせない』と言ったせいだ。
　そもそも小学校低学年となると、女の子と一緒にいるのが気恥ずかしくなる時期で。
　学校でもよくからかわれていた俺は、美愛といるのがあまり好きじゃなかった。
『ママ、とーやに今日のみあのおやつあげていい？』
『俺、いらないけど』
『でもとーや、おなかすいてるんじゃないの？　だからご機嫌悪いんだよね？』
『はあ？　違うし』
　そんな調子で、俺と美愛の会話はまったく噛み合わず。それでも上機嫌に話しかけてくる美愛を、俺は当時からバカなんじゃないかとか思っていた。
『ごめんね美愛ちゃん。冬夜ね、お友達と遊びに行けなかったから、すねてるのよ』

『すねてねーし』
　そう言った俺に、美愛は『そうなの？』と首をかしげる。
『あ、じゃあ、みあと遊びに行こうよ！』
『やだよ、ひとりで行けば？』
　まだそんなことを言う俺に、美愛はぷくりと頬を膨らませる。
『とーやと遊びたい……』
『あら、美愛ちゃんたら。……冬夜、美愛ちゃんをどこかに連れていってあげなさい』
　幼い美愛にデレデレの母さんがそう言って、俺はため息をつく。
『……公園なら』
『ほんと!?　じゃあ行こうっ！』
　そんな美愛の満面の笑みに、少しドキッとしたのは今と変わらず。
『あんまり遅くならないのよ。車に気をつけてね』
『はーい！』
　玲さんに元気よく返事をした美愛と連れ立って、俺たちは晴れ渡った空の下を歩いて公園に向かった。
『ねーねー、とーやはなにしたい？』
『なんでもいーよ。みあは？』
『みあはねー、すべり台！』
　スキップをしながらそう言った美愛にため息をつきながらも、そんな美愛と過ごすことが嫌ではないという気持ちもどこかにあって。

キラキラとしたまぶしい笑顔に、つい笑みをこぼしそうになったとき。
『あれー、冬夜と碓氷じゃん』
『なんだなんだ、ふたりなの？』
　偶然、プール帰りの友達と鉢合わせしてしまった。
『なんだよ冬夜、お前、俺らの誘いことわっておんなと遊んでたの？』
　ちらりと美愛を見ながらそう言ったそいつに、俺は顔をしかめる。
『べつに。こいつと遊べって母さんに言われただけだし』
『ふーん？　ほーんと仲良しなんだなあ？』
　今思えば、多分あいつは美愛のことが好きだったんだと思う。
　普段は仲が良かったけど、美愛のことになるとなぜか執拗に絡んできて。
　そんなそいつを見て、美愛は俺の顔を覗き込んだ。
『ねえ、とーや、行こう？』
『"行こう？"だってさー、冬夜、お前ほんとにこいつと遊ぶの？』
　そう言ったそいつに、美愛が不思議そうに首をかしげる。
『何がいけないの？』
『は、はあ？　いいわけねーだろ！』
『どうして？』
　純粋に、綺麗な目でそう聞く美愛にそいつはタジタジ。
『っ……だ、だって、そんなの"でーと"じゃん』

そいつが言うと、他のヤツらが面白がり出した。
『あ、ほんとだー！　じゃあふたりはこれからでーとすんの!?』
　そう聞かれて、ため息さえつきながら答える。
『……ちがうし』
『あれ？　冬夜のヤツ、照れてんぞ』
『はあっ？』
　俺が必死に弁解しようとすればするほど、周りは面白がって。
　美愛はそんな雰囲気に、どこか不安げな顔をしながらそっと俺の手を引く。
『ね、ねえ、とーや、もう行こう？』
『……っ……行かねーよ。ひとりで行けば？』
『え？　でもさっきまで……』
　友達を前に、急に態度を変えた俺に戸惑って瞳を揺らしながら俺を見る美愛。
『もう飽きた。ってか、なんで俺がお前のお守りしなきゃなんねーの』
『お、お守りじゃないよ、遊びに行くんだもん』
『お前といることがお守りなんだよ。ってか、面倒くさい。そもそも、好きでお前といてるわけじゃねーし。お前なんか嫌いだし』
　そんなこと思ってないのに、同級生にからかわれることにうんざりしていて。
　つい言ってしまった言葉は、美愛をひどく傷つけてし

まった。
　俺の言葉に美愛は目を見開いたかと思ったら、スッと伏せる。
『……。もう帰れよ』
　そう言ってちらりと美愛を見ると、美愛は涙でいっぱいにした目をこっちに向けて。
　ハッとした俺をそこに残して、踵を返すと走っていってしまった。
　呼び止めようとしたけど、友達に肩を組まれる。
『あんなヤツほっといて遊ぼうぜ』
『そーだよ。おんなってすぐ泣くよな』
　ここで美愛を追いかけたら、またからかわれるような気がして、俺は友達と遊ぶことでそれを忘れようと、空き地でサッカーをして遊んでいた。
　友達と別れて、家への道を歩きながらふと思う。
　美愛のヤツ、ちゃんと帰ったよな？
　確認せずに別れたけど、もう家にいるよな？
　どこか嫌な予感がして俺は、走って帰る。
　家に着くと『あら、冬夜くん、おかえりなさい』と、玲さんが笑顔で出迎えてくれた。
『美愛はどうしたの？』
　その言葉に、頭の中が真っ白になったのをよく覚えてる。
『帰って、ないんですか？』
『ええ……あれ、もしかしてはぐれちゃったの？』
　心配そうな目を向ける玲さんに、俺は何も言わずに駆け

出した。
　どこ行った？　どこ行ったっ？
　もしこれで、美愛が一生帰ってこなかったら……。
　幼い俺の頭には、不穏なことしか浮かばない。
　誘拐されてたらどうしよう、川にでも落ちてたら？
　そう考えて必死に走っていると、天気は一変。突然雨が降り出した。
　傘は持ってなかったけど、美愛を見つけることに必死で取りに帰ろうとも思わない。
『みあっ……』
　公園にたどり着き、キョロキョロと辺りを見回す。
　友達と会うまでは公園に行くつもりだったから来てみたけど……。
『いない……』
　そう呟いた次の瞬間、ピカリと空が光って、ゴロゴロと雷が鳴る。
　その音に思わず肩をすくめると。
『やっ……！』
　微かな悲鳴にハッとする。
　今の声、美愛の……？
『みあっ！』
『ふえっ……とーや……？』
　声がする遊具の土管の中を覗くと、そこには涙を流した美愛。
『何してんだよ、こんなとこで……』

ホッとしながらそう声をかけた、けど。
『っ……とーやには関係ないもん』
　俺にそう言って、プイッとそっぽを向く美愛。
　いつも俺に会えば笑顔で駆け寄ってきたから、そんな態度を取られるのは初めてで。
　ショックを受けている自分に戸惑いながら、美愛に手を伸ばす。
『……みあ、ほら、帰ろ』
『っ……やだ』
　何を言っても俺を拒否するような美愛に、俺はだんだん焦っていた。
　どう声をかけたらいいのか、何をすればいいのか。
　そう必死に考えていたとき、ふと気づく。
『お前、髪につけてたリボンどうしたの』
『っ……』
　びくりと肩を揺らした美愛の髪には、今日嬉しそうに俺に見せてたリボンがついていなくて。
「もしかして、なくしたのか？」
　返事をしない美愛にそう言って、ひとり納得する。
　なんだ、リボンなくして落ち込んでるからこんな態度なんだ。
『一緒にさがすから、とりあえずここ出ろよ』
『とーやの助けなんかいらないっ……みあだって、とーやのことなんか嫌いだもんっ』
　パシリと振り払われた手に、俺の胸がドクンとして。

ハッと、自分がさっき友達の前で美愛に放ってしまった言葉と、美愛の態度、涙を照らし合わせる。
『……ちょっと待ってろ』
『え？』
　俺はぎゅっと拳を握りしめると、戸惑う美愛を残して土管の中から出た。
　まだ雨が降る中、公園を隅々まで探して道路に出る。
　全速力で走りながら、俺の胸には美愛に投げつけてしまった言葉に後悔の念が押し寄せていて。
　きっと俺は、自分が何を言っても美愛は笑顔を向けてくれるって、そう思っていたんだと思う。
　それがそうじゃないと知ったとき、焦りでいっぱいになってしまって。
　なんとかいつもの笑顔が見たくて、雨も厭わずにリボンを探し続ける。
　道路、垣根の下、家から公園までの道のりを見ていくと、はらりと落ちている赤い１本のリボンが目に留まる。
　拾い上げて見ると、雨に打たれて少し汚れているけど、美愛のものに間違いない。
　俺はそれを握りしめ、再び公園まで走っていった。
　息を切らして土管の中を覗き込むと、三角座りをして額を膝に押し付けている美愛。
　そんな美愛の姿に胸が痛むのを感じてから、そっと声をかけた。
『みあ』

『っ……』
　俺の声にパッと顔を上げた美愛の頬は相変わらず濡れたままで。
　リボンを差し出すと、驚いた顔で俺を見た。
『え、これ……』
『道路に落ちてたから、拾ってきた』
　髪からポタポタと落ちる雫を払いながら、美愛に押し付けるみたいにして渡すと、美愛はまだびっくりしたような顔をして受け取る。
『なんで？　とーや、みあのこと嫌いなんでしょ？』
　そう言って俯く美愛に、俺は息を吸い込んだ。
『……嫌いだったら雨の中、こんなのさがさないし』
『え……？』
　顔を上げた美愛に、今度は俺が俯いた。
『……ごめん、嫌いとか言って』
　美愛は俺の言葉に、リボンを見て、もう一度俺を見て。
『みあも……ごめんね』
　そう言った美愛にゆっくりと顔を上げる。
『俺のこと、嫌いになってない？』
『うん。ほんとはとーやのこと大好きだよ』
　涙を拭って、微笑みながらそう言った美愛の言葉に、どこか胸がドキドキするのを感じて。
　この微笑みを守りたい。
　ずっと俺だけに見せてほしい。
　初めて感じたそんな思いに、自分でもわけがわからなく

なって、かあっと頬が火照る。
『とーや、顔赤い？　……もしかして風邪!?』
『ち、ちがう！』
　慌てる美愛に必死でそう言ったけど、俺自身、ドキドキバクバクし続ける心臓に、もしかして何か病気かもしれないなんて思い始めていて。
　なんだろう、なんなんだろう？
　みあを見てたら、なんか心臓がきゅーって……。
　わからないことだらけで頭が混乱してきたとき。
『こんなところにいたの!?』
　怒っているような声に顔を上げると、そこには傘を持って、息を切らした母さんと、玲さん。
『美愛っ、無事でよかった！』
『ママッ！』
　玲さんに駆け寄る美愛をつい目で追っていると、母さんに怖い顔を向けられる。
『冬夜。あなた美愛ちゃん残して自分だけ帰ってきたんですって？』
　ギクリと肩を揺らすと、コツンと、いや、当時の俺からしたら、ゴツン！と頭にゲンコツが飛んできた。
『まったくもう。次にこんなことがあったら、もう美愛ちゃんとは遊ばせないからね！』
『ま、まあまあ美樹、それくらいにして……』
　玲さんの言葉に、母さんはため息をついて俺の手を引き、傘の中に入れる。

『……男の子なんだから、好きな女の子のことくらいちゃんと守りなさい。いいわね？』

　母さんは小さな声で、ただ、念を押すように強く言うと、俺の手を引いて、玲さんに何度も謝りながら歩き出す。

　俺はというと、母さんの言葉にすごく戸惑っていて。

　好き？

　俺が、美愛のことを？

　すっかり安心しきったように玲さんと手を繋ぐ美愛の姿を眺める。

　好き……なのかな。

　最近、誰が誰を好きとかいう話をよく聞くけど、俺も美愛のこと……？

　じっと見つめていると、美愛が俺の視線に気づいて微笑みかけてくれる。

『なあに？』

『べ、べつに』

　俺はプイッと顔を背けたけど、そのとき胸がドキドキと高鳴っていたのは、言うまでもない——。

「冬夜、こんな感じでいいかな？」

　美愛の声にハッとして我に返ると、ネックレスを合わせて俺のほうを見ている。

「あ、ああ、いいんじゃねぇの」

「ほんと？　じゃあ、やっぱりこれにしようっと」

　嬉しそうに用意を進める美愛に、フッと笑みが溢れる。

今思い返したら、俺って自分で自覚する前からこいつのこと好きだったんだな。
　確かに言われてみたら、女の子に冷たくしたりちょっと意地悪なこと言うって明らかに好きだよな。
　……母さんはとっくの前から気づいてたらしいし。
　苦笑していると、美愛が首をかしげる。
「どうかした？」
「いや、べつに」
　そう言うと、美愛は「ふうん」と俺の隣に座る。
「冬夜ってなんでも秘密にするよね」
「お前みたいになんでも顔に出ねぇからな」
「そ、そんなことない！」
　頬を膨らませる美愛は、あのときとなんにも変わらない。
「じゃ、じゃあ、今なに考えてると思う？」
「んー」
　じっと見つめると、かあっと顔を真っ赤にする美愛。
　……かわいいヤツ。
　いつまでたってもウブというか、照れ屋というか。
　そんな表情をもっと見たくて、フッと笑いながら答える。
「キスしてほしい」
「え!?　そそそそんなこと思ってないよ！」
「そ？　自分が自覚してないだけで、本心はそう思ってるんじゃねぇの？」
「そ、そんなわけっ……んっ……」
　そっと奪うように唇を重ねると、美愛は真っ赤になって

俺を見る。
「と、冬夜っ……」
「嫌だった？」
　わざと聞くと、きゅっと唇を結ぶ美愛。
「いじわる……」
「はいはい。お前は優しい俺がいいんだよな」
　そう言って、美愛の髪を指に巻きつけていると。
「そんなこと、ない、けど……」
「ん？」
　美愛を見ると、真っ赤になって俺を見る。
「ど、どんな冬夜も、好きだよ」
「っ……」
　こんな風に、美愛は時々、俺の予想を超えることを言って驚かせる。
「と、冬夜？」
　どこか不安そうに俺を見る美愛はきっと、無意識に俺を喜ばせていることに気づいてない。
「……かわいすぎなんだよ」
「えっ!?」
　俺が美愛の唇をもう一度奪うと、今度は驚きながらも応えてくれる。
　そんな美愛が愛しくて。
　一生そばにいて、こいつを守りたい。
　改めてそう思う。
「……美愛」

「っ……うん？」
　少し呼吸を弾ませながら返事をする美愛に、やっぱり胸が高鳴って。
「……愛してる」
「わ、私も、愛してるよ」
　俺はフッと微笑んで、そっとキスを落とした。

ＥＮＤ

あとがき

はじめまして、こんにちは。
このたびは『お前を好きになって何年だと思ってる？』をお手に取ってくださりありがとうございます。作者のMoonstoneです。

前作に続いて２冊目としてこの作品を書籍化させていただき、このような貴重な機会を本当に嬉しく思っています。
書籍化できたのは、ひとえに皆様の応援のおかげです。
本当にありがとうございます。
この作品は野いちごのサイトで『お前を好きになって何年だと思ってる？』と『続・お前を好きになって何年だと思ってる？』に分けていたのですが、書籍化にあたって１冊にまとめ、過去編も追加しました。
幼い頃のふたりの話は、いつか書きたい！とずっと思っていたので、読者の方にも楽しんでいただけたら幸いです。

さて、前作『総長に恋したお嬢様』の関連作としてこの作品を書き始めたのですが、前回とはまったく違う、幼なじみをテーマとしたものでした。
一途な冬夜と、その気持ちにまったく気づかない美愛。
幼なじみという、どこか曖昧な関係のふたりの恋はじれったくて、ときに切ない。

美愛が武田くんと付き合うシーンでは、思わず本を投げたくなるような衝動に駆られた方もいらっしゃるのではないでしょうか？
　美愛がだんだん冬夜に惹かれていき、冬夜の想いがやっと通じたときは作者の私も心からふたりを祝福しました。

　前作に出てきたキャラクターを含む、彼らの話がとうとう終わりとなるとやはり寂しいものですが、いつまでも皆様の心に残るような作品になっていたらいいな、と思っています。

　また、前作を知らない方にもこの作品で興味を持っていただけたらと思います。
　野いちごのサイトでも公開していますので、ぜひ覗いてみてくださいね。

　最後になりましたが、前回に引き続いて素敵なイラストを描いてくださったやもり四季。様、この作品に携わってくださったすべての方に、心よりお礼申し上げます。

　そして、この作品をお読みくださった読者様。最後までお付き合いくださり本当にありがとうございました。
　これからもどうぞよろしくお願いいたします！

　　　　　　　　　　　　　2019.6.25　Moonstone

作・Moonstone (むーんすとーん)
兵庫県在住。家族のことが大好きな大学生で、趣味はピアノ。星座を見ることと語学が好き。ケータイ小説は、書けるときと書けないときの差が激しいため、更新はちょっと遅め。現在もケータイ小説サイト「野いちご」にて活動中。

絵・やもり四季。 (やもりしき)
9月19日生まれ。乙女座。A型。群馬県出身のイラストレーター、漫画家。根っからのアイドル好きで、かわいい女の子を描くことが好き。趣味は映画鑑賞。

ファンレターのあて先

〒104-0031

東京都中央区京橋1-3-1

八重洲口大栄ビル7F

スターツ出版（株）書籍編集部 気付

Moonstone 先生

この物語はフィクションです。
実在の人物、団体等とは一切関係がありません。

KEITAI
SHOUSETSU
BUNKO
野いちご SINCE 2009

お前を好きになって何年だと思ってる？
2019年6月25日　初版第1刷発行

著　者	Moonstone
	©Moonstone 2019
発 行 人	松島滋
デザイン	カバー　金子歩未（TAUPES）
	フォーマット　黒門ビリー＆フラミンゴスタジオ
Ｄ Ｔ Ｐ	朝日メディアインターナショナル株式会社
編　集	若海瞳
	阪上智子　加藤ゆりの　三好技知（すべて説話社）
発 行 所	スターツ出版株式会社
	〒104-0031 東京都中央区京橋1-3-1　八重洲口大栄ビル7F
	出版マーケティンググループ TEL03-6202-0386
	（ご注文等に関するお問い合わせ）
	https://starts-pub.jp/
印 刷 所	共同印刷株式会社
	Printed in Japan

乱丁・落丁などの不良品はお取り替えいたします。上記出版マーケティンググループまで
お問い合わせください。
本書を無断で複写することは、著作権法により禁じられています。
定価はカバーに記載されています。

ISBN 978-4-8137-0706-6　C0193

ケータイ小説文庫　2019年6月発売

『至上最強の総長は私を愛しすぎている。①』ゆいっと・著

高校生の優月は幼い頃に両親を亡くし、児童養護施設「双葉園」で暮らしていた。ある日、かつての親友からの命令で盗みを働くことになってしまった優月。警察につかまりそうになったところに現れたのは、なんと最強暴走族「灰雅」のメンバーで…？　人気作家の族ラブ・第1弾！
ISBN978-4-8137-0707-3
定価：本体580円+税

ピンクレーベル

『お前を好きになって何年だと思ってる？』Moonstone・著

高校生の美愛と冬夜は幼なじみ。茶道家元跡継ぎでサッカー部エース、成績優秀のイケメン・冬夜は美愛に片思い。彼女に近づく男子を陰で追い払い、10年以上見守ってきた。でも超天然のお嬢様の美愛には気づかれず。そんな美愛がある日、他の男子に告白されて…。じれったい恋に胸キュン！
ISBN978-4-8137-0706-6
定価：本体600円+税

ピンクレーベル

『もう一度、俺を好きになってよ。』綴季・著

恋に奥手だった由優は憧れの理緒と結ばれ、甘い日々過ごしている。自信がなくて不安な気持ちでいた由優を理緒は優しく包み込んでくれた…。クリスマスのイベント、バレンタイン、誕生日…ふたりの甘い思い出はどんどん増えていく。『恋する心は"あなた"限定』待望の新装版。
ISBN978-4-8137-0708-0
定価：本体610円+税

ピンクレーベル

『いつか、眠りにつく日』いぬじゅん・著

修学旅行の途中で命を落としてしまった高2の蛍。彼女の前に"案内人"のクロが現れ、この世に残した未練を3つ解消しないと成仏できないと告げる。蛍は、未練のひとつが5年間片想い中の蓮への告白だと気づくけど、どうしても彼に想いが伝えられない。蛍の決心の先にあった、切ない秘密とは…!?
ISBN978-4-8137-0709-7
定価：本体540円+税

ブルーレーベル

書店店頭にご希望の本がない場合は、
書店にてご注文いただけます。